MENTIRAS INOFENSIVAS

JENNIFER LYNN BARNES

MENTIRAS INOFENSIVAS

Tradução
Regiane Winarski

Copyright © 2018 by Jennifer Lynn Barnes
Copyright da tradução © 2025 by Editora Globo S.A.

Os direitos morais da autora foram garantidos.

Todos os direitos reservados. Nenhuma parte desta edição pode ser utilizada ou reproduzida — em qualquer meio ou forma, seja mecânico ou eletrônico, fotocópia, gravação etc. — nem apropriada ou estocada em sistema de banco de dados sem a expressa autorização da editora.

Título original: *Little White Lies*

Editora responsável **Paula Drummond**
Editora de produção **Agatha Machado**
Assistentes editoriais **Giselle Brito e Mariana Gonçalves**
Preparação de texto **Bárbara Morais**
Revisão **Ana Sara Holandino**
Diagramação e adaptação de capa **Carolinne de Oliveira**
Projeto gráfico original **Laboratório Secreto**
Ilustração de capa **Connie Gabbert**
Design de capa original **Marci Senders**
Capa © 2019 by Hachette Book Group, Inc

Texto fixado conforme as regras do Acordo Ortográfico da Língua Portuguesa (Decreto Legislativo nº 54, de 1995)

CIP-BRASIL. CATALOGAÇÃO NA PUBLICAÇÃO
SINDICATO NACIONAL DOS EDITORES DE LIVROS, RJ

B241m
    Barnes, Jennifer Lynn
    Mentiras inofensivas / Jennifer Lynn Barnes ; tradução Regiane Winarski. - 1. ed. - Rio de Janeiro : Globo Alt, 2025.

    Tradução de: Little white lies
    ISBN 978-65-5226-073-4

    1. Ficção americana. I. Winarski, Regiane. II. Título.

25-98231.0
                      CDD: 813
                      CDU: 82-3(73)

Carla Rosa Martins Gonçalves - Bibliotecária - CRB-7/4782

1ª edição, 2025

Direitos de edição em língua portuguesa para o Brasil adquiridos por Editora Globo S.A.
R. Marquês de Pombal, 25
20.230-240 – Rio de Janeiro – RJ – Brasil
www.globolivros.com.br

Para minha mãe, que guardou os convites de todos os bailes de debutante. Quem é a melhor mãe do mundo? Você.

15 DE ABRIL, 16H59

— **Esse é todo seu, Rodriguez.**

— De jeito nenhum. Eu fiquei com a cela dos bêbados depois do desfile do Dia do Bisão.

— Dia do Bisão? Experimenta a Oktoberfest no Centro da Melhor Idade.

— E quem teve que ficar com o senhor mordedor no dia seguinte?

O policial Macalister Dodd, Mackie para os próximos, teve a sensação de que não seria prudente interromper o bate-boca entre os dois policiais mais antigos do condado de Magnolia, que discutiam na área cercada da delegacia. Rodriguez e O'Connell tinham cinco anos de polícia cada um.

Aquela era a segunda semana de Mackie.

— Eu tenho só mais uma coisa pra te dizer, Rodriguez: *briga da Associação de Pais e Mestres.*

Mackie se mexeu discretamente para trocar o peso de perna. Grande erro. Ao mesmo tempo, Rodriguez e O'Connell se viraram para ele.

— Novato!

Nunca dois policiais tinham ficado tão felizes de ver um terceiro. Mackie apertou a boca em uma linha séria e empertigou os ombros.

— O que temos? — perguntou ele abruptamente. — Um bêbado desordeiro? Perturbação doméstica?

Em resposta, O'Connell apertou o ombro dele e o guiou até a cela.

— Boa sorte, novato.

Quando viraram no corredor, Mackie esperava ver um meliante: beligerante, possivelmente um brutamontes. Mas ele só viu quatro adolescentes usando luvas até os cotovelos e o que pareciam ser vestidos de baile.

Vestidos de baile *brancos*.

— O que está rolando aqui? — perguntou Mackie.

Rodriguez baixou a voz:

— Isso é o que chamamos de DTA.

— DTA?

Mackie olhou para as garotas. Uma delas estava com postura ereta, as mãos enluvadas cruzadas na frente do corpo. A garota ao lado estava chorando delicadamente e sussurrando algo que parecia muito o Pai Nosso. A terceira olhava diretamente para Mackie, os cantos dos lábios pintados de rosa subindo devagar enquanto ela passava o olhar pelo corpo dele.

E a quarta garota?

Ela estava arrombando a fechadura.

Os outros policiais se viraram para ir embora.

— Rodriguez? — chamou Mackie. — O'Connell?

Não houve resposta.

— *O que é* DTA?

A garota que o avaliava deu um passo à frente. Ela piscou lentamente com o olhar grudado em Mackie e ofereceu um sorriso doce.

— Ora, policial — disse ela. — Deus te abençoe.

NOVE MESES ANTES

Capítulo 1

Me passar uma cantada era um erro que a maioria dos clientes e mecânicos da Oficina do Big Jim só cometia uma vez. Infelizmente, o dono daquela Dodge Ram era o tipo de pessoa que dedicava o salário a incrementar uma *Dodge Ram*. Isso, junto do adesivo de um homenzinho urinando na janela de trás, foi basicamente o único aviso de que precisei para saber a forma como aquilo se desenrolaria.

As pessoas eram previsíveis por natureza. Se você parasse de esperar que elas surpreendessem, elas não podiam decepcionar.

E falando em decepção... Voltei minha atenção do motor da Ram para o dono da picape, que, ao que parecia, considerava assobiar para uma garota um elogio e comentar sobre o formato da bunda dela o ápice da sedução.

— Em momentos assim — falei para ele —, você precisa se perguntar: é inteligente assediar sexualmente uma pessoa que tem alicates de corte e acesso aos seus cabos de freio?

O homem piscou sem entender. Uma vez. Duas. Três vezes. E se inclinou para a frente.

— Gata, você pode pegar nos meus cabos de freio a hora que quiser.

Se é que você me entende, acrescentei silenciosamente. *Em três... dois...*

— Se é que você me entende.

MENTIRAS INOFENSIVAS **9**

— Em momentos assim — falei em tom meditativo —, você precisa se perguntar: é inteligente oferecer suas partes íntimas para alguém que obviamente não tem interesse e está segurando alicates?

— Sawyer! — inteveio Big Jim antes que eu pudesse fazer algum movimento com os alicates. — Deixa esse comigo.

Eu comecei a perturbar o Big Jim para me deixar sujar as mãos de graxa quando tinha doze anos. Ele provavelmente sabia que eu *já* tinha consertado a Ram e que, se ele deixasse por minha conta, aquilo não terminaria bem.

Para o cliente.

— Ah, que droga, Big Jim — reclamou o homem. — A gente só estava se divertindo.

Eu tinha passado a maior parte da minha infância pulando de um interesse obsessivo para outro. Motores de carros tinham sido um deles. Antes disso, eram novelas e, depois, eu tinha passado um ano lendo tudo que conseguisse encontrar sobre armas medievais.

— Você não se importa com um pouco de diversão, né, querida? — O sr. Dodge Ram Tunado botou a mão no meu ombro e completou o serviço apertando meu pescoço.

Big Jim grunhiu quando voltei toda a minha atenção para o sujeito encantador ao meu lado.

— Me permita citar pra você — falei com tom absolutamente impassível — a *Enciclopédia Sayforth de tortura arcaica*.

Um dos melhores aspectos do cavalheirismo do meu cantinho específico do sul dos Estados Unidos era que homens como Big Jim Thompson não demitiam garotas como eu, por mais que nós descrevêssemos especificamente máquinas de corte hidráulicas para clientes merecedores de uma castração.

Com a quase certeza de que tinha garantido que o dono da Ram não fosse cometer o mesmo erro pela *terceira* vez, eu parei no

The Holler no caminho de casa para pegar as gorjetas da minha mãe da noite anterior.

— Como vai, dona encrenca?

O chefe da minha mãe se chamava Trick. Ele tinha cinco filhos, dezoito netos e três cicatrizes visíveis por apartar brigas de bar, com a possibilidade de haver mais debaixo da camiseta branca esfarrapada. Ele me cumprimentava do mesmo jeito toda vez que me via desde que eu tinha quatro anos.

— Estou bem, obrigada — respondi.

— Veio pegar as gorjetas da sua mãe? — Essa pergunta foi feita pelo neto mais velho de Trick, que estava repondo o estoque de bebidas atrás do bar. Aquele era um negócio de família em uma cidade pequena. A população toda chegava a pouco mais de oito mil pessoas. Não dava para jogar uma pedra sem atingir três pessoas que fossem parentes.

E havia a minha mãe... e eu.

— Vim pegar as gorjetas, sim — confirmei. Minha mãe não era conhecida pelo talento com as finanças, nem pela certeza de chegar em casa depois de um turno da madrugada. Eu vinha fazendo malabarismo com nosso orçamento familiar desde meus nove anos, a mesma época em que desenvolvi interesses consecutivos em arrombar fechaduras, no Westminster Dog Show e em preparar um martíni perfeito.

— Aqui está, querida. — Trick me entregou um envelope mais gordo do que eu esperava. — Não vai gastar tudo de uma vez.

Eu dei uma risada debochada. O dinheiro pagaria o aluguel e a comida. Eu não era do tipo que farreava. Eu talvez até tivesse uma reputaçãozinha de ser antissocial.

Dada a minha disposição em fazer ameaças de castração.

Antes que Trick pudesse fazer um convite para que eu me juntasse à toda família dele na casa de sua nora para o jantar, dei minhas desculpas e saí do bar. Meu lar doce lar ficava em uma rua a dois quarteirões dali. Tecnicamente, nossa casa só tinha um quarto, mas nós tínhamos fechado dois terços da sala com cortinas de chuveiro da loja de 1,99 quando eu tinha nove anos.

— Mãe? — chamei quando passei pela porta.

Era uma espécie de ritual chamar seu nome, mesmo quando ela não estava em casa. Mesmo que estivesse numa fase nova de bebedeira... ou que tivesse se apaixonado por um novo homem, passado por mais uma conversão religiosa ou desenvolvido uma necessidade profunda de comungar com seus anjos sob o olhar atento de um médium errante.

Eu tinha puxado o hábito de pular de um interesse para outro, mesmo a inquietação dela sendo menos concentrada e um pouco mais autodestrutiva do que a minha.

Quase como se fosse combinado, meu celular tocou. Eu atendi.

— Filha, você não vai acreditar no que aconteceu ontem à noite. — Minha mãe nunca perdia tempo com cumprimentos.

— Você ainda está nos Estados Unidos? Precisa de dinheiro pra fiança? Eu tenho um padrasto novo?

Minha mãe riu.

— Você é tudo pra mim. Você sabe, né?

— Eu sei que o leite está quase acabando — respondi, tirando a caixa da geladeira e tomando um gole. — E eu sei que alguém deu uma gorjeta *excelente* ontem à noite.

Houve uma longa pausa do outro lado da linha. Eu tinha adivinhado certo desta vez. Era um homem e ela o tinha conhecido no The Holler na noite anterior.

— Você vai ficar bem, né? — perguntou em tom suave. — Só por alguns dias?

Eu acreditava piamente na sinceridade absoluta: diga o que quer dizer, seja sincera no que diz e não pergunte se não quiser saber a resposta.

Mas era diferente com a minha mãe.

— Eu me reservo o direito de avaliar a simetria das feições dele e a breguice das cantadas quando você voltar.

— Sawyer. — Minha mãe falou em tom sério, ou pelo menos tão sério quanto podia.

— Eu vou ficar bem — falei. — Eu sempre fico.

Ela ficou em silêncio por vários segundos. Ellie Taft podia ser muitas coisas, mas, acima de tudo, era alguém que se esforçava ao máximo... por mim.

— Sawyer — disse ela baixinho. — Eu te amo.

Eu sabia a minha fala, sabia desde a minha breve obsessão pelas falas de filmes mais citadas de todos os tempos quando eu tinha cinco anos.

— Eu sei.

Desliguei antes que ela pudesse fazer isso. A caixa de leite já estava na metade quando a porta de entrada, que precisava desesperadamente de óleo nas dobradiças e de uma fechadura nova, se abriu de leve. Eu me virei na direção do som enquanto aplicava o algoritmo para determinar quem podia estar aparecendo sem avisar.

Doris, a vizinha, perdia o gato uma média de 1,2 vezes por semana.

Big Jim e Trick tinham o mesmo hábito de cuidar de mim, como se não lembrassem que eu tenho dezoito anos e não oito.

O cara da Dodge Ram. Ele pode ter me seguido. Isso não foi bem um pensamento, estava mais para instinto. Deixei a mão parada sobre a gaveta de facas quando uma figura entrou na casa.

— Espero que sua mãe compre Wüsthof — comentou a invasora, observando a posição da minha mão. — As facas Wüsthof são *muito* mais afiadas do que as genéricas.

Eu pisquei, mas, quando abri os olhos de novo, a mulher ainda estava ali, com um penteado que parecia um capacete e usando um paletó de seda azul com saia combinando que me fez questionar se ela tinha confundido nossa casa velha com um evento beneficente. A estranha não disse nada que indicasse o motivo de ter entrado na casa, nem como poderia justificar parecer mais consternada com a ideia de a minha mãe ter comprado facas genéricas do que pela perspectiva de eu poder estar me preparando para pegar uma.

— Você puxou sua mãe — comentou ela.

Eu não sabia como ela esperava que eu respondesse àquela declaração, então segui meus instintos.

— E você parece um bichon frisé.

— Desculpa?

É uma raça de cachorro que parece uma esponja de aplicar pó muito pequena e gorducha. Como a sinceridade absoluta não requeria que eu manifestasse *todos* os pensamentos que atravessavam a minha mente, eu optei pela verdade modificada:

— Parece que seu penteado custou mais do que o meu carro.

A mulher, com mais ou menos sessenta e poucos anos, inclinou a cabeça para o lado de leve.

— Isso é um elogio ou um insulto?

Ela tinha sotaque sulista, menos cantado e mais arrastado do que o meu. *Elogiiiio ou insuuuulto?*

— Isso depende mais da sua perspectiva do que da minha.

Ela deu um sorriso leve, como se eu tivesse dito alguma coisa *fofa*, mas não exatamente divertida.

— Seu nome é Sawyer. — Depois de me informar sobre isso, ela fez uma pausa. — Você não sabe quem eu sou, né? — Claramente, foi uma pergunta retórica, porque ela não esperou resposta. — Por que eu não nos poupo do drama?

O sorriso dela se alargou, caloroso como um balde de água fria.

— Meu nome — continuou ela em um tom combinando com o sorriso — é Lillian Taft. Eu sou sua avó materna.

Minha avó, pensei, tentando absorver a situação, *parece um bichon frisé.*

— Sua mãe e eu tivemos um certo desentendimento antes de você nascer. — Lillian parecia ser o tipo de pessoa que teria se referido a um furacão de categoria 5 como *um leve chuvisco.*

— Acho que está mais do que na hora de deixar essa história para trás, você não acha?

Eu estava a uma pergunta retórica de mexer na gaveta de facas de novo, e por isso tentei ir direto ao ponto.

— Você não veio procurar a minha mãe.

— Você não deixa passar muita coisa, srta. Sawyer. — A voz de Lillian era suave e feminina. Eu tive a sensação de que ela também não deixava passar muita coisa. — Eu gostaria de fazer uma proposta.

Proposta? De repente, lembrei com quem eu estava lidando ali. Lillian Taft não era uma velhinha fofa. Ela era a matriarca implacável e ditatorial que tinha expulsado minha mãe grávida de casa aos dezessete anos.

Fui até a porta de entrada e peguei a nota adesiva que eu tinha colocado ao lado da campainha quando nossa casa foi abordada por evangelizadores que bateram de porta em porta da vizinhança por duas semanas seguidas. Virei-me e ofereci o bilhete manuscrito para a mulher que tinha criado a minha mãe. Os dedos com unhas feitas à perfeição pegaram o papel da minha mão.

— "Proibido importunar" — leu minha avó.

— Exceto quando são escoteiras vendendo biscoitos — acrescentei, solícita. Eu tinha sido expulsa dos escoteiros da região durante minha fase mórbida de *true crime* e fatos sobre autópsias, mas não conseguia resistir ao biscoitinho de menta.

Lillian repuxou os lábios e consertou a declaração anterior:

— "Proibido importunar, exceto para biscoitos das escoteiras."

Vi o momento exato em que ela percebeu o que eu estava dizendo: eu não queria saber da *proposta* dela. O que quer que ela estivesse oferecendo, eu não estava interessada.

Um instante depois, foi como se eu não tivesse dito nada.

— Vou ser sincera, Sawyer — disse ela, exibindo uma dureza encoberta de doçura que eu nunca tinha visto na minha mãe. — Sua mãe escolheu esse caminho. Você, não. — Ela apertou os lábios só por um momento. — Eu acho que você merece mais.

— Mais do que facas de marca genérica e beber direto da caixa de leite? — respondi. O jogo de perguntas retóricas podia ser feito pelas duas partes.

Infelizmente, a grande Lillian Taft parecia nunca ter encarado uma pergunta retórica que não fosse completamente capaz de responder.

— Mais do que fazer supletivo, seguir por uma carreira sem futuro e uma mãe que é menos responsável agora do que quando tinha dezessete anos.

Se ela não fosse uma beleza sulista tradicional com uma fama a sustentar, minha avó poderia, em sequência à declaração, ter jogado as mãos para o alto e declarado: *"Queime!"*

Mas ela só colocou a mão no coração.

— Você merece oportunidades que nunca vai ter aqui.

As pessoas daquela cidade eram boas. Aquele lugar era bom. Mas não era o *meu* lugar. Mesmo nas melhores épocas, parte de mim sempre sentiu que eu estava ali só de passagem.

Um músculo na minha garganta se contraiu.

— Você não me conhece.

Isso a fez hesitar... e de forma não calculada.

— Mas poderia — respondeu depois de um tempo. — Eu poderia conhecer você. E *você* poderia almejar um futuro em que iria à faculdade da sua escolha e se formaria sem dívidas.

Segredos na minha pele

EU VI
MEU
NÊMESES
NU
E
NÃO
DESVIEI
O
OLHAR.

www.segredosnaminhapele.com/comunidade

Capítulo 2

Havia um contrato. De verdade, com jargão legal, com assinatura na linha pontilhada.

— Sério?

Lillian descartou a pergunta.

— Não vamos nos prender a detalhes.

— Claro que não — falei, folheando o apêndice de nove páginas. — Por que eu me daria ao trabalho de ler os termos antes de vender minha alma pra você?

— O contrato é para sua proteção — insistiu minha avó. — Senão, o que me impede de ignorar o meu lado do acordo quando o seu estiver completo?

— Sua honra e algum desejo de relacionamento duradouro? — sugeri.

Lillian arqueou uma sobrancelha.

— Você está disposta a apostar sua educação superior com a minha honra?

Eu conhecia muita gente que tinha feito faculdade. E também conhecia muita gente que não tinha.

Li o contrato. Nem sabia por quê. Eu não me mudaria para morar com ela. Eu não abandonaria a minha casa, a minha vida, a minha mãe por...

— *Quinhentos mil dólares?* — Eu talvez tenha pontuado essa quantia com uma ou duas obscenidades.

— Você anda ouvindo rap? — perguntou minha avó.

— Você disse que pagaria a *faculdade*. — Afastei o olhar do contrato. Só de ler eu já senti como se tivesse deixado o cara da Dodge Ram enfiar umas notas de um dólar no meu biquíni. — Você não falou nada sobre me dar um cheque de meio milhão de dólares.

— Não vai ser um cheque — disse minha avó, como se essa fosse a verdadeira questão aqui. — Vai ser um fundo. Faculdade, mestrado, despesas básicas, estudo no exterior, transporte, professores particulares... essas coisas custam caro.

Essas coisas.

— Diga — falei para ela, sem conseguir acreditar que qualquer pessoa podia ceder uma quantia dessas assim. — Diga que está me oferecendo quinhentos mil dólares para morar com você por nove meses.

— Dinheiro não é algo sobre o que falamos, Sawyer. É algo que temos.

Eu a encarei, esperando a pegadinha.

Não houve pegadinha.

— Você veio aqui esperando que eu dissesse sim. — Eu não falei isso como uma pergunta, porque não era.

— Acho que sim — admitiu Lillian.

— Por quê?

Eu queria que ela dissesse que tinha achado que eu podia ser comprada. Queria ouvi-la admitir que tinha uma opinião tão ruim de mim, e também da minha mãe, que não havia dúvida para ela de que eu agarraria a oportunidade de aceitar o acordo maldito dela.

— Eu acho — disse Lillian por fim — que você me lembra um pouco de mim mesma. E, se eu estivesse na sua posição, meu bem... — Ela botou a mão na minha bochecha. — Eu aproveitaria a oportunidade de identificar e localizar meu pai biológico.

Segredos na minha pele

EU MENTI.

www.segredosnaminhapele.com/comunidade

Capítulo 3

Minha mãe, entre surtos alternados de fingir que eu tinha sido concebida de forma imaculada, xingar a espécie masculina e ficar bêbada e nostálgica sobre sua primeira vez, tinha me contado exatamente três coisas sobre meu pai misterioso.

Ela só tinha dormido com ele uma vez.

Ele odiava peixe.

Ele não queria provocar um escândalo.

Só isso. Quando eu tinha onze anos, encontrei uma foto que ela tinha escondido, um retrato de vinte e quatro adolescentes de smoking embaixo de um arco de mármore.

Fidalgos Sinfônicos.

A legenda tinha sido gravada na foto em letra prateada. O ano e vários rostos tinham sido riscados.

Dinheiro não é algo sobre o que falamos, pensei horas depois de Lillian ter ido embora. Imitei mentalmente o tom dela quando continuei. *E o fato de que o homem que engravidou sua mãe muito provavelmente é filho de alguém da alta sociedade não é algo que vou dizer abertamente, mas...*

Peguei de novo o contrato. Desta vez, eu o li do começo ao fim. Lillian tinha se esquecido convenientemente de mencionar alguns dos termos.

Tipo o fato de que ela escolheria o que eu iria vestir.

Tipo a ida obrigatória à manicure uma vez por semana.

Tipo o fato de que ela esperava que eu estudasse em uma escola particular junto dos meus primos.

Eu nem sabia que *tinha* primos. Os netos de Trick tinham primos. Metade das pessoas da tropa de escoteiras da minha escola de ensino fundamental tinha primos *na mesma tropa*. Mas eu?

Eu tinha uma enciclopédia de técnicas de tortura medieval.

Me obriguei a continuar lendo o contrato e cheguei à cereja do bolo. *Eu concordo em participar do Baile Sinfônico anual e de todos os eventos de Debutantes Sinfônicas que vão levar à minha apresentação à sociedade na primavera seguinte.*

Debutantes.

Meio milhão de dólares não era suficiente.

Ainda assim, a ideia dos hipotéticos primos permaneceu em minha mente. Uma das minhas obsessões infantis menos aleatórias tinha sido genética. Primos compartilhavam aproximadamente um oitavo de DNA.

Meios-irmãos compartilham um quarto. Eu me vi indo até o quarto da minha mãe, abrindo a gaveta de baixo da cômoda e tateando para procurar a foto que ela tinha grudado atrás.

Vinte e quatro garotos adolescentes.

Vinte e quatro possíveis fornecedores do esperma que tinha engravidado a minha mãe.

Vinte e quatro Fidalgos Sinfônicos.

Quando meu telefone tocou, eu me obriguei a fechar a gaveta e olhar para a mensagem que a minha mãe tinha me enviado.

Uma foto de um avião.

Pode levar mais do que alguns dias. Li em silêncio a mensagem que acompanhava a foto, depois li de novo em voz alta. Minha mãe me amava. Eu sabia disso. Eu *sempre* soube disso.

Um dia, eu parei de esperar que ela me surpreendesse.

Demorou mais uma hora para eu voltar para o contrato. Peguei uma caneta vermelha. Fiz alguns ajustes.

Depois, assinei.

15 DE ABRIL, 17H13

Mackie massageou a testa.

— Tem certeza de que nenhuma de vocês quer ligar para os pais?

— Não, obrigada.

— Você sabe quem é meu pai?

— Minha madrasta está fingindo que está grávida e precisa descansar.

Mackie não queria chegar nem perto daquela bagunça. Ele se virou para a última garota, a que tinha conseguido arrombar a fechadura segundos depois de ele ter chegado.

— E você? — perguntou ele, esperançoso.

— Meu pai biológico literalmente ameaçou me matar se eu for inconveniente — disse a garota, se encostando na parede da cela como se não estivesse usando um vestido de grife. — E, se alguém descobrir que nós fomos presas, eu perco quinhentos mil dólares.

OITO MESES E MEIO ANTES
Capítulo 4

Cheguei à residência da minha avó, a apenas quarenta e cinco minutos da cidade onde eu tinha crescido e aproximadamente a três mundos e meio de distância, na data especificada por contrato, no horário especificado por contrato. Com base no que eu sabia da família Taft e do país das maravilhas que era o bairro chique onde eles moravam, eu esperava que a casa da minha avó fosse uma espécie de Taj Mahal moderno. Mas o número 2525 da Camellia Court não era ostentativo e não era histórico. Era uma casa de mais de oitocentos metros quadrados disfarçada de casa comum, o equivalente arquitetônico a uma mulher que passava duas horas se maquiando para parecer que não estava usando maquiagem. *Essa coisa velha?*, eu quase podia ouvir o lote de quase um hectare dizendo. *Eu a tenho há anos.*

De forma objetiva, a casa era enorme, mas a rua sem saída tinha outras casas do mesmo tamanho, com gramados amplos semelhantes. Era como se alguém tivesse pegado um bairro normal e aumentado tudo em um grau de magnitude, inclusive as entradas de carros, os carros e os cachorros.

Um ser canino, o maior que eu já tinha visto na vida, me recebeu na porta, enfiando a cabeça enorme embaixo da minha mão.

— William Faulkner — repreendeu a mulher que tinha atendido à porta. — Olhe os modos.

Ela era idêntica a Lillian Taft. Eu ainda estava processando o fato de que o cachorro era do tamanho de um pônei e se chamava

William Faulkner quando a mulher que eu supus ser a minha tia falou de novo.

— John David Easterling — chamou ela, erguendo a voz para ser ouvida. — Quem atira melhor nesta família?

Não houve resposta. William Faulkner encostou a cabeça na minha coxa e bufou. Eu me curvei de leve, *muito* de leve, para fazer carinho nele e reparei no ponto vermelho que tinha aparecido na minha regata.

— Eu vou te esfolar vivo se você puxar esse gatilho — declarou minha tia, a voz perturbadoramente alegre.

Que gatilho?, pensei. O ponto vermelho no meu tronco tremeu de leve.

— Agora, rapazinho, eu fiz uma pergunta. Quem atira melhor nesta família?

Houve um suspiro alto, e um garoto de uns dez anos apareceu sentado no telhado.

— Você, mamãe.

— E *eu* estou usando sua prima como alvo de treino?

— Não, senhora.

— Não, senhor, não estou — confirmou minha tia. — Senta, William Faulkner.

O cachorro obedeceu, e o garoto desapareceu do telhado.

— Por favor, me diz que era uma arma de brinquedo — falei.

Minha tinha levou um momento para entender a pergunta e acabou soltando uma gargalhada… ensaiada e perfeita.

— Ele não tem permissão de usar a de verdade sem supervisão — garantiu ela.

Eu a encarei.

— Isso não é tão reconfortante quanto você acha que é.

O sorriso dela *não sumiu.*

— Você se parece *mesmo* com a sua mãe, não é? Esse cabelo. E essas bochechas! Quando eu tinha a sua idade, eu daria tudo por essas maçãs do rosto.

Considerando que ela era a pessoa que melhor atirava na família, eu não tinha certeza se estava exagerando.

— Eu sou Sawyer — falei, tentando entender o cumprimento que eu tinha recebido de uma mulher a quem minha mãe sempre se referia como uma rainha do gelo.

— Claro que é. — Essa foi a resposta imediata, calorosa como uísque. — Eu sou sua tia Olivia, e essa é William Faulkner. Ela é uma bernese pura.

Eu tinha reconhecido a raça. O que não tinha percebido era que William Faulkner era fêmea.

— Onde está Lillian? — perguntei, sentindo que tinha realmente caído pelo buraco do coelho.

Tia Olivia enfiou os dedos da mão direita pela coleira de William Faulkner e ajeitou as pérolas com a esquerda, com um olhar reflexivo.

— Vamos entrar, Sawyer. Está com fome? Você *deve* estar com fome.

— Eu acabei de comer — respondi. — Onde está Lillian?

Minha tia ignorou a pergunta. Ela já estava indo para dentro da casa.

— Vem, William Faulkner. Boa menina.

A cozinha da minha avó era do tamanho da nossa casa toda. Eu meio que esperava que minha tia tocasse uma campainha para chamar a cozinheira, mas logo ficou claro que ela considerava alimentar os outros um passatempo e um chamado espiritual. Nada que eu dissesse ou fizesse podia dissuadi-la de fazer um sanduíche para mim.

Recusar o brownie poderia ser visto como declaração de guerra.

Eu acreditava muito em limites pessoais, mas também acreditava em chocolate, então ignorei o sanduíche, dei uma mordida no brownie e perguntei onde estava a minha avó.

De novo.

— Ela está lá atrás com a cerimonialista. Quer alguma coisa para beber?

Botei o brownie no prato.

— Cerimonialista?

Antes que minha tia pudesse responder, o garoto que tinha mirado em mim mais cedo apareceu na cozinha.

— Lily diz que é falta de educação ameaçar fratricídio — anunciou ele. — Então ela não ameaçou fratricídio.

Ele se sentou ao meu lado e olhou para o meu sanduíche. Sem dizer nada, empurrei o prato para ele, e ele começou a devorá-lo tal qual um diabo-da-tasmânia de camisa polo azul.

— Mãe — disse ele depois de engolir. — O que é fratricídio?

— Imagino que seja o que uma irmã muito claramente *não* ameaça fazer quando tentam atirar nela com uma arma de brinquedo. — Tia Olivia se virou para a bancada. Levei uns três segundos para perceber que ela estava fazendo *outro* sanduíche. — Se apresente, John David.

— Eu sou John David. É um prazer conhecê-la, senhora.

— Para um garoto tão ansioso para apertar um gatilho, ele era surpreendentemente galanteador quando o assunto era apresentações. — Você veio pra festa?

Eu apertei os olhos de leve.

— Que festa?

— Cheguei! — Um homem entrou no aposento. Ele tinha cabelo presidencial e um rosto feito para campos de golfe e salas de reunião. Eu teria concluído que ele era o marido da tia Olivia mesmo que ele não tivesse se curvado para beijar a bochecha dela. — Um aviso: eu vi Greer Richards descendo a rua quando entrei.

— Greer *Waters* agora — lembrou minha tia.

— Aposto que Greer *Waters* veio ver os preparativos pra hoje à noite. — Ele pegou o sanduíche que tia Olivia estava fazendo para mim.

Eu sabia que não adiantava de nada, mas não consegui me segurar.

— O que vai acontecer hoje à noite?

Tia Olivia começou a fazer um terceiro sanduíche.

— Sawyer, esse patife aqui é seu tio, J.D. Querido, essa é *Sawyer*.

Minha tia falou meu nome de um jeito que deixou claro que eles já tinham falado de mim, provavelmente várias vezes, possivelmente como um problema a ser resolvido.

— É agora que você me diz que eu me pareço com a minha mãe? — perguntei, minha voz seca como o deserto. Meu tio estava me olhando do mesmo jeito que a esposa dele tinha olhado, do mesmo jeito que minha avó tinha olhado.

— Agora — disse ele solenemente — é quando eu te dou as boas-vindas à família e pergunto com muita seriedade se eu acabei de roubar seu sanduíche.

A campainha tocou. John David saiu como um foguete. Bastou um arqueamento das sobrancelhas da minha tia para o marido ir atrás.

— Greer Waters está organizando o Baile Sinfônico — murmurou tia Olivia, tirando o prato de John David e colocando o terceiro sanduíche na minha frente. — Cá entre nós, eu acho que ela está dando um passo maior do que as pernas. Ela acabou de se casar com o pai de uma das Debutantes. Existe tentar, e existe tentar demais.

Isso vindo de uma mulher que tinha feito três sanduíches para mim desde que eu passei pela porta.

— De qualquer modo — continuou tia Olivia —, eu tenho certeza de que ela vai ter Opiniões com O maiúsculo sobre o jeito como sua avó planejou as coisas.

Planejou as coisas pra quê? Desta vez, eu não me dei ao trabalho de fazer a pergunta em voz alta.

— Eu sei que você deve ter perguntas — disse minha tia, tirando uma mecha de cabelo do meu rosto, parecendo alheia ao fato de que eu tinha feito várias. — Sobre a sua mãe. Sobre esta família.

Eu não esperava esse tipo de boas-vindas. Eu não esperava afeto, carinho, nem comida gostosa de uma mulher que tinha passado os últimos dezoito anos ignorando minha mãe e a minha existência. Uma mulher que minha mãe nunca tinha mencionado por nome.

— Perguntas — repeti, a voz travando na garganta. — Sobre a minha mãe e essa família e as circunstâncias relacionadas à minha concepção altamente inconveniente e escandalosa?

Os lábios da tia Olivia se apertaram em um sorriso perolado, mas, antes que ela pudesse responder, Lillian Taft entrou no aposento usando chapéu e luvas de jardinagem seguida por uma mulher magra e pálida com cabelo castanho preso em um coque apertado na altura da nuca.

— Sempre plante as suas próprias rosas — aconselhou minha avó sem preâmbulos. — Algumas coisas não devem ser delegadas.

É bom ver você também, Lillian.

— Algumas coisas não devem ser delegadas — repeti. — Tipo o planejamento de uma festa? — Perguntei jocosamente, olhando para a mulher que a tinha seguido. — Ou como cumprimentar a neta pródiga quando ela chega na sua casa?

Lillian me encarou. Ela não apertou os olhos nem piscou.

— Oi, Sawyer. — Ela disse meu nome como se fosse um daqueles que as pessoas deveriam saber. Depois de um momento prolongado, ela se virou para a cerimonialista. — Você pode nos dar um momento, Isla?

Isla, no fim das contas, podia.

— Você está magra — informou-me Lillian quando a organizadora tinha saído. Ela se virou para a minha tia. — Você ofereceu um sanduíche a ela, Olivia?

O sanduíche número três estava no meu prato, na minha frente.

— Digamos que eu tive uma oferta suficiente de sanduíches.

Lillian não se deixou abalar.

— Quer alguma coisa pra beber? Limonada? Chá?

— Greer Waters está aqui — interrompeu minha tia, mantendo a voz baixa.

— Essa mulher horrenda — disse Lillian em tom agradável. — Mas, por sorte... — Ela retirou as luvas. — Eu sou bem pior.

Isso, mais do que o conselho sobre as rosas, pareceu uma lição de vida, à la Lillian Taft.

— Agora — continuou Lillian quando o som de saltos estalando no piso de madeira anunciava a chegada iminente da aparentemente infame Greer Waters —, Sawyer, por que você não sobe e conhece sua prima? Lily está no Quarto Azul. Ela pode te ajudar a se preparar para hoje à noite.

— Hoje à noite? — perguntei.

Tia Olivia assumiu a tarefa de me expulsar dali.

— Quarto Azul — repetiu ela com alegria. — Segunda porta à direita.

Segredos na minha pele

EU
PAGUEI
PARA
ELE
ME
BEIJAR.

www.segredosnaminhapele.com/comunidade

Capítulo 5

Contei os degraus quando subi a grande escadaria e cheguei a *onze* antes de parar para observar as artes nas paredes. Uma garotinha loura soprava um dente-de-leão em um retrato e montava um cavalo de lado no outro. Eu a vi crescer, um quadro com moldura de mogno atrás do outro, até um menininho se juntar a ela no retrato anual, os trajes combinando, o sorriso dela doce e treinado e o dele carregado de encrenca cada vez maiores.

Quando cheguei ao topo da escada, fiquei cara a cara com um retrato familiar: tia Olivia e tio J.D., a garota loura, agora adolescente, sentada ao lado de John David, e a elegante Lillian Taft de pé com uma das mãos no ombro da filha e a outra no do neto. À direita do retrato familiar havia um da tia Olivia de vestido branco. Primeiro, achei que era um vestido de noiva, mas aí percebi que minha tia não era muito mais velha no quadro do que eu agora. A Olivia adolescente usava luvas brancas até os cotovelos.

Meu olhar se desviou para a esquerda do retrato familiar. Havia um buraco pequeno, quase invisível na parede. Teria havido outro retrato lá em algum momento?

Por exemplo, um da minha mãe?

— Eu estou prestes a usar uma linguagem nada refinada. — A voz que fez essa declaração soou doce e melosa.

— Lily…

— Nada refinada e *criativa*.

Quando segui para a segunda porta à esquerda, a pessoa que tinha dito o nome da minha prima falou de novo, com hesitação desta vez.

— De zero a dez, isso é realmente tão ruim?

A resposta foi delicada e recatada:

— Acho que depende do que se pensa sobre delitos.

Eu pigarreei, e as ocupantes do quarto se viraram para me olhar. Reconheci minha prima Lily dos retratos: cabelo claro, olhos escuros, cintura fina, robusta. Cada fio de cabelo no lugar. A blusa veranil dela estava bem passada. A garota ao lado dela também era deslumbrante e, com base na expressão dela, estava prestes a soltar um jato de vômito.

Por outro lado, eu provavelmente também estaria enjoada se estivesse deitada de barriga no chão com as costas arqueadas e as pontas dos dedos dos pés tocando na parte de trás da cabeça.

— Oi. — A prima Lily fez uma imitação admirável de alguém que *não* estava discutindo delitos momentos antes. Para uma garota que parecia ter acabado de sair de uma página de revista intitulada "Estampas florais elegantes para candidatas virginais às melhores universidades", ela tinha coragem.

Essa garota e eu compartilhamos um oitavo do DNA.

— Você deve ser Sawyer. — Lily tinha o jeito da mãe de dizer a palavra *deve*: duas partes ênfase, uma parte comando.

A contorcionista no chão se endireitou.

— Sawyer — repetiu ela, os olhos arregalados. — A prima.

Ela pareceu horrorizada o bastante para me fazer pensar se ela considerava *prima* sinônimo de *assassina do machado*.

— Nossa avó me mandou pra cá — falei para Lily enquanto a amiga dela tentava ficar imóvel, como se eu fosse um urso e qualquer movimento pudesse ser visto como motivo para atacar.

— Eu tenho que te ajudar a se arrumar pra hoje à noite — disse Lily. Ela capturou o olhar da garota de olhos arregalados ao lado, que estava retorcendo as mãos de forma evidente. — Eu

MENTIRAS INOFENSIVAS **33**

tenho que *ajudá-la* a se *arrumar* pra *hoje à noite* — repetiu Lily. Claramente, ela estava tentando passar alguma mensagem.

— Eu posso *ir embora* se *vocês duas* estiverem *no meio* de *alguma coisa*. — Eu repeti a ênfase de Lily.

Minha prima voltou os olhos castanho-escuros para mim. Ela tinha um jeito de olhar que parecia que ela estava considerando te dissecar ou fazer uma transformação de visual ou talvez as duas coisas.

Não gostei das minhas chances.

— Não seja boba, Sawyer. — Lily deu um passo na minha direção. — Você não está interrompendo nada. Sadie-Grace e eu só estávamos conversando. Eu te apresentei pra Sadie-Grace? Sadie-Grace Waters, essa é Sawyer Taft. — Ficou evidente que Lily tinha herdado a tendência da nossa avó para tornar suas próprias perguntas retóricas. — *É* Taft, não é? — Ela seguiu antes que eu pudesse responder. — Peço desculpas por não estar lá embaixo pra te receber. Você deve achar que eu fui criada num celeiro.

Aos treze anos, eu tinha passado seis meses aprendendo tudo que havia para saber sobre apostas e jogos de azar. Eu estava disposta a fazer uma aposta boa agora que minha prima tão animada não tinha ficado muito entusiasmada com a ideia de uma parente do lado errado da cidade estar sendo jogada no colo dela de repente. Não que ela fosse admitir a falta de entusiasmo.

Isso, pensei, *seria quase tanta falta de educação quanto fratricídio.*

— Eu fui praticamente criada num bar — respondi quando me dei conta de que Lily tinha finalmente parado para respirar. — Desde que você consiga se segurar pra não quebrar uma cadeira nas costas de alguém, está tudo ótimo.

Ao que parecia, as aulas de etiqueta *não tinham* preparado Lily ou Sadie-Grace para discussões casuais sobre brigas de bar. Enquanto elas pensavam em uma resposta adequada, eu fui até uma janela próxima. Dava vista para o quintal, e, logo abaixo, vi toalhas pretas cintilantes sendo colocadas sobre mesas redondas. Havia pelo menos seis pessoas trabalhando e o triplo de mesas.

Havia também uma passarela.

— Você foi mesmo criada em um bar? — Sadie-Grace parou ao meu lado. Ela era alta, magra e sinuosa e tinha uma semelhança impressionante com uma certa mulher de beleza clássica mais conhecida por ter se casado com alguém da família real. Seus dedos delicados mexiam nas pontas de um cabelo castanho ridiculamente grosso e brilhante.

Olhos arregalados. Ansiosa. Com gosto por ioga. Eu cataloguei o que sabia sobre ela e respondi à pergunta:

— Minha mãe e eu moramos em cima do The Holler até eu fazer treze anos. Tecnicamente, eu não tinha permissão de entrar no bar, mas eu tenho uma leve tendência a encarar proibições como desafios.

Sadie-Grace mordeu o lábio inferior e me olhou de cima a baixo por entre cílios absurdamente longos.

— Se você cresceu assim, você deve saber coisas — disse ela com muita seriedade. — Você deve conhecer pessoas. Pessoas que sabem coisas.

Um olhar rápido para Lily me disse que ela não estava gostando da direção que a conversa estava tomando.

Eu me virei para Sadie-Grace.

— Por acaso você está querendo me perguntar o que eu acho de delitos?

— Nós precisamos arrumar um vestido pra você, pra hoje, Sawyer! — Lily deu um sorriso largo e fuzilou Sadie-Grace com o olhar, para que ela nem *pensasse* em responder à minha pergunta. — Nós vamos às compras. E quem sabe podemos fazer alguma coisa a respeito dessas sobrancelhas.

Entendi que isso significava que Lily tinha preferido me *transformar* a me *dissecar*, mas tive a sensação de que tinha sido por pouco.

MENTIRAS INOFENSIVAS **35**

Ao meu lado, Sadie-Grace evitou contato visual, o lábio inferior ainda entre os dentes.

Eu não quero saber, concluí. *Seja em que for que minha prima se meteu, o que quer que eu tenha ouvido sem querer, eu realmente não quero saber.*

15 DE ABRIL, 17H16

— **Eu não estou dizendo** que a culpa é da Sawyer — disse a afetada e certinha em tom delicado. — Mas...

Mackie esperou que ela dissesse mais. No entanto, a jovem pareceu considerar aquilo uma frase completa.

— Foi um acidente! Você não pode prender uma pessoa por um acidente! — Isso veio daquela que literalmente parecia uma princesa da Disney que ganhou vida.

— Na verdade, Sadie-Grace, pode, sim.

— Mas deve ter sido só uns dez por cento de propósito!

— Garotas — disse Mackie com o que ele esperava se passar por uma voz severa. — Uma de cada vez. E comecem do começo.

— O começo. — A coquete do grupo, a que tinha desejado que Deus o abençoasse, caminhou desfilando à frente. — Eu, por exemplo, não saberia começar a dizer onde isso começou. *Você* saberia, Lily?

A calma e bem-educada recebeu o golpe com uma calma previsível e com bons modos previsíveis. A arrombadora de fechadura, entretanto, pareceu se ressentir. Seus olhos se apertaram para a que disse que não saberia por onde começar.

— Agora que estou pensando — prosseguiu a instigadora recatada —, acho que me lembro de *alguma coisa*...

A arrombadora de fechadura se adiantou. As mãos com luvas brancas começaram a se fechar em punhos brancos.

Ah, não, pensou Mackie. *Isso pode ficar feio.*

OITO MESES E MEIO ANTES
Capítulo 6

— Como você descreveria seu estilo? — A vendedora, perdão, *personal shopper* tinha a postura de uma participante de concurso de beleza e o olhar faminto de um político.

Isso não era um bom presságio.

Depois de verificar que minha querida prima Lily estava bloqueando minha rota de fuga (garota esperta), eu me resignei a responder à pergunta.

— Você considera "manchas de graxa" um estilo?

O queixo de Sadie-Grace caiu. Houve um único momento constrangedor de silêncio.

— Ela está procurando algo clássico — continuou Lily tranquilamente. — Menos do que esporte fino, mais do que casual de trabalho, e acredito que minha avó tenha dito algo sobre um certo tom de azul, não é?

— Sim. — A personal shopper piscou tão longamente que me perguntei se ela estava meditando sobre a cor azul. — Cerúleo. Ou possivelmente safira. Menos formal do que esporte fino. Coquetel?

— Aceito — murmurei.

— *Traje* coquetel — enfatizou Lily, lançando um olhar de advertência para mim — pode funcionar se você lembrar que o evento é ao ar livre.

— Algo de veraneio — ofereceu a personal shopper na mesma hora. — Cintura alta, em um tecido que respire.

Eu nunca tinha sido boa de compras. "Mancha de graxa" de fato era a coisa mais próxima que eu tinha de estilo pessoal. E eu mal tinha entrado na Miss Coulter's, a única loja de departamento em três condados, como Lily tinha me informado, que vendia *certas* marcas.

Talvez, se eu sair de fininho bem devagar...

Lily deu um passo para o lado para bloquear a saída. A personal shopper não notou nada.

— Se vocês quiserem dar uma olhada — disse ela para Lily —, vou pegar umas coisas pra sua amiga experimentar.

— Prima. — Lily pareceu se arrepender da correção assim que a fez, mas isso não a impediu de erguer o queixo e repetir. — Ela é minha prima.

Eu vi o exato momento em que a mulher na nossa frente acessou o arquivo mental de árvores genealógicas e percebeu quem exatamente eu era por conta disso.

Ali era uma cidade grande, não um vilarejo, mas pelo que a minha mãe tinha me contado sobre a vida dela na infância e adolescência, eu sabia que os círculos pelos quais a ilustre família Taft andava eram bem pequenos. Minha mãe costumava falar sobre o grupo do country club do jeito que um claustrofóbico poderia ter relembrado o tempo passado preso em um bunker.

— Sua prima! — gorjeou a personal shopper. — Que amor. Agora que você falou, *dá* pra ver uma semelhança de família.

Eu era pequena até em meio a pessoas pequenas. Lily era mais alta, mais larga e sem dúvida com melhor forma física. O rosto dela tinha formato de coração, a pele era pálida e os cílios tão claros quanto o cabelo liso sedoso. Em contraste, eu vivia queimada de sol, poderia ganhar uma fortuna se sardas fossem monetizáveis e tinha cabelo castanho sem graça que estava sempre bagunçado.

— Talvez — disse Sadie-Grace pensativamente depois que a mulher tinha se afastado — a semelhança esteja nas auras de vocês.

***

Três horas, um cartão de crédito platina e só duas pequenas crises (cortesia da nossa personal shopper e da substituta da nossa personal shopper), eu tinha um vestido. E sapatos. E uma bolsa de festa bonita. E vontade de matar um.

— Estamos quase acabando! — disse Lily com alegria.

Eu também teria ficado alegre se tivesse exaurido minha oponente a ponto que tal oponente estivesse disposta a aceitar ir ao baile desta noite até pelada se isso significasse sair daquela loja com vida. Lily Taft Easterling era uma força da natureza. Uma força da natureza delicada, modesta, de voz aparentemente suave que levava a moda quase tão a sério quanto o comportamento perante a adversidade.

Eu era a adversidade.

Eu tinha vetado um vestido depois do outro. Tinha me recusado a experimentar outros. Lembro-me distintamente de me recusar a dizer para ela o número que eu calço.

Ainda assim…

— Vou dar um pulinho no balcão de cosméticos — disse Lily com animação — enquanto você e Sadie-Grace se conhecem melhor.

Eu teria saído dali naquele momento se não fosse o sorriso meio esperançoso no rosto de Sadie-Grace. Eu nunca tinha conhecido alguém tão próximo do ideal de beleza da sociedade e tão insegura ao mesmo tempo. Se eu tivesse que escolher dois adjetivos para descrevê-la, teriam sido *vulnerável* e *alegre*, com *ingênua* em terceiro lugar.

Droga, Lily, pensei. Quando era criança, eu era o tipo de garota no jardim de infância que dava soco em crianças do quarto ano por fazer as do segundo chorarem. Isso não tinha feito as do segundo ano gostarem de mim, mas eu não podia não fazer *nada*, assim como não podia dar as costas para a garota ao meu lado agora.

— E aí — falei secamente, ganhando um sorriso largo de Sadie-Grace. — Tem alguma coisa pra fazer aqui além de compras?

Sadie-Grace pensou muito por bastante tempo, abriu a boca para responder, mas, em vez de palavras, ela soltou um som que se pareceu com um *eep*. Lily, em discussão profunda com alguém do balcão de cosméticos, não notou a tentativa de Sadie-Grace de entrar atrás de uma arara de bolsas de marca.

— Sadie-Grace?

Ela me mandou fazer silêncio e observou por trás das bolsas. Quase por vontade própria, seu pé esquerdo começou a fazer semicírculos graciosos no chão.

— Você está... dançando? — perguntei.

Com grande esforço, Sadie-Grace fez o pé rebelde parar.

— Eu faço *rond de jambe* quando estou agitada — sussurrou ela. — É involuntário, tipo soluço, só que é balé.

Essa declaração foi bem estranha, mas não tive chance de explicar isso para ela porque Sadie-Grace fez outro *eep* e se abaixou atrás de mim. Segui a direção do olhar dela pelo departamento de cosméticos, passando pelos lenços de marca, direto para um casal olhando abotoaduras. Tinham cerca de quarenta e poucos anos, mais perto da idade da tia Olivia do que da minha mãe. Havia algo levemente familiar no homem.

— Senador Sterling Ames — sussurrou Sadie-Grace atrás de mim. — E a esposa dele, Charlotte.

O senador ergueu o olhar das abotoaduras. Analisou o ambiente com precisão casual e parou em Lily.

— Sua prima namorava o filho do senador, Walker — sussurrou Sadie-Grace. — Ele é legal. Mas a filha do senador...

Sadie-Grace quase começou a fazer os *rond de jambe* de novo, mas se controlou.

—A filha? — incitei quando o senador e a esposa foram na direção de Lily.

Sadie-Grace fez o sinal da cruz, apesar de eu ter quase certeza de que ela não era católica.

— A filha do senador é a encarnação do diabo.

Segredos na minha pele

FUI EU QUE ROUBEI
SEU BIQUÍNI.
VACA.

www.segredosnaminhapele.com/comunidade

Capítulo 7

Eu tinha passado a maior parte do quarto ano aprendendo a desenhar rostos. Eu tinha vendido retratos por dois dólares cada no parquinho, mas nunca tinha conseguido fazer o meu. Parecia que faltava alguma coisa, algum cálculo facial que eu nunca conseguia capturar porque não conseguia encontrar os detalhes que separavam meu rosto do da minha mãe.

Talvez tenha sido por isso que eu me vi avaliando as feições do senador, apesar de ele provavelmente ser velho demais para ter sido Fidalgo no ano em que minha mãe foi Debutante.

— Campbell Ames é Lúcifer — reiterou Sadie-Grace ao meu lado em um sussurro dramático. — Belzebu. Mefistófeles. O tinhoso. *O diabo*. — Ela suspirou. — Vamos acabar logo com isso.

— Acabar com quê? — perguntei.

Sadie-Grace ficou perplexa. Ela olhou de mim para o balcão de cosméticos, onde a esposa do senador estava beijando a bochecha de Lily, depois para mim.

— Como assim, *com quê*? Nós temos que ir lá dar oi.

— Com certeza não.

— Mas... — Sadie-Grace ficou sem palavras. Ela foi na direção do senador e a sra. Ames como se eles fossem um buraco negro que a estivesse sugando. Ao que parecia, não importava que ela tinha tentado se esconder ou que tinha acabado de se referir à filha do senador por cinco alcunhas diferentes de

Satanás. No mundo de Sadie-Grace, quando um adulto que você conhecia chegava num raio de 2,5 metros, as alternativas eram *conversar* ou *entrar em combustão*.

Eu a segui até o embate e ignorei o olhar de gratidão que ela lançou para mim em troca. Eu tinha meus motivos para ser simpática, e não tinham nada a ver com decoro.

— Estamos com saudade de você lá em casa, Lily. — A esposa do senador tinha uma voz potente: alta e clara e doce a ponto de provocar uma cárie. — Eu sei que Walker vai cair na real qualquer dia desses.

Sal, apresento-lhe a ferida, pensei quando parei ao lado de Lily. Eu não sabia nada sobre o relacionamento da minha prima com o ex, mas eu estava começando a entender uma coisa sobre Lily: quanto maior era a dor, mais intenso era o sorriso.

E aquilo doía muito.

Talvez isso não devesse ter importado para mim, mas eu nunca fui boa em ficar de lado olhando as pessoas sangrarem. Devia ter importado para Sadie-Grace também, porque ela deixou o nervosismo de lado o suficiente para atrair a atenção do senador e, mais importante, da esposa, para longe de Lily.

— Vocês já conhecem Sawyer?

O truque deu certo. Em um segundo, eu estava de lado cuidando da minha vida e, no seguinte, Charlotte Ames estava segurando minhas mãos com firmeza nas dela.

Se você disser uma palavra sobre as maçãs do meu rosto, pensei, *eu não vou ser responsável pelas minhas ações*.

— Nós estávamos ajudando Sawyer a escolher uma coisinha pra hoje. — O sorriso poderoso de Lily ainda estava no lugar.

— Seu primeiro evento de Debutante! — A esposa do senador apertou as minhas mãos. — Que legal! Você perdeu uma ou duas provas, claro, mas tenho certeza de que a srta. Lillian vai fazer você se ajustar rapidinho. Aquela mulher é capaz de mover montanhas.

MENTIRAS INOFENSIVAS **45**

A montanha de entrelinhas provocativas ficou clara. *Você foi um acréscimo de último minuto e provavelmente indesejado! Sua avó pressionou alguém pra deixar você entrar!*

Por sorte, as experiências que me inspiraram a fazer supletivo em vez de terminar o ensino médio tinham me deixado bem imune a entrelinhas.

— Então veremos vocês dois lá hoje? — perguntou Lily ao senador e à esposa educadamente. Eu não sabia se ela tinha redirecionado a conversa pelo meu bem e pelo dela. — E Campbell?

Ao nosso lado, Sadie-Grace fez um barulhinho chiado.

— Sterling. — Charlotte Ames tinha colocado a mão no braço do marido. — Nós temos que providenciar logo suas abotoaduras novas.

— Nós estaremos lá — disse o senador para Lily. Ele hesitou... *não,* pensei, *essa não é a palavra certa.* Homens como o senador Sterling Amex não hesitam. Eles faziam uma pausa.

Eles faziam uma avaliação.

— Não posso dizer que tenha conhecido bem a sua mãe — disse o senador. Ele tinha olhos azuis, cabelo preto e um rosto em que você podia confiar, mas não devia. — Entretanto, as mulheres Taft que eu *conheço* são uma força a ser reconhecida. — Ele ofereceu a Lily um sorrisinho controlado e voltou o peso total do olhar para mim. — Se você tiver herdado qualquer coisa desse lado da sua árvore genealógica, desconfio que, no Baile Sinfônico e no leilão de hoje, você vai se sair muito bem.

E o outro lado da minha árvore genealógica?, pensei enquanto os via se afastar.

— Sawyer? — Lily tocou de leve no meu ombro, mais incisiva do que eu achava que ela poderia. — Você está bem?

Havia muito tempo que eu não esperava nem permitia que alguém cuidasse de mim. *Se você não espera que as pessoas surpreendam, elas não podem te decepcionar.*

— Leilão. — Eu recuperei a voz e me afastei do toque de Lily. — Que leilão?

Segredos na minha pele

ELE
EU DISSE **SIM**
QUE
NINGUÉM
PODE
SABER

www.segredosnaminhapele.com/comunidade

Capítulo 8

Ao que parecia, o Leilão Beneficente Pérolas de Sabedoria era uma tradição do Baile Sinfônico. Uma hora depois, eu ainda não sabia direito quem ou o que seria leiloado.

Eu tinha quase certeza de que não queria saber.

— Fica parada, Sawyer. — O tom de Lily foi agradável, mas a expressão nos olhos dela foi digna de uma assassina a sangue frio.

Uma assassina com uma pinça na mão.

Bati na mão dela para afastá-la do meu rosto.

— Deus do céu, eu preferiria ficar presa dentro de um touro de bronze a deixar você continuar arrancando minha sobrancelha todinha com essa pinça.

— Você acabou de usar o nome do Senhor em vão?

— Sério? — falei, minhas sobrancelhas arqueadas em uma altura absurda. — É isso que você vai dizer e não *O que é um touro de bronze?*

— Eu diria — respondeu minha prima — que é um touro feito de um metal muito usado em estátuas.

Resisti à vontade de dizer que o touro de bronze era um dispositivo de tortura medieval usado para assar lentamente a vítima viva.

— Você tem mesmo uma estrutura óssea excelente — disse Sadie-Grace com hesitação. — Se você nos deixar...

Eu me levantei.

— Acho que posso assumir a partir daqui.

Lily não poderia parecer mais cética nem se eu tivesse anunciado que era a reencarnação da Cleópatra.

— Tem um vestido aprovado por Lily na cama — observei. — Sapatos ao lado do vestido. Eu tenho noventa por cento de certeza que posso vestir tudo sozinha sem deflagrar o apocalipse.

— Nossa avó coagiu, ou talvez tenha chantageado, o Comitê do Baile Sinfônico para deixar você ser Debutante. O apocalipse *já chegou*. — Lily respirou fundo para se acalmar, mas, antes que pudesse continuar a deixar clara a severidade da situação, um projétil laranja voador passou pela minha cabeça e a acertou entre os olhos.

Ela piscou.

Eu me virei para a porta, esperando ver John David. Mas vi o irmão mais novo de Lily *e* o pai. John David estava segurando uma besta de brinquedo. J.D. estava agachado atrás do filho, arrumando a mira do garoto.

— Trégua! — gritou o menor dos culpados preventivamente.

O tio J.D. fez um gesto exagerado para olhar para Lily… e para a expressão no rosto dela. Tirou a besta da mão do filho e baixou a voz para um sussurro fingido:

— Corre.

John David não precisou ouvir duas vezes. Quando estava longe, Lily se curvou para pegar o dardo e o devolveu ao pai.

— Você não devia encorajá-lo.

— Mas eu sou o pai encorajador. — J.D. deu um beijo no topo da cabeça de Lily. — É o que eu faço, e, falando nisso, sua mãe está meio estressada hoje, e eu só queria dizer logo que você está simplesmente perfeita do jeitinho que você é. — O tio J.D. se virou para me dar um sorriso quase idêntico ao que tinha dado à filha. — Está se situando, Sawyer?

— É uma boa descrição.

Lily apertou os olhos.

MENTIRAS INOFENSIVAS **49**

— Posso? — pediu ela ao pai, tirando a besta de brinquedo das mãos dele para se virar e mirar em mim. — Bota o vestido — ordenou ela.

Eu dei uma risada debochada.

Atrás dela, tio J.D. começou a recuar devagar.

— Essa é minha deixa pra me retirar. Desculpe, sobrinha. Eu aprendi há muito tempo a nunca me envolver numa briga entre duas ou mais mulheres Taft.

E ele saiu de lá prontamente.

— Sua mãe se "estressa" muito? — perguntei a Lily. Até o momento, nenhum dos meus parentes era o que eu esperava. Tia Olivia não pareceu fria e sem coração, nem nenhuma das outras descrições favoritas da minha mãe para a irmã mais velha.

— A mamãe só gosta que as coisas sejam perfeitas — disse Lily diplomaticamente. Ela abaixou a besta. — Só para deixar registrado, eu não estou tentando ser difícil aqui, Sawyer. Eu estou tentando te ajudar, porque, para o bem ou para o mal, nós estamos nisso juntas.

Pelo tom da voz dela, parecia que estávamos num bote no meio de um rio cheio de piranhas. Por outro lado, eu estava prestes a debutar na alta sociedade.

Então talvez estivéssemos mesmo.

Estranhamente tocada pela forma como ela tinha se colocado junto de mim, eu decidi pegar leve com Lily. Ela não tinha pedido isso tanto quanto eu... e *ela* não ia ganhar meio milhão de dólares no final.

Até onde eu sabia.

— Relaxa, Lily — falei, me perguntando se nossa avó a *tinha* subornado para bancar a anfitriã feliz. — Qual é a pior coisa que poderia acontecer?

15 DE ABRIL, 17H19

— **Acho que todas** podemos concordar que começou no leilão.

— Campbell!

— Eu te falei. Ela é *Lúcifer*!

— Leilão. — Mackie teve que erguer a voz para ser ouvido.

— Que leilão?

As quatro garotas se viraram para olhar para ele ao mesmo tempo. Ele parecia tão... inocente. Doce. Puro como a neve caindo.

— Policial — disse Lúcifer recatadamente —, longe de mim te dizer como fazer seu trabalho, mas, se eu fosse você, eu voltaria para esse dia. — Ela ofereceu a ele um sorriso sutil e conspirador. — Se você quiser a parte boa, tem que perguntar logo sobre nossos cúmplices.

OITO MESES E MEIO ANTES

Capítulo 9

Vestir-me foi mais complicado do que eu tinha previsto. O vestido de saia ampla que Lily tinha escolhido ia até o joelho e era feito de uma seda azul-royal que não cedia quase nada. A cor não era problema.

A falta de alças, sim.

Agosto no condado Magnolia só tinha três temperaturas: quente, quente à beça e absurdamente quente. E hoje?

Estava *absurdamente quente* lá fora. Eu estava no quintal enorme da minha avó havia três minutos quando comecei a suar. E, assim que eu comecei a suar, o vestido começou a escorregar.

E, no momento que começou a escorregar, eu estava cercada.

— Você deve ser a escandalosa Sawyer Taft.

Olhei diretamente para o garoto de cabelo preto e olhos azuis que tinha feito essa declaração. Ele tinha a minha idade, ou talvez fosse um ou dois anos mais velho. O garoto ao lado dele tinha a mesma idade, mas parecia ser noventa por cento pernas e braços e os outros dez por cento óculos hipster.

O cara dos óculos hipster pigarreou.

— O que meu primo quer dizer é que a fama da sua beleza te precede. — Ele fez uma pausa e franziu a testa. — Ou procede. — Ele olhou para o outro garoto. — Precede? Procede?

— Precede — falei. — A fama da minha beleza me *precede*.

Isso arrancou um sorrisinho torto do garoto que tinha falado primeiro, mais genuíno e bem mais mortal do que o sorriso de um momento antes. Por um momento, o garoto alto, moreno e bonito pareceu quase humano.

— Eles vão te encontrar, sabe — disse ele com voz arrastada enquanto tomava um gole de chá gelado que eu desconfiava que estava batizado com bebida contrabandeada. — Por mais que você fuja ou se esconda, as debutantes do condado de Magnolia *vão* te encontrar.

Apertei os braços nas laterais do corpo, prendendo o vestido nas axilas para impedir a descida rápida.

—Ah, bom, eu não estou me escondendo.

Nenhum dos dois garotos pareceu convencido. O fato de eu estar tão longe quanto possível do agito não devia estar me ajudando a ser convincente. Havia facilmente umas cem pessoas no quintal da minha avó. Escapar do olhar atento de Lily não tinha sido fácil, mas eu precisava passar cinco segundos sem ninguém me dizendo como era *um deleite* me conhecer. Eu precisava poder puxar o vestido para cima sem causar um "incidente".

O mais importante era que eu precisava poder observar os adultos naquele evento, particularmente os homens concorrendo a *pai misterioso*, sem que eles percebessem que estavam sendo observados.

— Eu tenho uma boa notícia para você, Sawyer Taft. — O garoto de olhos azuis atraiu minha atenção de volta, para longe da multidão.

Você sabe qual desses cavalheiros engravidou a minha mãe?

— Em uns cinco minutos, suas colegas Debutantes vão se dar conta de que minha querida irmã está notadamente ausente desses procedimentos. — O garoto inclinou a cabeça para o lado mais distante do quintal. — Logo depois, as mães delas vão perceber o mesmo.

Segui o olhar dele até tia Olivia. Ela estava conversando com a minúscula esposa loura do senador e com três outras mulheres um pouco menos louras e um pouco menos minúsculas que pareciam andar atrás dela.

MENTIRAS INOFENSIVAS **53**

— Meu pai vai tentar fazer parecer que minha irmã não está se sentindo muito bem. — A voz do garoto estava cortante quando ele continuou. — Minha mãe vai dizer alguma coisa nas linhas de *Você sabe como são as meninas dessa idade* e vai subir como um maníaco todos os lances que minha tia fez no leilão silencioso. Enquanto isso, as amigas da Campbell vão mandar mensagens de texto pra ela. Ela não vai responder, assim como não respondeu a nenhuma das *minhas* mensagens nas últimas 24 horas.

— Campbell — repeti, me lembrando da expressão no rosto de Sadie-Grace quando ela me contou que a filha do senador era a encarnação do diabo. — Sua irmã...

— Sumiu — respondeu o garoto.

Então aquele era Walker Ames. Eu via a semelhança com o senador agora que sabia e podia observar. O cabelo escuro, os olhos claros, a largura dos ombros.

— Não é típico da minha irmãzinha perder a oportunidade de bancar a Imperatriz Suprema com as capangas dela — comentou ele. — Mas agir em retaliação ao meu pai *é* a cara dela, e, se eu conheço Cam, deve ter um cara envolvido. — Ele se inclinou na minha direção e baixou a voz: — Por isso, Sawyer Taft, entenda por que logo, logo a novidade da sua chegada vai estar ultrapassada, por mais escandalosa que você seja.

— Walker.

Ao mesmo tempo, o filho do senador e eu nos viramos para olhar para a pessoa que tinha dito o nome dele.

— Lily — respondeu ele.

Algo no jeito como minha prima estava posicionando a cabeça me lembrou o jeito como ela tinha dito que a mãe dela gostava que as coisas fossem perfeitas. Eu me arriscaria a supor que, em seus dias como casal, Lily e Walker foram *perfeitos*.

Até o momento em que não eram mais.

— Estou vendo que você conheceu minha recém-adquirida prima — comentou Lily.

— Nós estávamos conversando sobre a intriga relacionada a essa novidade mesmo. — O tom cortante que eu tinha ouvido na voz de Walker se acentuou, mas também havia uma saudade salpicada.

— Você está bêbado? — perguntou Lily na lata.

Ele a encarou.

— Você se sentiria melhor se eu estivesse?

Eu sabia quando a minha presença em uma conversa não era mais requerida. Eu tinha me afastado só uns sessenta centímetros quando o primo de óculos hipsters do Walker se juntou a mim.

— A cantiga de Lily Easterling e Walker Ames — disse ele solenemente. — Um registro para entrar para a história, sem dúvida. — Ele ergueu a mão direita e me ofereceu uma pequena saudação. — Eu sou Boone, o primo de primeiro grau menos explicitamente bonito, mas ainda assim elegante, do Walker.

Eu olhei de soslaio para ele.

Ele não se abalou.

— O meu charme é sutil.

Apesar dos meus esforços, senti os cantos dos meus lábios subindo.

— Eles são sempre assim? — perguntei, olhando para Walker e Lily.

— Não eram.

Antes que eu pudesse interpretar a declaração, o telefone de Boone tocou. De onde eu estava, vi que ele tinha recebido uma imagem.

De lingerie. Uma imagem de lingerie... e não estava no cabide.

Boone arregalou os olhos de uma forma cômica. Ele olhou para mim, para o celular e depois para mim de novo.

— Entendo que para um olho destreinado, isso parece difícil de explicar.

Eu dei de ombros.

— Me parece bem simples... e definitivamente não é da minha conta.

— Não é assim — respondeu Boone rapidamente. — Eu gosto do lado artístico.

O lado artístico de um zoom de um sutiã preto de renda?

— Tudo bem, agora você me pegou — admitiu Boone. — O que eu quero é a fofoca.

— A fofoca — repeti.

— Sim, tecnicamente o site deixa os fãs enviarem suas próprias artes 18+ pra cada segredo, e tecnicamente eu poderia encontrar minha fofoca lá, mas saiba que os fãs se chamam Segredetes, o que eu acho que exclui demais, e...

— Boone — falei. — De que você está falando? O que é... *isso*?

Ele virou o telefone para que a foto ocupasse toda a tela.

— É um fotoblog — disse ele. — E é artístico. — Eu podia ver os detalhes da foto agora; especificamente, as palavras que tinham sido escritas com cuidado sobre a pele da garota.

Eu disse sim. Ele disse que ninguém pode saber.

— Quem disse sim pra quê? — declarou Boone. — E quem foi a pessoa cuja resposta dizia para não contar, e não contar o quê, exatamente? — Ele fez uma pausa. — Eu usei a palavra *cuja* certo?

— *Segredos na minha pele.* — Eu ignorei a pergunta dele e me concentrei no emblema na parte de baixo da foto.

— Você nunca ouviu falar? — Boone falava cerca de setenta por cento mais rápido quando havia peitos envolvidos. — Só se fala disso há messes. As pessoas enviam seus segredos anonimamente, e essa garota escreve no corpo. Ninguém sabe quem ela é. As Segredetes acham que é uma garota que estuda em Brighton, mas eu tenho quase certeza de que é alguém de Ridgeway Hall. — Ele pareceu se dar conta que mostrar a foto para todo lado talvez não fosse prudente e guardou o telefone no bolso.

— Sawyer vai se juntar a nós na Ridgeway este ano. — Lily entrou na conversa sem esforço, como se o que tinha acabado de acontecer entre ela e Walker, que não estava mais por perto, não tivesse nenhuma importância.

— Na verdade, eu não vou estudar na sua escola — respondi quando Boone voltou os maiores olhos de cachorro pidão do mundo para a minha prima. — Nem em nenhuma escola.

Essa era uma exigência que eu tinha riscado com a minha canetinha vermelha.

— Sawyer vai fazer um ano sabático entre o ensino médio e a faculdade. — Como se invocada só pelo pensamento no nosso contrato, minha avó se inseriu na conversa com a mesma facilidade de Lily antes. — É bem comum na Europa.

Eu reparei que ela não mencionou meu supletivo.

— Será que você pode conversar com os meus pais sobre anos sabáticos e os benefícios disso pra pessoas jovens como eu? — Boone ofereceu à minha avó o que tenho certeza que ele achou que era um sorriso muito encantador.

— Boone Mason — respondeu minha avó, como se dizer o primeiro nome e o sobrenome dele fosse uma espécie de encantamento para fazer com que ele ficasse mais ereto e usasse a palavra *senhora* no final de cada frase. — Acho que o coordenador dos Fidalgos está procurando você.

— Sim, senhora. — Boone foi logo embora, a coluna cada vez mais ereta durante o tempo todo.

— Suponho que Lily tenha te contado sobre o leilão de hoje? — No verdadeiro estilo Lillian Taft, minha avó (que, eu percebi naquele momento, devia ser também o nome de Lily) não parou nem por um segundo antes de continuar. — É uma tradição que já vem de mais de cinquenta anos. — Ela ergueu uma caixa quadrada e achatada de quinze centímetros. — Pérolas de Sabedoria: cada Debutante usa um colar de pérolas, enquanto cada Fidalgo tem uma primeira edição de um livro. No fim da noite, os colares e os livros antigos são leiloados um a um. Metade do que for arrecadado vai para a orquestra sinfônica e a outra metade para uma organização beneficente de escolha das Debutantes.

Olhei para Lily para ter alguma confirmação de que eu não era a única que tinha problemas com as garotas ficarem relegadas a *pérolas* em vez de *sabedoria*, mas os olhos dela estavam grudados na caixa.

Nossa avó a abriu, e ouvi a respiração de Lily entalar na garganta.

— Mim — disse ela em tom reverente. — São suas pérolas.

Levei um momento para perceber que "Mim" devia ser como os meus primos chamavam nossa avó, e mais alguns segundos depois disso para eu realmente olhar o colar que tinha chamado a atenção de Lily. Eu sabia muito pouco sobre joias, mas até eu percebi que aquela peça era digna de atenção. Três fileiras de pérolas estavam presas por um fecho de esmeralda incrustada em prata finamente entalhada. Todas as pérolas eram impecáveis, assim como o trio de diamantes que pendia do fio mais baixo, cada um precedido por uma pérola negra, que refletia as cores de um arco-íris escuro na luz.

— Seu avô comprou esse colar para mim muitos anos atrás, em uma noite como esta. — A onda de nostalgia no tom da minha avó me pegou de surpresa, e meus pensamentos foram brevemente para o avô que eu não conheci.

— Mim. — Lily não conseguia afastar os olhos da caixa. — Você não pode leiloar as suas *pérolas*.

"Mim" abriu um sorriso irônico.

— Não faça essa cara de horror, Lily. Essa vai ser a terceira vez que eu leiloo este colar, mas ele nunca saiu da família. As mães de vocês usaram este colar no Pérolas de Sabedoria delas. Seu avô fez o lance vencedor nas duas vezes. — Ela ofereceu um olhar cúmplice para Lily. — Desconfio que seu pai esteja de olho nelas hoje. Enquanto isso... — Ela tirou o colar da caixa. Abriu o fecho.

E se virou para mim.

— Sawyer, você faria as honras?

Lily nem hesitou. Ela sorriu... com mais intensidade, um sorriso mais amplo.

Eu dei um passo para trás.

— Isso não é...

— Um pedido? — Minha avó completou minha frase de acordo com a vontade dela. — Não, querida, não é. — Minha prima olhou sem piscar enquanto nossa avó prendia as pérolas no meu pescoço.

— O que eu... — Lily limpou a garganta. — O que eu vou usar, Mim?

— A coordenadora das Debutantes tem uma coisa pra você — respondeu nossa avó, ajeitando o cabelo de Lily, que cem por cento *não* precisava ser ajeitado. — E, o que quer que seja, tenho certeza de que será adequado a você.

Lily assentiu. Depois de um silêncio de menos de segundo, ela pediu licença e alisou o cabelo com as mãos enquanto saiu andando.

Quando ela estava longe, eu me virei para nossa avó.

— Isso foi cruel.

— Eu não faço ideia do que você quer dizer, Sawyer.

— Lily poderia ter usado as suas pérolas — insisti. — Eu não me importaria.

— Mas devia, Sawyer Ann. Não tem ninguém aqui hoje que não vai querer dar uma olhada de perto nessa peça específica da nossa história familiar. — Ela deixou que eu absorvesse a informação. — O que quer que você pense de mim, eu não sou cruel... não desnecessariamente, não com o sangue do meu sangue. Como eu falei para Lily, seu tio J.D. sem dúvida vai dar lance e ganhar essa peça. Até lá... — Ela tentou ajeitar meu cabelo e descobriu que era significativamente menos maleável do que o de Lily. — Você e eu acabamos de garantir que todas as pessoas aqui hoje tenham uma desculpa plausível para se

MENTIRAS INOFENSIVAS **59**

aproximar de você. Inclusive pessoas que se lembram da sua mãe usando esse mesmo colar, homens em *particular* que podem não ter chance de falar com uma garota adolescente em outras circunstâncias.

Minha avó tinha acabado de mexer os pauzinhos para que todo mundo pudesse chegar perto em mim com o pretexto de dar uma olhada melhor nas pérolas.

Inclusive meu pai biológico.

— Só por curiosidade — falei, mais impressionada pelas maquinações dela do que queria. — Eu sou a isca ou o anzol?

Segredos na minha pele

EU NÃO ESTAVA NA EUROPA.
ESTAVA NA REABILITAÇÃO.

www.segredosnaminhapele.com/comunidade

Capítulo 10

— **Você está bem requisitada hoje.** — Tia Olivia me olhou com expressão de entendimento.

Eu tinha quase certeza de que ela *não* sabia por que eu tinha conversado com todas as pessoas que se aproximaram. Por que tinha decorado os nomes delas.

Por que tinha gravado o rosto de todos os homens.

— Você é praticamente a bela do baile — continuou minha tia, e apesar de não haver nada mordaz no tom dela, eu tive a sensação de que, no mundo *perfeito* dela, essa honra teria sido de Lily.

— Nós temos sorte de eu não ter pagado peitinho pra ninguém. — Puxei o vestido para cima, e tia Olivia afastou minhas mãos dali.

— É lindo. — suspirou ela.

— Meu decote?

Ela tratou a pergunta com seriedade absoluta.

— O *colar* de pérolas. Eu me lembro de quando o usei, claro. E depois, no Pérolas de Sabedoria da Ellie... — Ela parou de falar.

Se havia uma coisa que eu tinha aprendido por crescer perto de um bar era que às vezes a melhor forma de fazer alguém continuar falando era não dizendo nada.

E realmente, apenas alguns segundos tinham se passado quando minha tia deu continuidade ao assunto.

— Sua mãe ficou linda com esse colar, Sawyer. Calada, claro, meio constrangida, e Deus sabe que ela estava com raiva do mundo. Mas linda.

— Com raiva? — perguntei. Minha mãe era muitas coisas, mas *calada*, *com raiva* e *constrangida* não entrariam na minha lista.

— Eu juro que às vezes parecia que Ellie *gostava* de ficar com raiva. — Como se tivesse percebido que falou um palavrão, tia Olivia consertou rapidamente o que disse. — Não que ela não tivesse seus motivos, pobrezinha. Nosso pai morreu logo depois de ter comprado o colar no meu Pérolas de Sabedoria. Eu me senti péssima de ele não estar presente pra dar o lance no de Ellie.

Minha avó tinha dito claramente que o marido dela tinha comprado as pérolas nas duas vezes. Eu falei isso em voz alta, e tia Olivia fez que não.

— Ah, não — reiterou ela. — Seu tio J.D. ... Nós tínhamos acabado de nos casar naquele verão, ele as comprou na noite do leilão de Ellie, assim como vai comprá-las para Lily hoje. Você não se importa, não é, Sawyer? Tem dias que parece que sua prima está apaixonada por essas pérolas desde que nasceu. Eu sempre achei…

Você sempre achou que Lily as usaria hoje.

Desta vez, eu não usei o silêncio como forma de fazê-la botar isso em palavras. Decidi fazê-la falar sobre um tópico diferente e mais útil.

— Tem alguém aqui que foi Debutante com a minha mãe?

— Ellie e eu temos seis anos de diferença. — Tia Olivia abanou o rosto com a mão direita. — Eu tenho vergonha de dizer que eu não estava prestando atenção aos detalhes da situação social dela. Talvez, se tivesse… — Quase na mesma hora, ela mudou o rumo da conversa. — Águas passadas! Agora, preciso pensar, quem tinha a idade de Ellie? Charlotte Ames, que antes era Bancroft, tinha uma irmã menor naquele ano. Acho que ela é Farrow agora. — Minha tia estalou os dedos. — E Greer! —

disse ela em tom de triunfo. — Greer Richards. Eu não sou de falar mal de ninguém, mas ela era uma peça, e a sua mãe vivia grudada nela.

Greer Richards, pensei, revirando os arquivos da memória. *Casada recentemente, organizadora do Baile Sinfônico, e o novo sobrenome dela é...*

— Waters. — Minha tia se corrigiu.

— Sim?

Nós duas viramos e vimos um homem absurdamente bonito parecendo meio confuso, como se tivesse acabado de acordar de um sono profundo e longo.

— Charles — disse minha tia. — Como você está? Já conhece a minha sobrinha, Sawyer? Ela e sua Sadie já se deram superbem.

O homem pareceu se concentrar quando ouviu minha tia dizer *Sadie*. De Sadie-Grace... filha dele.

— Sim. Bem. — Ele sorriu para mim, afável, ainda que um pouco distante. — É um prazer conhecer você.

Tia Olivia sumiu na multidão, e me vi tentando avaliar quantos anos Charles Waters tinha.

Velho demais. Ele é velho demais para ter sido Fidalgo com a minha mãe.

O olhar dele focou o colar.

— Lindo exemplar — murmurou ele. — Simplesmente lindo.

Eu estava prestes a responder agradecendo, como já tinha feito dezenas de vezes naquela noite, quando ele levou um dedo ao meu ombro. Eu já ia apresentar a ele os "dez motivos para você não tocar na pele exposta de Sawyer sem permissão", mas percebi que não foi para mim que ele levantou o dedo.

Ele queria pegar a joaninha no meu ombro.

— Linda — disse ele de novo quando a joaninha subiu no dedo dele. — *Coccinella septempunctata* — disse. — A joaninha-dos-sete-pontos. — Quase tardiamente, ele pareceu se dar conta de que o evento era formal e não um congresso de entomologia. A joaninha saiu voando, e ele suspirou. — Acho que isso foi mal-educado da minha parte — disse ele com tristeza.

— Só entre nós — respondi —, não ligo para boas maneiras. Eu sou capaz de arrotar o alfabeto, se fizer você se sentir melhor.

Ele me observou por um longo momento e sorriu. Foi bem fácil ver de onde Sadie-Grace herdou a aparência.

— Charles! — Uma mulher apareceu ao seu lado e passou o braço pelo dele. Ela usava o cabelo ruivo solto e liso, e deu para perceber só pela postura que a cor atípica era seu tom natural. — Você não estava enchendo o saco da nossa nova debutante, estava, querido?

Eu teria apostado mil dólares que aquela era a famosa Greer Waters. A madrasta de Sadie-Grace estava vestida como tia Olivia, mas o vestido dela era um tantinho mais curto. Os saltos eram um tantinho mais altos.

Eu apostaria tudo que nada disso era sem querer.

— Nós estamos esperando você nos bastidores — disse Greer. — E olha esse colar! Lindo.

Eu me permiti ser levada até a área separada por uma cortina atrás da passarela.

— Imagino que você já tenha visto o colar — falei. — Minha tia mencionou que você e minha mãe eram amigas.

Greer Waters não hesitou. Não fez pausa nenhuma. Mas eu vi algo mudar por trás dos olhos verdes.

— Sua mãe era uma querida. Uma *grande* querida, mas infelizmente nós não tínhamos muito em comum.

O silêncio se mostrou só um pouco menos eficiente com ela do que com tia Olivia.

— Eu era… — Ela riu. — Acho que podemos dizer que eu era horrível na época. Vivia no meio das coisas. Cheia de atenção e admiradores e amando tudo secretamente… Você sabe como é esse tipo de garota.

Ela parecia não saber muito bem como se autodepreciar.

MENTIRAS INOFENSIVAS **65**

— Ellie Taft era uma fofa. Mas era um pouco mais... alternativa, acho que podemos dizer? Ela tinha o mundo ao alcance das mãos e eu poderia jurar que ela nem queria. Nós éramos pessoas muito diferentes. — Ela deu um sorriso perfeito como o de uma miss. — Agora, vamos posicionar você.

Ela fechou a mão com unhas perfeitas no meu ombro e me guiou para uma fila que tinha se formado nos bastidores, logo atrás de Lily e Sadie-Grace.

— Olha a postura, querida — disse Greer para Sadie-Grace. — E lembre-se: não há *nenhum* motivo pra ficar nervosa.

Sadie-Grace pareceu achar essa declaração extremamente estressante.

Eu saí da fila e entrei na frente de Greer quando ela tentou passar.

— Greer — falei, mas me corrigi. — Sra. Waters. — Isso me fez ganhar alguns pontos. Com toda a intenção de aproveitá-los, eu prossegui: — Você pelo menos conheceu a minha mãe. Lembra quem eram os amigos dela? Com quem ela passava tempo?

Greer me observou por vários segundos com uma intensidade que eu desconfiava que ela reservava para arranjos florais e a escolha do tom perfeito de esmalte rosa.

— Acho que ela era próxima do Lucas.

— Lucas? — repeti, o coração disparado no peito.

— Lucas Ames.

Segredos na minha pele

EU COLEI
NO VESTIBULAR
(E TRAÍ MINHA NAMORADA)

www.segredosnaminhapele.com/comunidade

Capítulo 11

Quando os Fidalgos formaram uma fila na frente das Debutantes — *sabedoria* na frente das *pérolas* —, eu me vi procurando Walker Ames. *Lucas Ames? Tio de Walker? Um primo?*

— Ele não está aqui — murmurou Lily ao meu lado. — Walker. É ele que você está procurando, né? Ele é assim. A mamãe sempre disse que ele entrou duas vezes na fila do charme.

— Lily — interrompeu Sadie-Grace com voz suave.

— Eu só estou dizendo que Walker não está aqui — respondeu Lily, os olhos escuros grudados nos meus. — Ele foi Fidalgo ano passado. Se formou na primavera, primeiro da turma. Era pra ele ir pra faculdade com bolsa de futebol americano. *Mas. Bem.*

Isso era para encerrar a conversa. *Walker não foi para a faculdade*, eu concluí. *E terminou com você.*

Devia haver um jeito diplomático de responder, mas eu não era conhecida por meu jeito delicado.

— Eu não tenho interesse no seu ex, Lily, exceto pelo fato de que ele pode, ou não, ser parente do sujeito não identificado que engravidou a minha mãe.

— Você pode falar mais baixo? — Lily baixou o tom. — O que aconteceu com a sua mãe não é exatamente...

— Apropriado para uma festa chique? — sugeri.

Lily se permitiu uma fração de segundo de constrangimento, mas recuperou a compostura, se virou para a frente da fila e não disse mais nada enquanto o leilão começava.

Primeiro os Fidalgos e depois as Debutantes foram levadas pela passarela, um a um, até só ter sobrado alguns de nós.

— Estão deixando você para o final — sussurrou Sadie-Grace.

— Por causa das pérolas da sua avó. E não liga pra Lily. Ela só...

— É um ser humano normal que sente toda a variedade de emoções humanas e às vezes age em função delas? — sugeri.

— Não se preocupe, Sadie-Grace. Lily não pode me magoar.

Se você não espera que as pessoas te surpreendam...

Em pouco tempo, só havia eu nos bastidores.

— Engraçado te encontrar aqui. — Walker Ames apareceu do nada. Veio em linha reta até mim, mas eu tinha passado tempo suficiente no The Holler para reconhecer a expressão vidrada nos olhos dele. Se ele não estava bêbado antes, agora estava quase lá.

— Poupe sua saliva — falei.

— Perdão? — Ele tinha os trejeitos sulistas que nem o álcool atrapalhava.

— Eu tenho uma regra. — Eu fiz uma pausa. — Três regras, na verdade, mas uma delas é que ninguém interessado em flertar com uma adolescente é alguém que valha a pena flertar de volta, inclusive e principalmente garotos adolescentes.

Eu tinha visto minha mãe passar por muitos términos. Já beijei garotos que não tinham a menor ideia de como *realmente* retribuir o beijo de uma garota. Eu sabia o que acontecia quando se colocava fé no sexo oposto e não tinha intenção de deixar que um garoto bom de papo me colocasse numa situação complicada, nem agora nem nunca.

— Você é uma peça, Sawyer Taft. — Os olhos azuis de Walker ficaram mais focados do que estavam antes. A voz ficou mais suave.

— Eu sou uma pessoa — corrigi-o. — Mas, pra você? — De uma curta distância, Greer sinalizou que era minha vez de ir para o palco. — Pra você, eu sou só uma má ideia.

Puxei o vestido para cima, decidi chutar o balde e tirei os saltos que Lily tinha comprado para mim. Subi a escada descalça dois degraus por vez.

As pessoas que olhassem. As pessoas que me julgassem.

— Item 48 — anunciou o leiloeiro. — Usado pela srta. Sawyer Taft. — Ele me ofereceu o cotovelo para me acompanhar pela passarela. Se eu ainda estivesse de salto, talvez tivesse aceitado. Mas fiz a caminhada sozinha, da mesma forma que teria ido de um carro até outro na oficina do Big Jim.

O holofote estava brilhando tanto que doíam os olhos, tanto que não consegui ver os detalhes da plateia enquanto o leiloeiro falava. Mas eu ouvia os murmúrios.

— Os lances se iniciam em dez mil dólares.

Eu engasguei alto com a própria saliva.

— Eu ouvi dez mil dólares?

Meus olhos se ajustaram a tempo de ver meu tio erguer a placa com número. Várias outras pessoas deram lances, mas seus sorrisos conspiratórios me disseram que a minha avó não era a única que tinha entrado naquilo supondo que o colar ficaria na família.

Isso é só teatro, percebi, desejando que alguém acabasse logo com o meu sofrimento.

Mas um novo participante entrou na disputa de lances.

— Vinte mil dólares.

Um silêncio momentâneo se espalhou pela plateia. As pessoas se viraram para a pessoa, mas a atenção dele estava totalmente concentrada em mim.

— Eu ouvi vinte e um? — perguntou o leiloeiro ao tio J.D.

Com o canto dos olhos, vi o senador Ames seguir pela multidão na direção de quem deu o lance: um homem de trinta e poucos anos que se parecia um pouco com Walker.

Lucas?, perguntei-me, e quando o homem na mesma hora aumentou o lance do meu tio uma segunda vez, tive certeza de repente. Tentei visualizar aquele homem com a minha mãe.

— Vinte e cinco. — Dava para ouvir a tensão da voz do tio J.D. quando ele subiu o valor novamente.

O senador sussurrou com ênfase no ouvido de Lucas. Lucas deu a impressão de achar que a reprovação do irmão era piada.

— Trinta m...

Antes que ele pudesse terminar, um homem da idade da minha avó deu um passo à frente. Ele tinha um jeito discreto e uma voz retumbante.

— Cinquenta mil dólares, lance final.

O olhar do leiloeiro foi brevemente até o tio J.D., cujo corpo todinho estava rígido. Tia Olivia sussurrou (ou possivelmente *sibilou*) alguma coisa no ouvido dele, mas J.D. estava paralisado.

— Lance final — reiterou o homem idoso.

O leiloeiro não precisou que ele dissesse uma terceira vez.

— Vendido!

15 DE ABRIL, 17H23

As meliantes adolescentes das luvas brancas sob responsabilidade de Mackie eram incapazes de falar uma de cada vez, e isso o deixava tonto.

Deus te abençoe, pensou ele com severidade. *Eu vou fazer Deus te abençoar, Rodriguez. Abençoar pra valer.*

— Garotas! — Ele não tinha pretendido gritar, mas sua cabeça estava latejando, e elas não paravam de falar, e, droga, ele era um representante da lei!

As quatro fecharam a boca e olharam para ele com olhos arregalados.

Rápido, pensou ele. *Diz alguma coisa... séria.*

— Que papo é esse de cúmplices? E pérolas de cinquenta mil dólares?

Houve um momento de absoluto silêncio e:

— Elas não valem cinquenta mil dólares.

— *Você* não vale cinquenta mil dólares!

— Eu não acho que você esteja em posição de...

— Chega! — Mackie tentou a sorte uma segunda vez. Ele era capaz de fazer aquilo. Ele podia tomar o controle da situação.

Infelizmente, foi naquele exato momento que a arrombadora de fechaduras pareceu chegar à mesma conclusão.

— Me conta, policial — disse ela astutamente. — Você ao menos sabe *o motivo pelo qual* nós fomos presas?

OITO MESES E MEIO ANTES
Capítulo 12

Se não existe fúria como a de uma mulher desprezada, a ira de uma legião de mulheres desprezadas não seria pior do que a de uma dama sulista cujas pérolas foram roubadas. Minha avó estava cuspindo marimbondos quando me acompanhou entre duas mesas até o homem que tinha dado o lance maior do que o do meu tio *e* de Lucas Ames.

— Davis. — Ela grudou o olhar nele. — Isso foi inesperado, mesmo vindo de você.

— Mesmo de mim? — repetiu o cavalheiro. — Se eu bem me lembro, você já sentiu muito prazer em me dizer exatamente como eu sou previsível. — Ele se virou para mim e estendeu a mão. — Como Lillian parece ter esquecido a educação, acho que cabe a nós nos apresentarmos. Eu sou Davis Ames. E quem você é, minha jovem?

Se minha avó pudesse tê-lo incinerado com o poder da mente, eu acho que ela teria feito exatamente isso.

— Neste exato instante — respondi —, sou alguém que está muito preocupada com a sua longevidade.

Ele riu, e a risada mudou completamente o rosto dele.

— Tem um pouco de você nela, não é, Lill?

A expressão da minha avó *quase* mudou. Ela ainda estava furiosa, mas havia uma camada de emoção que não estava presente um momento antes.

— Nós temos história, sua avó e eu — disse Davis Ames para mim. — Na verdade... — O olhar dele foi até as pérolas em meu pescoço. — Eu estava presente no dia em que o seu avô comprou esse colar pra ela. — Ele voltou o olhar para Lilian. — Se eu me lembro bem, eu estava trabalhando de garçom.

— E olha só para você agora. — Minha avó recuperou a voz. As palavras pareceram um elogio, mas eu tinha quase certeza de que ela queria que ele as ouvisse de outra forma.

— Olha só pra nós dois — respondeu ele.

Apropriadamente, era o que todo mundo naquele evento estava fazendo. As pessoas não ficaram nos encarando, claro. Teria sido grosseria, mas todos os grupos espalhados pelo gramado se viraram de forma sutil na nossa direção.

Eu meio que duvidava que o interesse delas fosse pela minha falta de calçados.

— As pérolas são lindas — disse Davis Ames em tom decisivo —, mas eu estou mais interessado na jovem. Você é a filha da Eleanor.

Eu estava tão acostumada a ouvir minha mãe ser chamada de Ellie que as palavras me pegaram de surpresa, assim como a percepção súbita de que, se Lucas Ames *fosse* meu pai, aquele homem devia ser...

Meu avô?

— Davis, eu sei que Sawyer tem coisas melhores a fazer do que passar a noite de conversa conosco, a geração mais velha. — Lillian fez sinal para eu me virar. Ela soltou o colar. Por mais que fosse tortura entregá-lo, Lillian Taft não era do tipo que demonstrava fraqueza.

— Eu ouvi boatos sobre o investimento mais recente do seu genro — disse Davis Ames baixinho. — Considerando que J.D. não fechou a porta dos lances no segundo que meu filho idiota abriu a boca, você deveria considerar avaliar esses boatos.

Lillian ofereceu as pérolas a ele com uma sobrancelha arqueada. Houve um momento de silêncio prolongado entre os dois.

Com cuidado, ele pegou as pérolas.

— Lill…

— Se você sequer *tentar* me dar essas pérolas, Davis Ames — murmurou minha avó enquanto colocava a caixa das pérolas na mão dele —, eu vou acabar com você.

Eu estava tão absorta em observar a troca entre eles que só ouvi a aproximação de outra pessoa quando ele entrou na minha visão periférica e falou:

— Há uma certa rivalidade entre a sua família e a minha.

Eu me virei para olhar para o homem que tinha dado o lance contra o tio J.D.: o "filho idiota" de Davis Ames.

— Lucas? — inferi.

O pai dele e a minha avó estavam tão absortos na troca de farpas que não notaram quando dei um passo para longe deles, incentivando o homem ao meu lado a fazer o mesmo.

Ele me acompanhou.

— Estou vendo que minha reputação me precede.

Eu dei de ombros.

— Provavelmente procede também.

Lucas Ames deu uma risada.

— Devo concluir que você já conheceu meu sobrinho Boone?

Eu tinha passado anos imaginando quem era meu pai. Tinha me perguntado se ele tinha família. Mas havia uma diferença entre imaginar, no abstrato, se eu tinha tias e tios e primos e tentar aceitar o fato de que podia muito bem ter conhecido essas pessoas naquela noite.

— Você conheceu a minha mãe. — Minha boca estava seca, mas eu consegui falar.

— Numa vida passada, eu era o melhor amigo da Ellie. Nos meus melhores dias, ela era a minha melhor amiga. Como ela está? A sua mãe?

— Apaixonada por um cara que conheceu num bar.

Com qualquer outra pessoa, isso provavelmente teria interrompido a conversa, mas Lucas Ames nem piscou.

— Que bom. Como solteirão convicto, eu fico feliz de saber que ela não entrou pra estatística.

— Que estatística? — perguntei.

— Das domesticadas. Das amarradas. Das acomodadas.

Eu quase observei que minha mãe tinha passado os últimos dezoito anos criando uma filha, mas a verdade era que havia dias em que parecia que era eu que a estava criando.

— Sawyer. — Lillian, ao que parecia, tinha se desligado da conversa com Davis Ames o suficiente para reparar que eu tinha me afastado, porque ela diminuiu a distância entre nós e colocou a mão no meu ombro. — Por que você não vai procurar a Lily?

Minha avó foi quem deu a ideia de procurar meu pai biológico. Foi ela que usou as pérolas como isca hoje. Mas agora que alguém tinha mordido a isca, ela estava me afastando dali.

— Sem querer ser o chato, mas já sendo, acho que *eu* encontrei a Lily. — Lucas indicou uma mesa perto do palco. — E Walker.

Walker estava com o celular na mão, apertando com força. Lily parecia estar tentando acalmá-lo. Walker se soltou dela e foi trôpego na direção do pai. Como se um interruptor tivesse sido ligado, Lucas Ames passou de solteirão despreocupado a homem de família em um piscar de olhos. Ele foi até Walker e passou o braço em volta dele casualmente, embora eu desconfiasse que o aperto era forte como ferro.

— Você não parece estar se sentindo bem, garoto — comentou ele. — Vamos pra casa.

— Isso é um dos jogos dela — disse Walker, as palavras surpreendentemente ríspidas. — Campbell. É um dos testes dela. Só pode ser.

— O que só pode ser? — eu me vi perguntando.

Com base no olhar que a minha avó lançou em minha direção, parecia que verbalizar a pergunta que todo mundo estava pensando era uma gafe equivalente a passar aquele baile todinho pelada.

Mas Walker não pareceu se incomodar. Ele colocou o celular dele na minha mão. Eu olhei para a tela.

— "Debutantes e Fidalgos gostam de brincar" — li em voz alta.

— Sawyer — sibilou minha avó.

Eu a ignorei e continuei lendo a mensagem que Campbell Ames tinha enviado para o irmão.

— "Se eu estiver desaparecida... desconfie de sabotagem."

Segredos na minha pele

EU NÃO
ME
ARREPENDO

www.segredosnaminhapele.com/comunidade

Capítulo 13

Pelo que observei no resto da noite, Campbell Ames tinha reputação de "aprontar coisas assim". Não ficou totalmente claro o que era *aprontar*, mas eu entendi que pegar carros que não eram dela e vestir branco no outono estavam no repertório de Campbell. Considerando que Walker não foi o único a receber a mensagem, a previsão de que eu não seria o escândalo da noite por muito tempo foi precisa.

Debutantes e Fidalgos gostam de brincar. Se eu estiver desaparecida... desconfie de sabotagem.

Horas depois, revirei os olhos enquanto tirava toda a maquiagem do rosto. Era isso que acontecia quando as pessoas tinham muito dinheiro e pouco bom senso. Graças a Campbell Ames e o que ela *aprontou*, o amigo da minha mãe, Lucas, saiu antes de eu ter a oportunidade de perguntar se por um acaso ele e minha mãe tinham fornicado uns dezenove anos atrás.

Eu me sentei na escrivaninha antiga no "meu" quarto e repassei os eventos do dia. Avaliei tudo: as exatas palavras que o senador Ames tinha dito para mim na loja de departamentos, a expressão no rosto de Lucas quando ele deu o primeiro lance, o fato de que Davis Ames tinha comprado as pérolas. Em casa, eu teria feito uma caminhada noturna enquanto repassava os detalhes na cabeça, mas ali, eu não tinha para onde ir e nada para me distrair.

Se Lucas for meu pai, a família dele ia querer ser discreta sobre isso. Era um grande *se*. Eu estava supondo fatos que não eram evidências. O fato de Lucas Ames ter sido amigo da minha mãe, o fato de ele ter tentado dar um lance maior do que o do meu tio hoje não significava...

— Cuidado com o pé! É a minha *cabeça* aí.

Eu olhei na direção da janela, que eu tinha aberto um pouco depois de sair do banho.

— Cuidado com a sua cabeça — responderam. — Isso aí é meu pé!

Houve um momento de silêncio, seguido de um grito abafado.

Eu não quero saber, pensei. *Não é da minha conta.* Mas...

Eu levantei da escrivaninha, andei até a janela, abri-a e olhei para baixo.

Sadie-Grace e Lily, de preto, estavam descendo por uma treliça, juro. Quem *tinha* treliça?

Não é da minha conta se elas caírem e quebrarem o pescoço, pensei. *Não é da minha conta aonde elas estão indo às* — eu olhei para o relógio — *quinze pra uma.*

Mas... eu não tinha para onde ir e nada para me distrair. Fiquei olhando para elas até estarem com os pés firmes na grama. E aí, quando elas tentaram se esgueirar pela rua de um jeito que eu tinha certeza que elas achavam que era muito sorrateiro, eu balancei a cabeça. Enrolei as mangas da minha camiseta de dormir e vesti um short de corrida.

E desci pela treliça.

Eu segui minha prima e Sadie-Grace por três quarteirões. Elas encerraram a jornada noturna em outra rua sem saída, com casas só um pouco menores do que a da minha avó. Lily se aproximou da varanda da frente de uma das casas e tirou uma coisa do bolso.

Uma chave, percebi quando ela a enfiou na fechadura. Um momento depois, ela e Sadie-Grace entraram.

Isso é realmente tão ruim?, ouvi Sadie-Grace me perguntando na minha memória.

Acho, respondera Lily, *que depende do que se pensa sobre delitos.*

Com a curiosidade aguçada, eu segui para a porta. Elas a tinham trancado, mas trabalhei rapidamente na fechadura.

Minha opinião sobre delitos sempre tinha sido bem fluida.

O interior da casa estava em obras. Havia lonas isolando aposentos inteiros. Tentei ouvir Lily e Sadie-Grace, mas não escutei nada. Segui em silêncio pelo corredor, usando o celular como lanterna, e logo um mistério foi solucionado.

Havia um retrato na parede: tia Olivia e tio J.D., no dia do casamento.

— Certo — murmurei. — Então Lily não estava cometendo invasão de propriedade privada.

Eu estava.

O fato de que a casa da tia Olivia estava sendo reformada explicava por que a família da Lily parecia estar ficando na casa da minha avó, mas não explicava por que minha prima muito correta tinha saído no meio da noite como um bandido elegante.

Fui até a sala sem ver sinais de Lily ou Sadie-Grace. Diferentemente do resto da casa, aquele aposento parecia estar intocado pela reforma. Os únicos sinais de que a casa não era habitada era o trio de caixas empilhadas ao lado da mesa de centro. Cada uma tinha sido marcada com capricho.

A que estava marcada como *Baile Sinfônico* era boa demais para deixar passar.

Flores secas. Luvas brancas. Uma fita de vídeo. Uma almofada com as iniciais da minha tia bordadas em dourado. Um programa do baile. Olhar a caixa foi um exercício de masoquismo. Parte de mim queria saber em que eu tinha me metido com essa história de debutante, mas uma parte maior precisava entender melhor a minha tia.

Minha mãe nem sempre era a narradora mais confiável. Minha tia podia ou não ter sido "implacável, obcecada pela imagem e uma pessoa de comportamento pouco natural", mas era incontestável que tia Olivia estava com vinte e poucos anos, casada e bem independente quando minha mãe foi expulsa de casa.

Ela podia ter interferido.

Ela podia ter *ajudado*.

— Mas você não ajudou.

Eu abri o álbum e dei de cara com uma letra familiar e elegante. *Baile Sinfônico*, dizia com letras arredondadas graciosas. Sempre de olho na porta (e em Lily), folheei o álbum e parei quando dei de cara com um retrato de 24 adolescentes de vestidos brancos idênticos, paradas embaixo de um arco de mármore familiar. Encontrei tia Olivia, e minha mente foi até a fotografia dos Fidalgos que eu tinha roubado da gaveta da minha mãe. Eu não precisava de uma comparação lado a lado para saber que a composição era quase idêntica.

— Outra tradição — murmurei. Passei os dedos pela gravação: *Debutantes Sinfônicas*. Em seguida, virei a página. — E Fidalgos Sinfônicos. — Vinte e quatro garotos de smokings de cauda longa me encararam. Passei os olhos na foto procurando o tio J.D., mas congelei. Meus olhos foram até o ano gravado na foto.

— Sawyer?

Eu dei um pulo e fiquei de pé.

— Lily.

— O que você...

— Eu segui vocês. — Eu a interrompi com o coração disparado com a força de uma marreta, o pensamento acelerado a mil quilômetros por hora. Consegui ouvir Lily me dizer que eu tinha que ir para casa. E percebi que Sadie-Grace tinha se juntado a ela.

Mas eu sentia como se tivesse doze anos de novo. Tinha acabado de encontrar a foto na gaveta da minha mãe. Não estava colada na parte de trás, não nessa época. Só depois que minha mãe me encontrou encarando-a.

Forcei minha mente a voltar para o presente.

— Acho que a gente devia contar pra ela — disse Sadie-Grace. — Ela talvez possa ajudar.

— Contar o quê? — Minha voz estava calma. O álbum era um peso morto na minha mão, mas só precisei de um momento de distração e um movimento simples de mãos para tirar a foto dele.

Vinte e quatro garotos adolescentes de smoking, parados embaixo de um arco de mármore.

— Está tarde — disse Lily, projetando o queixo. — Melhor você ir.

Suas costas estavam iluminadas por uma luz no corredor. Só quando ela virou a cabeça foi que vi as marcas de lágrimas no rosto. Por uma fração de segundo, Lily ficou parecida com a minha mãe.

Quantas vezes eu a tinha visto exatamente com aquela expressão no rosto?

— Eu *posso* ir — falei para Lily, sem conseguir afastar a mente completamente da foto nas minhas mãos. — Eu vou se você me pedir de novo. Mas... — Eu deixei a palavra no ar. — Eu também posso ficar.

Eu podia ficar e ela podia me contar o que estava acontecendo.

Eu podia ficar porque éramos da mesma família.

Eu podia ficar e inventar uma desculpa para passar um pente fino na caixa de lembranças da minha tia, porque a foto que eu tinha acabado de pegar, a foto de vinte e quatro fidalgos da idade da minha tia, com o marido dela incluído...

... era idêntica à foto que eu tinha roubado da minha mãe.

A única diferença era que o ano na foto da minha mãe tinha sido riscado. Quatro dos rostos tinham sido riscados. Eu pensava que meu pai misterioso tinha sido do mesmo Baile Sinfônico que a minha mãe. Eu pensava que era por isso que ela tinha a fotografia.

Eu pensei errado.

— Eu acho que a gente devia contar pra Sawyer — disse Sadie-Grace em tom decisivo. — Ela cresceu em um *bar*.

Lily hesitou, mas acabou conseguindo formar uma única pergunta.

— Você consegue guardar segredo?

Eu pensei na foto que tinha acabado de roubar, sem mencionar a implicação de que meu pai misterioso seria adulto quando minha mãe tinha só dezessete anos.

— Você nem acreditaria no quanto.

Sem dizer nada, Lily me levou pela casa, saindo pela porta dos fundos, até o que parecia ser uma casa de piscina no quintal.

— Antes que você diga qualquer coisa — disse ela com cuidado —, saiba que podemos explicar.

— Explicar o quê? — perguntei.

Em resposta, Lily abriu a porta da casa da piscina. Lá dentro havia uma garota adolescente, amarrada, amordaçada e presa numa cadeira com fita adesiva.

— Sawyer — disse Sadie-Grace com pesar. — Essa é Campbell Ames.

Segredos na minha pele

EU GOSTO DE QUEIMAR COISAS

www.segredosnaminhapele.com/comunidade

Capítulo 14

No fim das contas, se havia uma coisa capaz de me distrair da pista enorme que eu tinha acabado de encontrar para descobrir a identidade do meu pai, essa coisa era o sequestro e cárcere privado da filha de um senador.

— Que merda é essa, Lily?

— Não é tão ruim quanto parece — garantiu Sadie-Grace. — Nós estamos dando comida pra ela.

Senti uma enxaqueca chegando.

— Bom, não exatamente *comida* — continuou Sadie-Grace — porque ela está no meio de um detox de sucos, mas…

A expressão *detox de sucos* foi a gota d'água.

— Se alguém não me explicar o que está acontecendo aqui, eu vou sair por aquela porta — disse, apontando para a saída com o polegar — e vou ligar pra polícia. Ou pior: pra nossa avó.

Lily reagiu como se eu tivesse dado um tapa nela, ou talvez peidado deliberadamente na direção dela.

— Você não vai fazer isso, Sawyer Taft. — Ela ergueu o queixo e me encarou. — Isso é só um pequeno mal-entendido.

Mesmo com a mordaça de fita adesiva, Campbell Ames protestou veementemente a essa caracterização da situação.

— A gente não queria. — Sadie-Grace era no mínimo sincera. — Só meio que… aconteceu.

— Como se acidentalmente sequestra alguém? — Era uma pergunta retórica, mas Sadie-Grace pareceu não perceber o tom de incredulidade na minha voz.

— Começa — disse ela em tom muito sério — apagando a pessoa sem querer.

— Também conhecido como agressão — esclareci.

— Acredite se quiser — disse Lily, limpando delicadamente a garganta —, nós não somos as vilãs aqui.

O cabelo castanho desgrenhado caiu no rosto de Campbell quando ela fez o possível para partir para cima da minha prima, mas o que tinham usado para prendê-la na cadeira aguentou bem.

— Sinceramente, Sawyer — continuou Lily em tom petulante —, se você não quiser se dar ao trabalho de ficar com a mente aberta, não vejo sentido em te contar nada.

— Mente aberta? — Olhei para Lily, esperando um sinal de que ela reconhecia como era ridículo acusar alguém de não estar aberta quando o assunto era *sequestro*.

Nada.

Decidindo que só havia um jeito de acelerar o processo de entender o que estava acontecendo ali (e a probabilidade que eu tinha de ser presa como cúmplice), eu atravessei o aposento antes que Lily pudesse me segurar e arranquei a mordaça de Campbell.

— Eu vou te processar, mandar te prender e simplesmente te *dizimar* socialmente. — Campbell fuzilou minha prima com o olhar. — Não necessariamente nessa ordem.

— Campbell Ames — respondeu Lily em um tom inabalável que teria sido mais apropriado se as duas estivessem se sentando para tomar chá —, eu gostaria de te apresentar minha prima, Sawyer. Obviamente, ela não pensou direito no que estava fazendo.

Considerando que eu não tinha sequestrado ninguém nem ameaçado minhas sequestradoras de uma forma que as incentivava a *não* me soltar, eu tive certeza de que estava ganhando o prêmio de melhor conjectura naquele aposento.

— Nós pedimos desculpas! — Sadie-Grace se afastou de Campbell até bater com as costas na parede.

Campbell fez um gesto exagerado de passar os olhos por Sadie-Grace, de cima a baixo, de baixo para cima, e se virou para mim.

— Você já se perguntou — disse ela, a voz doce como o mel — como é a personificação da insegurança e da completa falta de percepção social?

Sadie-Grace fez um som abafado. Eu não precisava olhar para os pés dela para saber que ela tinha entrado no modo balé.

— Bom, não fica aí parada — ordenou Campbell imperiosamente. — Me desamarra!

Claramente, eu tinha sido confundida com uma empregada. Infelizmente, para Campbell, havia dois tipos de pessoa no mundo: as que *não eram* condescendentes e desnecessariamente cruéis e as que eu ficava bem satisfeita em deixar presas a uma cadeira com fita adesiva.

— *Agora* você está pronta pra ouvir? — perguntou Lily baixinho.

— Você está pronta pra falar? — perguntei em resposta.

Lily apertou os lábios sem sorrir.

— Campbell é… — ela conseguiu dizer depois de um momento. — Ela é…

Campbell abriu um sorriso doce.

— Eu sou o quê, Lillian?

Por algum motivo, eu duvidava que o uso do nome inteiro da Lily, o mesmo de nossa avó, tivesse sido acidental.

Pessoalmente, eu não acreditava muito em ameaças sutis. Ou insultos sutis. Então voltei a atenção para a pessoa menos sutil na sala.

— Segredos são como band-aids — falei para Sadie-Grace. — Arrancamos de uma vez.

Sadie-Grace respirou fundo e abriu a boca. Campbell grunhiu, deu pinote na cadeira como um pônei selvagem e começou a gritar num tom de rachar vidro.

— Faz ela parar! — Sadie-Grace estava desesperada.

— Por quê? — respondi, erguendo a voz o suficiente para ser ouvida acima do berro contínuo de Campbell. — Tem espaço à beça entre as casas e ninguém vai ouvir. Se ela quiser fazer a cabeça girar 360 graus e vomitar gosma verde, eu não tô nem aí.

Sadie-Grace levou um momento para refletir sobre isso.

— Olha que a gente deu pra ela suco verde, hein.

Campbell parou abruptamente de imitar uma banshee. Ela me olhou de cima a baixo e voltou a olhar para Lily.

— Prima, você disse? Seria do lado do seu pai ou da sua mãe, Lily?

— A do escândalo — respondi, plantando-me com firmeza na frente da cadeira de Campbell. — E, falando em escândalo, eu só estou aqui há doze horas e já sei que isso é uma especialidade sua. Você gosta de atenção e gosta de violar regras. Não posso deixar de concluir que, se você tentasse contar pra qualquer pessoa sobre isso, e se fosse a sua palavra contra a da Lily...

Eu parei de falar, esperando que a insinuação fosse absorvida.

Campbell soltou uma risadinha.

— Você não é uma preciosidade? — perguntou ela. Aparentando estar adorando, ela se inclinou para a frente o tanto que conseguiu presa daquele jeito. — Quer que eu conte pra você como a srta. Certinha aqui passa o tempo livre? Quando não é voluntária de instituições beneficentes, não está estudando para o vestibular, não está toda empertigada treinando o sorriso mais virginal, é claro. — Campbell estava tendo prazer demais com aquilo.

— Como eu passo meu tempo não é da sua conta — disse Lily com a voz baixa... e desesperada.

Campbell deu um sorriso debochado.

— Continua repetindo isso, estrela pornô.

O silêncio súbito depois do insulto foi ensurdecedor.

Abruptamente, Sadie-Grace deu um pulo para a frente. Colocou a mordaça de fita na boca de Campbell, recuou correndo e fez o sinal da cruz.

Duas vezes.

Em seguida, se virou e me olhou com expressão suplicante.

— O que a gente faz?

Lily não disse nada em voz alta, mas uma leve mudança na expressão de choque ecoou a pergunta.

— Vocês duas sabem que "crescer fora dos trilhos" não dá nenhum conhecimento criminal pra uma pessoa, né? — falei.

Sadie-Grace franziu a testa.

— Achei que os trilhos fossem literais.

Campbell capturou meu olhar, e apesar da tira de fita na boca, havia um brilho triunfante nos olhos dela, um que dizia que nós éramos *inferiores* e ela era *mais* e que as coisas sempre acabariam sendo vantajosas para ela no final.

Eu era uma garota estranha cujos hobbies ainda mais estranhos tinham feito com que eu fosse expulsa das Escoteiras. Tinha nascido de uma mãe solteira e adolescente. Tinha sido chamada de coisa pior do que *estrela pornô*, e havia garotos que eu só tinha beijado e que alegavam que nós tínhamos feito muito mais.

Eu tinha recebido olhares como o que Campbell Ames me direcionava mais vezes do que podia contar.

— Começa do começo — falei para Lily, saindo da casa da piscina e fazendo um sinal com a cabeça para a minha prima fazer o mesmo. — Estou pronta pra ouvir.

Segredos na minha pele

EU ACHEI
QUE ELA ERA VOCÊ.

www.segredosnaminhapele.com/comunidade

Capítulo 15

A história completa envolvia chantagem. Campbell era a chantageadora. Lily era a chantageada. Infelizmente para Lily, ela não tinha nada que Campbell queria fora submissão social completa, indefinidamente, para sempre. Pelo que entendi, quando Lily deu para trás, Campbell decidiu cumprir a ameaça, e Sadie-Grace tinha, abre aspas, "reagido por instinto" e "abraçado agressivamente" a filha do senador para contê-la.

Campbell reagiu.

As duas meninas caíram.

E Campbell acabou inconsciente.

Não perguntei à dupla dinâmica por que elas não procuraram ajuda médica, nem como exatamente tinham transportado Belzebu da cena do crime, um country clube da região, até a casa da piscina dos Easterling. Não fiz Lily especificar pelo que exatamente Campbell a estava chantageando.

Mas pedi que ela esclarecesse uma coisa.

— Seja lá o que a Campbell tem contra você, o que você fez... sequestro não é um pouco pior?

Lily olhou para os próprios pés.

— Era de se pensar que sim — disse ela. — Mas duvido que mamãe fosse concordar.

Eu ainda não tinha visto Lily e tia Olivia interagirem diretamente, mas não podia deixar de pensar no jeito como tio J.D. tinha dito antecipadamente para a minha prima que ela era perfeita do jeitinho que era, no jeito como tia Olivia teria preferido que o título de Bela do Baile fosse para Lily.

Existe tentar, ouvi minha tia dizendo na minha mente. *E existe tentar demais.*

Eu não sabia tanto assim sobre Lily, mas achei que era uma aposta segura que ela tinha *tentado*.

— Vai em frente — disse Lily. — Diz que isso não é problema seu. Diz que eu fiz a fama e que posso me deitar no lençol de algodão egípcio da...

Cama, meu cérebro concluiu quando Lily saiu voando. Houve um segundo de atraso para meu cérebro *também* registrar o fato de que Lily tinha sido derrubada ferozmente por uma bola de fúria ruiva desintoxicada por suco.

Sadie-Grace fez um ruído horrorizado.

— Você *roeu* as amarras? — perguntei a ela, impressionada, contra minha vontade.

— Sai de cima de mim! — Lily lutou com o peso de Campbell em cima dela. Infelizmente, minha prima lutava como uma garota de irmandade no começo de uma festa, e Campbell Ames lutava como uma no final.

Sadie-Grace foi na direção da luta.

— Não me faz te abraçar!

Campbell passou um braço em volta do tornozelo dela e, um segundo depois, as três estavam rolando na grama como um bando de hienas da alta sociedade.

Diz que isso não é problema seu. As palavras de Lily ecoaram na minha cabeça. Conselho sábio, provavelmente. Tecnicamente, aquilo não tinha nada a ver comigo. Tecnicamente, minha prima e eu éramos praticamente estranhas.

Por outro lado, eu sempre tive o hábito de encarar tecnicalidades como desafio.

Entra em cena a mangueira de jardim. Eu provavelmente gostei de apontá-la para a briga de mulheres na minha frente mais do que deveria.

MENTIRAS INOFENSIVAS **93**

— O *que*...

— Aaaah!

— Como você *se atreve*! — Essa última veio de Campbell quando ela se levantou e me encarou pelo cabelo encharcado.

Eu a borrifei mais uma vez na cara por garantia.

Mesmo como um cachorro molhado e toda desgrenhada, Lily manteve a compostura.

— Sawyer, você não precisa...

— Assinar a própria sentença de morte social? — sugeriu Campbell. — Não, não precisa. Ela pode dar as costas e ir embora.

Eu nunca tinha recuado de um tom como aquele na vida.

— Você também pode — observei. — Você pode esquecer que isso tudo aconteceu, esquecer o jogo idiota que está fazendo com a minha prima e ir embora.

Campbell jogou o cabelo molhado por cima do ombro.

— Eu sou uma Ames. Nós nunca esquecemos. — Ela sorriu. — E quando eu tiver terminado com a sua prima *levada*... mais ninguém vai esquecer.

Eu não tinha ideia de qual era o motivo da chantagem, mas o tom dela deixou pouca ambiguidade sobre o fato de que, quando ela disse *levada*, ela quis dizer *piranha*.

Um músculo na minha mandíbula se contraiu e eu joguei a mangueira no chão.

— Acho que podemos dizer que eu sou meio que especialista em nós — comentei calmamente antes de afastar o olhar de Campbell para as outras duas. — Eu vou precisar de uma corda.

Depois que eu apresentei Campbell às minhas habilidades superiores de amarração de cordas, eu confisquei o celular que encontrei com ela. Eu não tinha a menor ideia de como tinha conseguido enviar uma mensagem de texto enquanto estava amarrada e amordaçada, mas, entre isso e a escapada estilo

Houdini que ela tinha conseguido executar, eu não ia correr nenhum risco. Aproveitei e pisei para quebrá-lo. Eu podia não ser um gênio do crime, mas eu *tinha* passado muito tempo vendo séries policiais.

E novelas.

— Do meu ponto de vista, nós temos duas opções — falei para Lily e Sadie-Grace, retornando-as para fora e para longe da possibilidade de Campbell ouvir. — Primeira opção: soltá-la.

— Como é? — As sobrancelhas claras de Lily subiram alto.

— Deixar que ela cause um pouco mais, e então revelar o blefe dela — esclareci. — O pai da Campbell é senador. Imagino que ele não seja fã do tipo de drama adolescente que sai na imprensa nacional. Ela não vai nos processar. Não vai mandar nos prender. Ele não vai deixar.

Lily não pareceu achar isso convincente.

— Ela tinha um celular — observei. — Só Deus sabe como ela conseguiu usar, mas, em vez de fazer contato com a polícia, ela enviou aquela mensagem de texto. Ela prefere que as pessoas falem a ter que lidar com a polícia.

— Que ótimo — respondeu Lily em tom fraco. — Só resta a ameaça de total aniquilação social.

— Já passei por isso — falei. — O segredo é não se importar.

Foi como falar para o vento não soprar. Lily era o tipo de pessoa que *tentava*. Ela *se importava*.

— Talvez ajude — falei — se eu souber qual é a chantagem de Campbell com você.

Silêncio. O celular da minha prima emitiu uma notificação. Ela olhou. Quando viu a mensagem, seus lábios repuxados empalideceram. Depois de um momento prolongado, ela ergueu os olhos castanhos até os meus e mostrou o celular, como se o mero ato de fazer isso fosse equivalente a desvelar a alma.

Eu observei o olhar dela por um momento antes de olhar para a tela. *Segredos na minha pele* tinha uma postagem nova, particularmente lasciva, gravada com tinta dourada no arco da parte interna da coxa de uma garota branca como porcelana. Fiquei surpresa de minha prima afetada e certinha ter se inscrito no blog.

Até o ponto de não estar mais.

Fica repetindo isso, estrela pornô. Foi isso que Campbell tinha dito antes de Sadie-Grace botar a mordaça de volta. No leilão, Boone tinha dito que tinha "quase certeza" de que a modelo anônima nas fotos estudava em Ridgeway Hall.

Quer que eu conte pra você como a srta. Certinha aqui passa o tempo livre?

Lily fechou os olhos e curvou a cabeça sem dizer nada. Apertei no link para abrir o site e olhei as postagens. As fotos não eram identificáveis, mas o corpo e a cor batiam com a minha prima. Nenhuma foto era um nude, mas a modelo gostava muitíssimo de lençóis estrategicamente posicionados.

Uma postagem tinha acabado de ser feita, mas não era difícil programar uma postagem.

— Quer saber o que Campbell sabe de mim? — disse Lily, forçando os olhos a se abrirem. — Isso.

Lily Taft Easterling era uma dama sulista. Uma amante de cardigãs que combinavam com o resto da roupa. Uma conhecedora dos talheres certos a serem usados num jantar formal.

Ao que parecia, ela também tinha um blog de fotos quase explícito.

— Que tipo de prova Campbell tem de que é você? — perguntei baixinho.

Lily balançou a cabeça, sem querer responder. Eu não a pressionei. Eu sabia por experiência que quando se tratava de partes femininas e o que as garotas decidiam fazer com elas, o dano não era nem um pouco proporcional à "prova".

— A primeira opção é soltar Campbell e torcer pra ela estar blefando. — Lily conseguiu parafrasear minhas palavras para mim. — E a segunda?

Eu não estava acostumada a ter primas. Ainda era meio estranho para mim pensar na palavra *família* significando mais do que só a minha mãe. Mas eu não poderia ficar de fora olhando uma estranha ser chantageada por uma coisa assim por alguém como Campbell.

E Lily não era uma estranha.

— A segunda opção *também* envolve soltar a Lúcifer. — Eu empertiguei os ombros, como uma general prestes a levar as tropas para batalha. — Mas primeiro, nós descobrimos o que o diabo tem de podre pra chantagear de volta.

15 DE ABRIL, 17H24

— **Chantagem é uma palavra tão feia.**

Mackie sabia que a encrenqueira de olhos sedutores estava jogando uma isca para ele. Ele sabia e não se importou, porque a arrombadora de fechaduras estava certa.

Ele *não* tinha ideia de por que as garotas tinham sido presas.

— Você chantageou alguém. — Ele tentou falar como se fosse uma declaração e não uma pergunta.

— Campbell — disse a afetada e certinha —, *cala a boca.*

OITO MESES E MEIO ANTES
Capítulo 16

Acordar em uma cama de dossel poderia ter sido uma coisa surreal e saída de um sonho se não fosse a cadela bernese de cinquenta quilos sentada na minha cabeça.

— Não liga pra ela — disse uma voz agradável de algum lugar acima de mim. — Ela só quer carinho.

Ainda meio dormindo, empurrei William Faulkner, que rolou de boa vontade e me ofereceu a barriga.

— Você não é alérgica, é? — perguntou tia Olivia da direção do closet. — Imagine nem saber se minha própria sobrinha é alérgica a cachorros.

Imagine nem saber que o passatempo escolhido pela sua filha envolve escrever artisticamente os segredos da alta sociedade na virilha.

Imagine nem ter ideia de que a pessoa que engravidou sua irmã adolescente era membro do seu círculo social.

Imagine nem saber que tem uma Debutante amarrada e amordaçada na sua casa da piscina.

Os eventos do dia anterior voltaram com tudo, e eu me sentei na cama. William Faulkner, cansada de esperar que eu coçasse a barriga dela, decidiu me dar carinho ela mesma.

— E aí? — disse tia Olivia. — Você é?

Limpei a baba da bochecha com as costas da mão e cocei atrás da orelha da bernese antes de ela poder iniciar outro ataque de carinho.

— Sou o quê?

— Alérgica — reiterou tia Olivia. — Eu juro, vocês garotas têm a atenção de uma mosca. Eu peguei Lily saindo do banheiro usando um pijama sem combinar hoje de manhã.

Se a ideia de um pijama com a parte de baixo e a de cima diferentes foi suficiente para gerar um muxoxo, eu não queria imaginar como minha tia reagiria se soubesse mais sobre as atividades extracurriculares da Lily.

— Não sou alérgica — falei. Saí da cama e fiquei profundamente ciente do som de cabides sendo arrastados numa vara de metal. — O que você está fazendo?

— Hããã? — Para alguém que tinha acabado de me acusar de não conseguir manter o foco, minha tia se distraiu com facilidade demais. Antes que eu pudesse repetir a pergunta, ela saiu do closet segurando um vestido branco de renda para eu avaliar. — Que tal este?

— O que tem?

— Você fala *mesmo* como a sua mãe às vezes, não é? Mas isso não importa, mocinha. O que você acha deste vestido para o brunch?

— Brunch — repeti.

Tia Olivia hesitou como alguém que teme ter cometido uma grande gafe.

— *Existe* brunch onde você cresceu?

Parecia que ela estava me perguntando se a gente tinha água encanada.

— Existe — falei. Fiquei tentada a acrescentar *E é tão gostoso que a gente lambe os dedos* só para ver a expressão horrorizada no rosto dela, mas me segurei. — Eu só não tinha planejado ir a um brunch hoje.

— Nós sempre vamos ao brunch de domingo no clube — disse tia Olivia, como se *Comerás brunch aos domingos* fosse o décimo primeiro mandamento. — Dependendo da sua posição na escala de pagã a devota, você também pode se juntar a nós na igreja de manhã. Sem pressão, claro.

— Sem pressão pra igreja — esclareci. — Já o brunch...

— O brunch é um evento familiar — disse uma voz.

Tia Olivia e eu nos viramos para a porta. Minha avó estava parada lá de calça preta e uma jaqueta de linho branca. Ela estava usando um colar de corda, tão casual quanto as casas daquele bairro eram modestas.

Depois de olhar para meu cabelo e para o cachorro gigantesco agora emaranhado no lençol ao meu lado, Lillian voltou a atenção para a filha.

— Talvez o branco não — disse ela, olhando o vestido na mão da tia Olivia. — Nós temos alguma coisa em pêssego?

Tia Olivia voltou para o armário e saiu segurando o mesmo vestido em outra cor.

— Quando o estilo e o corte caem bem — instruiu minha avó em tom distinto —, você compra em mais de uma cor. Roupas básicas nunca são demais. — Sem pausar um segundo, ela tirou o vestido em questão das mãos da tia Olivia. — Eu assumo daqui, querida.

Procurei algum sinal de tensão entre elas, alguma pista de que minha tia não tinha gostado de ser dispensada, mas se Olivia se ressentia de ser expulsa do quarto, ela não deu sinal. Na verdade, ela pareceu bem à vontade em fazer o que a mãe mandava.

É confortável ser a boa *filha*, eu praticamente pude ouvir a minha mãe dizendo quando tia Olivia chamou William Faulkner para segui-la pela porta.

Quando estávamos sozinhas, Lillian botou o vestido escolhido para mim no pé da cama.

— Eu poderia perguntar exatamente o que você e sua prima estavam fazendo ontem à noite que exigiu que vocês voltassem sorrateiramente às três da madrugada, mas eu estaria mentindo se desse a entender que não fiquei muito satisfeita de ver você e Lily ficando próximas tão rápido. — Ela passou a mão pelo vestido para ajeitar a barra. — Meninas às vezes são... complicadas. Da família, mais ainda. Se sua mãe e Olivia tivessem

MENTIRAS INOFENSIVAS **101**

sido mais próximas… — Lillian apertou os lábios e balançou a cabeça. — Você vai se sair melhor com Lily do seu lado do que se ficasse sozinha.

— Certo. — Eu descartei a declaração de Lillian. Eu podia ter ficado do lado de Lily na noite anterior, mas a ideia de que ela pudesse ficar do meu ainda era um pouco difícil de acreditar. Eu era boa em ser confiável.

Confiar nos outros era uma área mais nebulosa.

— O brunch — declarou minha avó, ignorando minha reação à última declaração dela — não é opcional.

Eu não tinha certeza se havia uma cláusula sobre brunch no meu contrato, então nem discuti.

Eu negociei.

— Eu vou — falei, saindo da cama. — Eu até coloco o vestido. — Abri a gaveta da minha mesa de cabeceira. — Só preciso que você faça uma coisa para mim primeiro.

Tarde da noite, quando eu finalmente tinha voltado pela janela e expurgado o drama de debutantes, eu tinha tirado a fotografia roubada do bolso. Com caneta preta grossa, tinha desenhado quatro círculos, um em volta de cada Fidalgo cujo rosto minha mãe tinha riscado na cópia dela da foto.

Eu entreguei a foto para Lillian.

— Eu gostaria dos nomes desses quatro.

Eu provavelmente poderia ter feito alguma outra tentativa de identificar os garotos da foto, mas eles eram homens agora, e eu não acreditava em pegar o caminho mais longo quando uma pergunta direta poderia me levar até a resposta mais diretamente.

Lillian ficou calada por um longo tempo enquanto olhava os rostos na fotografia. Eu vi uma série de emoções indecifráveis passarem pelo rosto dela. *Raiva? Espanto? Surpresa? Arrependimento?*

Durou por tempo suficiente para eu começar a pensar que não haveria nenhuma resposta, mas a matriarca da família me surpreendeu.

— Suponho que você tenha reconhecido seu tio. — Ela apontou para o primeiro dos quatro. — Ele ainda tem essa expressão de menino.

Ele era o único que eu *tinha* reconhecido. Eu não tinha pensado muito no que isso poderia significar.

Não quis pensar.

— O que não está olhando diretamente para a câmera é Charles Waters. Acredito que vocês tenham se conhecido ontem à noite. — Lillian nem fez uma pausa para me dar tempo para pensar. — O alto com cara arrogante na fila de trás é o menino mais velho dos Ames. O senador.

Ames. Igual a Walker Ames e Lucas Ames e a chantagista amarrada e amordaçada na casa da piscina.

— O da ponta — continuou minha avó, o jeito e o tom dela sugerindo que nada daquilo tinha muita importância — é o cunhado do senador. Ele não era grande coisa na época, mas a família Ames pagava suas taxas de Fidalgo. Ele acabou se casando com a filha deles, Julia.

— Esse homem que se casou com Julia Ames tem nome? — perguntei.

Sem dizer nada, minha avó botou a foto de volta na minha gaveta da mesa de cabeceira. Fechou-a antes de responder à minha pergunta.

— O sobrenome dele é Mason. Acredito que você tenha conhecido o filho dele, Boone, ontem à noite.

E o mundo pequeno só vai ficando menor...

— Primeiro nome? — perguntei, tanto para mostrar a ela que nenhuma daquelas informações tinha me afetado quanto para qualquer outra coisa.

Lillian sorriu. Eu não sabia se era reflexo... ou advertência.

— Thomas — disse ela. — Thomas Mason.

De repente, parecia que eu estava fazendo gargarejo com bolas de algodão. Meu nome era Sawyer Ann. Minha mãe tinha me dito uma vez que, se eu tivesse nascido menino, ela ainda teria botado meu nome de Sawyer.

Mas, nesse caso, teria sido Sawyer Thomas.

Segredos na minha pele

ESSE SEGREDO
NÃO CABE
A MIM CONTAR

www.segredosnaminhapele.com/comunidade

Capítulo 17

O utilitário da família era um Mercedes. E também era um *tanque*. Quando o tio J.D. passou pelo portão com guarita e começou a subir a estrada longa e sinuosa para o Northern Ridge Country Club, eu só percebi duas coisas: o monólogo contínuo de John David sobre a defensibilidade da nossa posição em caso de um apocalipse zumbi e o nome Thomas Mason.

Eu sempre supus que *Sawyer Thomas* era uma brincadeira com palavras: *Tom Sawyer* ao contrário. Nunca tinha passado pela minha cabeça que, se eu tivesse nascido menino, minha mãe poderia ter me batizado em homenagem a alguém.

Por exemplo, meu pai biológico.

Tirar conclusões apressadas é uma coisa, falei para mim mesma, *mas isso aí já é chegar às conclusões na velocidade de um foguete. Para.*

— John David, se você amassar esse blazer, eu vou te pendurar pelas unhas dos pés. — No banco da frente, tia Olivia verificou o batom em um espelho compacto. — E qual é a regra para zumbis no brunch?

O telefone de Lily vibrou no banco entre nós. Eu olhei para baixo. A mão com unhas esmaltadas da minha prima logo cobriu minha visão da tela do telefone, mas não rápido o suficiente.

Segredos na minha pele. Lancei um olhar incrédulo para Lily. Sério?

Minha prima se recusou a me encarar. O pai dela entrou em um caminho circular e parou embaixo de um pórtico creme. Reparei no balcão do *valet parking*, mas não pensei em procurar o manobrista. Minha frustração com Lily (e o fato de que ela *ainda* estava atualizando o blog pelo qual ela estava sendo chanteageada) pode ter feito com que eu abrisse a porta com mais força do que o necessário.

Foi *aí* que eu vi o manobrista.

Em minha defesa, eu não estava acostumada com gente abrindo a porta do carro para mim, e ele só fez um som baixo e chiado quando a porta foi direto na barriga dele.

Eu me levantei e fui firmá-lo pelo braço.

— Você está bem?

Os olhos castanhos do manobrista encontraram os meus.

— Eu vou sobreviver.

O sotaque dele era mais parecido com o meu do que qualquer outro que eu tinha ouvido desde que tinha entrado no Mundo das Debutantes. Apesar de ele estar usando uma camisa polo branca com um brasão com as iniciais do clube, algo no porte dele me disse que ele não era o tipo de pessoa que usava camisa polo, da mesma forma que eu não era o tipo de pessoa que usava vestido pêssego.

— Nick. — Um homem mais velho com uma camisa idêntica apareceu atrás dele e apertou o ombro do garoto. — Estamos precisando de um mensageiro. G-16.

— Por aqui, querida. — Tia Olivia me guiou na direção da construção. Logo eu me vi em um saguão com pé-direito de doze metros que levava a um corredor com o mesmo comprimento.

Fui para o lado de Lily para não continuar a ser pastoreada.

No que eu só podia supor que era um esforço para se prevenir de qualquer comentário que eu pudesse fazer sobre o que tinha visto no celular dela, ela falou primeiro.

— Incapacitou algum manobrista ultimamente? — murmurou ela enquanto seguíamos pelo corredor.

— Postou alguma foto quase explícita? — murmurei em resposta.

Na defesa de Lily, ela não empalideceu.

— Eu sei — disse ela baixinho. — *Eu sei*. Tem uma fila. Eu preciso desabilitá-la. — Ela fez uma pausa por um momento quando um maître saiu de detrás de um balcão para cumprimentar os pais dela e continuou, a voz baixa: — Não esquece: quando estiver comendo, comece com os talheres de fora para dentro.

O brunch teve quatro pratos. Nós esperamos Lillian chegar para nos sentarmos. Quando tínhamos assumido posição a uma mesa com vista para uma piscina grande e absurdamente cintilante, John David assumiu a tarefa de me levar para conhecer o local. O bufê de saladas ficada na Sala do Desjejum, a estação de café da manhã ficava na Sala Carvalho, o almoço e as carnes eram encontrados no Salão Freixo e as sobremesas ficavam no Grande Salão.

Fiquei tentada a ir direto para as sobremesas, em parte porque eu sabia priorizar as coisas e em parte porque Boone Mason estava fazendo uma pilha em um prato de vidro que combinava biscoitos, bolinhos, mousse e crème brûleé.

Se Boone está aqui, quais são as chances do pai dele estar também?

— Primeiro a salada — disse John David solenemente. — E nós só podemos falar de zumbi se os zumbis tiverem modos.

Quando olhei na direção do Grande Salão, Boone e sua pilha enorme de sobremesas tinham sumido. Precisei de dois pratos para arrumar um pretexto para ir atrás dele. Pedi licença recatadamente para ir ao toalete e parei na estação de sobremesas no caminho. Como Boone não tinha passado por mim para sair antes, arrisquei passar pelo arco do outro lado do salão. Havia outra área de mesas, menor do que o salão no qual minha avó estava reunida com a família, depois do arco.

A uma mesa com vista para o campo de golfe, Boone estava com quatro adultos e duas cadeiras vazias. Reconheci o senador e a esposa. Não era preciso ser um gênio para concluir que o outro casal eram os pais de Boone. A mãe tinha cabelo castanho-escuro, com mechas avermelhadas suficientes para me lembrar que ela e Campbell compartilhavam parte do DNA.

Que ótimo, pensei. *Metade das pessoas na minha lista de "Quem é o papai" é parente da garota que estou ajudando a manter prisioneira.* Isso poderia ter levado a mais reflexão se não fosse a presença do pai de Boone. Thomas Mason não se parecia muito com a época da fotografia de Fidalgo. Ele tinha envelhecido bem, desenvolvido feições que não lembravam o rosto adolescente. Ele tinha cabelo louro-acinzentado, um ou dois tons mais claro do que o meu, e o tipo de bronzeado que eu desconfiava ter menos a ver com exposição ao sol do que com genética.

— O toalete é pra cá.

Eu mal ouvi Lily quando ela apareceu ao meu lado. Eu sabia que estava encarando, mas não consegui desviar o olhar. Havia quatro homens na minha lista, e dois deles estavam naquela mesa. Eles deviam se sentar àquela mesma mesa aos domingos havia anos, os filhos crescendo juntos, comendo sobremesas dignas de fotografias.

— Sawyer. — Lily segurou meu cotovelo e, quando me dei conta, ela tinha me guiado pelo Grande Salão, por um corredor e para dentro de um toalete feminino que tinha uns duzentos por cento mais móveis do que qualquer banheiro que eu já tivesse visto.

Eu me sentei no que só pude supor ser um divã.

— Você já ouviu a palavra *sutil*? — perguntou Lily. — Por que você não pendura logo uma placa de néon dizendo "Dedicada a fazer coisas erradas"?

Eu estava procurando alguma coisa lá: uma semelhança, talvez, ou uma sensação no fundo das minhas entranhas. Mas, pela perspectiva de Lily, eu estava encarando abertamente a família da garota que ela tinha sequestrado.

A garota que *eu* tinha amarrado em uma cadeira com muita habilidade.

— O sutil é superestimado. — Eu me levantei e observei o banheiro. Depois da área de estar, havia um espelho e uma fileira de pias de granito reluzentes e, depois disso, seis compartimentos com privada.

Todos estavam vazios.

— Se você quiser descobrir os podres da Campbell — falei, me virando para Lily agora que eu sabia que podíamos falar livremente —, você vai precisar ser um pouco menos...

— Menos educada? — sugeriu Lily calmamente. — Menos correta? Menos seguidora das leis?

Eu resisti valentemente a mencionar que seguir as leis tinha ido para o brejo há algum tempo.

— Pense — falei. — Se você fosse algo digno de chantagem de Campbell Ames, onde você estaria?

Lily fechou os olhos. Tive a sensação de que ela estava contando até dez em silêncio e também possivelmente considerando me dar um soco. Mas, quando ela abriu os olhos, havia um brilho neles.

— Se eu fosse... *isso*... eu talvez estivesse no armário da Campbell.

Nós tivemos que esperar por mais dois pratos para elaborar o plano. O armário que Lily tinha citado ficava no vestiário feminino, completamente separado do banheiro feminino aonde já tínhamos ido. Ao que parecia, Campbell jogava golfe.

Essa eu não imaginava, pensei.

— Ela ganhou o Campeonato Junior do Clube todos os anos quando éramos pequenas — disse Lily, batendo as unhas esmaltadas rapidamente nos armários enquanto procurava o número certo. — Eu quase ganhei uma vez, mas Campbell trapaceou.

— Como se trapaceia no golfe?

Lily parou na frente de um dos armários.

— Mentindo sobre a sua pontuação. — Ela fechou as pontas dos dedos no cadeado de metal do armário. — Vamos torcer para a Cam ainda estar usando a mesma combinação que usava no fundamental 2.

Lily tentou a combinação três vezes. Depois da terceira tentativa sem sucesso, eu até achei que ela falaria um palavrão.

— Sai — falei para ela.

Por mais que eu odiasse concordar com a suposição de Lily de que crescer fora do círculo de luxo tornava a pessoa automaticamente uma criminosa, eu sabia derrotar um cadeado de combinação básica desde meus nove anos.

— Só para deixar registrado — falei para a minha prima —, qualquer habilidade de arrombamento que eu possa ou não ter adquirido na infância tem menos a ver com onde eu morava e mais a ver com o fato de que eu era uma garotinha muito esquisita e obsessiva.

O cadeado se abriu.

— Impressionante. — Pela primeira vez, o sorriso da Lily pareceu quase malicioso.

Com um sorrisinho, eu comecei a olhar o que havia dentro do armário da Campbell. *Sapatos de golfe, desodorante, uma bolsinha de maquiagem cheia de produtos, uma bolsinha de maquiagem cheia de absorventes, dois sutiãs esportivos, uma calcinha fio-dental e...*

— Oxicodona. — Olhei para Lily e voltei a atenção para o frasco de comprimidos. — Está certinho, foi prescrito pra ela. — Atrás da oxicodona havia dois outros frascos. — Lorazepam — li no segundo. — E multivitamínico.

MENTIRAS INOFENSIVAS **111**

Assim como a oxicodona, o lorazepam tinha sido prescrito para Campbell.

— O lorazepam é um medicamento pra ansiedade — disse Lily, virando o celular para que eu visse a descrição que ela tinha acabado de pesquisar. — Campbell nunca me pareceu uma pessoa ansiosa.

— Como você saberia? — Senti uma pontada de culpa, mais forte do que qualquer outra que eu tinha sentido quando amarrei Campbell na cadeira. Quando alguém jogava sujo, eu jogava mais. Essa era a lei da selva. Mas até as rainhas da fofoca sedentas por poder mereciam *alguma* privacidade.

Eu que não ia chantagear alguém, *fosse quem fosse*, por causa de saúde mental.

Para distrair Lily, passei para as vitaminas. Eram vendidas livremente e, sem surpresa nenhuma, de marca famosa. Abri a tampa e olhei dentro para ver se as vitaminas dos ricos eram idênticas às genéricas. Eram, mas essa não foi minha maior descoberta do momento.

Virei o frasco aberto para Lily, para que ela pudesse ver o que eu estava vendo. Os comprimidos eram brancos, mas, quando sacudi o recipiente, tinha um brilho prateado.

— O que é isso? — perguntou Lily.

— Só tem um jeito de a gente descobrir. — Peguei o objeto de metal. Era algo entre o tamanho de uma moeda de dez centavos e uma de vinte e cinco, no formato de um coração.

— Um berloque? — palpitou Lily. — Que fofo. Eu posso fazer chantagem com Campbell ameaçando revelar que ela é a única pessoa com mais de dez anos que ainda gosta de pulseiras de berloque. Isso vai acabar com ela.

Eu balancei o coração perto do rosto de Lily.

— Não é um berloque. É uma plaquinha. — Eu tive uma vizinha que perdia o gato uma vez e meia por semana. Eu sabia o que estava falando. — Estou apostando que era de uma coleira.

— Indiquei com o dedo as palavras escritas na plaquinha. — Nome. Telefone.

— "Sophie" — leu Lily. — É o nome da dona ou do animal?

— A verdadeira pergunta — respondi — é por que Campbell está escondendo uma plaquinha de bichinho de estimação em um frasco de vitaminas no armário de golfe.

Algumas fileiras à nossa esquerda, ouvi a porta do vestiário ser aberta. Agi rapidamente e peguei a última coisa no armário, um envelope branco liso, para depois fechar a porta e botar o cadeado na hora que uma mulher apareceu na ponta.

— Lily. — Greer Waters cumprimentou minha prima primeiro, o sorriso um pouco largo demais. — Eu não sabia que você ia jogar hoje. Sua mãe vai se juntar a você?

Greer estava segurando uma raquete de tênis. Parecia que ela estava segurando uma arma.

— Eu só estava mostrando o vestiário pra Sawyer. — Lily mentiu com serenidade. — Ela nunca jogou tênis. Nem golfe.

Eu já tinha jogado tênis, assim como eu já tinha comido brunch, mas decidi seguir a afirmação de Lily, que Greer achou simplesmente apavorante.

— Ah, coitadinha — disse ela na mesma hora. — Eu sei que a sua avó pode providenciar aulas particulares.

— Eu estou mais interessada em esgrima. — Não consegui me segurar e escolhi um esporte obscuro aleatoriamente. — Ou hipismo. Talvez badminton…

Lily me cutucou, e eu segurei a vontade de mencionar iatismo. Nós tínhamos conseguido distrair a madrasta da Sadie-Grace do fato de que não estávamos paradas na frente do armário da *Lily*. O envelope ainda estava na minha mão esquerda, a plaquinha na direita.

Agora seria uma boa hora para sairmos.

— Melhor a gente voltar — disse Lily para Greer. — Eu prometi pra minha avó que seria rápido.

A mera menção de Lillian Taft provocou alguma coisa em Greer. Era como se ela fosse um cachorro que tinha sentido o cheiro de um bife. *Um setter irlandês*, pensei, olhando para o cabelo dela. *Melhor raça e desesperada para ser a melhor do show.*

— Manda lembranças pra sua avó... e agradece a ela por toda a ajuda ontem.

De alguma forma, eu duvidava que Lillian se considerasse quem tinha "ajudado" com o leilão.

— Pode deixar — falei, passando por Greer em direção à porta. Eu a segurei para Lily e quase tive um troço quando a madrasta de Sadie-Grace diminuiu a distância entre nós. Um segundo ela estava perto dos armários, no seguinte ela estava colocando uma das mãos no meu ombro.

— Sawyer — disse Greer, a voz baixa e séria. — Passou pela minha cabeça quando eu cheguei em casa ontem que eu talvez tenha sido meio seca com você quando me perguntou sobre a sua mãe. Eu quero que você saiba que pode me perguntar qualquer coisa.

As pessoas eram previsíveis por natureza. Elas não mudavam radicalmente sem motivo.

— Na verdade — continuou Greer —, se você tiver perguntas, eu recomendaria que você não perguntasse pra mais ninguém. Quando sua mãe foi embora, ela deixou alguns incêndios sociais pra trás. Sei que você entende. Tem coisas sobre as quais não se fala na sociedade.

Consegui dar um sorriso tão falso quanto o dela.

— Claro.

Capítulo 18

Depois do brunch, eu liguei para o número de telefone na plaquinha. A linha estava desligada. Como material de chantagem, aquilo não estava servindo muito, mas eu tinha passado uma boa parte da vida obcecada por pôquer profissional, e Lily tinha passado a infância toda em um mundo governado por etiqueta e regras tácitas.

Nós duas sabíamos blefar.

Levamos várias horas para conseguirmos "sair para dar uma volta e tomar ar fresco", também conhecido como visitar a refém. Sadie-Grace já estava lá quando chegamos. Ela estava segurando um liquidificador.

— Campbell disse que chega de couve.

Eu achava que Campbell não estava em posição de dar ordens, mas tinha a sensação de que Sadie-Grace era o tipo de pessoa que recebia ordens o tempo todo.

— Vamos ver o que mais Campbell tem a dizer — sugeri.

Abri a porta da casa da piscina e puxei uma cadeira para a frente de Campbell.

Virei a cadeira e me sentei com as pernas abertas, uma de cada lado.

— Eu trouxe umas coisas que pertencem a você. — Mostrei a plaquinha primeiro. Houve um breve sinal de *alguma coisa* no rosto dela, que sumiu rápido demais para eu saber o que era.

— Você tem que admitir — falei, não me apressando com as

MENTIRAS INOFENSIVAS **115**

palavras —, é uma coisa estranha pra se guardar dentro de um frasco de vitamina.

— Você arrombou meu armário do clube? — Campbell refletiu sobre isso por um momento e abriu um sorrisinho. — Como eu vou viver com a informação transformadora que você certamente adquiriu?

Quando se tratava de sarcasmo, a entrega da Campbell estava vários passos à frente da Lily.

— Afinal, você sabe que tipo de absorvente eu uso... — Campbell abriu um sorriso afetado. — Que vergonha.

Havia muitas formas de blefar e muitos tipos de sinais. Com base naquela performance, eu estava supondo que a manobra escolhida da Campbell era a distração.

— Eu liguei para o número na plaquinha — falei.

Ali. O sinal apareceu, mais tempo agora. Eu não tinha ideia do que a plaquinha significava para Campbell, mas tinha tido confirmação de que significava alguma coisa, e eu estava apostando que *ela* não sabia que o número estava desligado.

Tirei vantagem do momento e peguei o envelope no bolso. Eu já tinha visto o que havia dentro, mas deixei que ela pensasse que eu o estava abrindo pela primeira vez.

— Não uma carta — observei ao esvaziar o conteúdo do envelope na mão. — Nem mesmo papel. — Eu mostrei o objeto. — Uma chave.

Campbell jogou o cabelo por cima do ombro.

— A boneca bailarina ali contou que eu não quero mais saber de couve? Esqueçam o detox de sucos. — Campbell mostrou os dentes. — Se vocês não quiserem que eu morra de fome aqui, tragam um hambúrguer.

— Você não gosta de hambúrguer — disse Lily subitamente.

— E — respondeu Campbell — eu não gosto de você. Mas eu *vou* gostar de revelar você como a gatinha indecente e pelada que você é. Sério, Lily, na sua posição, eu ficaria menos preocupada com o que o *nosso* círculo vai dizer do que com o que as gerações mais velhas vão dizer. Sua mãe. Sua *avó*. Como elas vão manter a cabeça erguida em público novamente?

— Nós já fomos amigas. — Lily encarou Campbell. — Você se lembra disso?

— Ah, meu anjo. — Campbell tinha dominado a arte de parecer solidária. — Eu não tenho amigas. Tenho pessoas que já se mostraram úteis e as que perderam a utilidade.

Uma chance de adivinhar qual você é, eu praticamente a ouvi dizer.

Não me apressei para me levantar. Campbell queria que nós pensássemos que ela tinha vencido a rodada, mas eu tinha marcado uns pontos. Nós podíamos não ter material para chantagem ainda, mas aquela interação tinha me convencido de que Campbell *tinha* um segredo.

Talvez mais do que um.

Quando Lily saiu da casa da piscina, ela foi para dentro de casa. Eu fui atrás, e Sadie-Grace me seguiu. Lily não disse nada quando passou por uma folha grossa de plástico que cobria uma porta e começou a subir uma escada de madeira.

O segundo andar não estava em obras. O esquema de decoração era claramente coisa da tia Olivia, quase idêntico ao da casa onde ela tinha crescido.

Lily parou na porta de um quarto, supus que dela. Depois de um longo e doloroso momento, ela foi até a cama queen e enfiou a mão debaixo do colchão para pegar um tablet.

— Eu nunca usei meu computador pras postagens — disse ela baixinho. — Parecia mais seguro usar algo que eu pudesse esconder.

Eu me perguntei o que mais Lily tinha usado para o *Segredos*. Uma câmera? Um tripé? Alguns pacotes de lençóis de algodão egípcio?

— Você precisa desabilitar a fila de postagens — falei. — Precisa parar de postar.

Lily estava com a cabeça curvada. Eu não via o rosto dela, nem sabia se queria. As mãos dela seguravam o tablet com tanta força que estavam tremendo, ou talvez ela estivesse se agarrando a ele como se para salvar a vida porque estava tremendo.

— Você está bem? — perguntou Sadie-Grace com hesitação.

— Estou. — Lily parecia vazia. Ela apertou alguns botões no tablet. — O blog está desabilitado. Não vai haver mais postagens. — Ela fez uma pausa e respirou de forma irregular. — Acho que eu devia apagar, me livrar das provas o máximo que puder.

Devia, pensei. *Mas será que consegue?*

Eu não tinha questionado o que tinha dado na minha prima para iniciar aquele projeto. Não tinha passado pela minha cabeça que fosse qualquer outra coisa além de um passatempo excitante, um risco que ela estava correndo porque correr riscos era gostoso. Mas agora? Aquela não parecia uma pessoa que precisava suspender um hobby. Não parecia uma garota que se arrependia de fazer algo idiota.

Ela parecia estar de luto.

— Chega. — Lily fechou a capa do tablet. — Acabou. Já era. — Ela foi até a lata de lixo e deixou o tablet cair das mãos. Fez um estrondo lá dentro. — Vamos levar a porcaria do hambúrguer da Campbell e voltar pra casa.

Capítulo 19

Nem passou pela cabeça de Lily e Sadie-Grace comprar o sanduíche da Campbell no McDonald's. Não, nossa refém temporária só podia receber carne orgânica da melhor procedência. Na verdade, minhas companheiras sequestradoras compraram *dois* hambúrgueres gourmet de doze dólares, porque nem minha prima nem a melhor amiga dela lembrava com algum grau de certeza se Campbell Ames gostava de abacate no hambúrguer ou não.

— Vocês sabem que ela não vai escrever uma avaliação dessa experiência, né? — Isso me fez ganhar dois olhares sem compreensão. — Cinco estrelas — falei. — Sem dúvida seria sequestrada de novo.

— Pode acreditar — respondeu Lily secamente. — Nós sabemos.

Sadie-Grace assentiu com seriedade.

— Campbell nunca dá cinco estrelas pra *nada*.

Precisei de todas as minhas forças para não começar a massagear as têmporas.

— Eu só estou dizendo que, se vocês estão se sentindo culpadas, talvez seja hora de reconsiderar a primeira opção.

Soltar Campbell. Arriscar que ela não mandaria nos prender e gerenciar o escândalo que resultaria da revelação de que Lily era a blogueira do *Segredos*. Um escândalo maior apareceria alguma hora.

— Sawyer. — Lily apertou os lábios e se obrigou a continuar falando em um tom agradável: — Não é só o que as pessoas diriam. É que elas *teriam prazer* em dizer. Eu sou a filha de Olivia Taft Easterling. Eu sou séria, respeitável e educada. Eu digo a coisa certa. Eu faço a coisa certa. — Ela respirou fundo, mas houve uma longa pausa antes de ela soltar o ar. — Sadie-Grace deve ser a única amiga que eu tenho que não ficaria feliz de ver a minha queda.

— Isso não é verdade — argumentou Sadie-Grace na mesma hora.

— Foi quando Walker terminou comigo.

Antes que Sadie-Grace pudesse responder, o telefone da Lily tocou, e minha prima olhou para mim.

— É a mamãe. Sempre que eu *olho* pra essa quantidade de calorias... — Ela ergueu o saco de papel com os hambúrgueres da Campbell. — ... ela sabe.

Tirei o telefone da mão da Lily e recusei a chamada. Com base na reação da plateia, parecia que eu tinha feito bruxaria de verdade.

— Sua mãe vai sobreviver — falei.

— Ela só gosta de saber o que eu estou fazendo — respondeu Lily automaticamente. — Onde eu estou.

— O que você está comendo? — sugeri.

Lily respondeu à minha pergunta incômoda com outra pergunta.

— Sua mãe não se importa com alimentação?

Quando eu era criança, o nome do nosso cachorro era Pop-Tart. A ideia da minha mãe de um café da manhã balanceado não devia bater com a da tia Olivia.

— Olha — falei para a minha prima. — Se fosse eu postando no blog *Segredos* e a *minha* mãe descobrisse... ela tentaria transformá-lo numa atividade de mãe e filha e pediria pra mandar umas fotos dela.

Lily ficou impressionada... ou horrorizada.

— Ninguém nunca fala sobre ela, sabe. — Ela reduziu a velocidade dos passos quando nos aproximamos da casa dos pais dela. — Da sua mãe. Eu estava no quarto ano quando descobri que ela existia.

Concluí que isso significava que Lily também não sabia que *eu* existia.

— Essa é a parte assustadora. — Sadie-Grace estava com os olhos arregalados. — Tem alguns escândalos que as pessoas comentam. Mas outros...

Lily olhou para baixo.

— Elas *param* de falar sobre você. Pra sempre.

Ela não podia acreditar que a reação ao *Segredos* seria de alguma forma parecida com a gravidez adolescente da minha mãe, mas eu duvidava que ela achasse reconfortante ouvir *Não vão te exilar para sempre.*

Para o bem ou para o mal, nós não voltaríamos para a primeira opção.

— Você pediu um hambúrguer — declarou Lily quando abriu a porta da casa da piscina. — Nós trouxemos um... — Ela parou de falar.

Olhei para além dela e vi o motivo. Campbell tinha sumido.

Incrédula, andei até a cadeira vazia e peguei as cordas caídas no chão.

— Como foi que ela...

— Eu te disse — sussurrou Sadie-Grace. — Ela está de conluio com o Cão.

— Ela é flexível, está motivada por vingança e tem unhas afiadas — corrigiu Lily secamente, mantendo a compostura por um fio.

Sadie-Grace estava consternada.

— Eu sabia que não devia ter aceitado lixar as unhas dela com pontas quando fiz a manicure dela com pedras quentes!

MENTIRAS INOFENSIVAS **121**

Eu não consegui me segurar.

— Vocês sequestraram a garota e *fizeram as unhas dela?*

— Chega de críticas — disse Lily acidamente. — Campbell foi embora e pronto. — Ela pegou um bilhete manuscrito no braço da cadeira.

Cheguei perto para ler. A mensagem de Campbell tinha duas palavras.

TÁ VALENDO.

Ao meu lado, Lily saiu correndo. Primeiro, achei que ela ia vomitar o brunch, mas ela continuou correndo.

Para a casa principal.

Escada acima.

Até o quarto.

Consegui acompanhá-la, mas por pouco.

— Sumiu. — Lily se sentou no chão ao lado da lata de lixo e, numa explosão de raiva nada típica dela, derrubou a lata. — O tablet que eu usava para o *Segredos* — sussurrou ela com voz rouca. — Eu o joguei fora, e agora sumiu.

Capítulo 20

Lily e eu passamos o resto do dia esperando a desgraça acontecer, mas as contas de Campbell nas redes sociais continuaram em silêncio, e algumas mensagens de texto discretas da parte da Lily sugeriram que até as capangas mais estimadas da Campbell ainda não tinham notícia dela.

A polícia não apareceu na casa da nossa avó.

Na manhã seguinte, minha prima estava determinada a fingir que nada tinha acontecido, e sinistramente adepta a fazer exatamente isso.

— É segunda-feira — declarou Lily, entrando no meu quarto depois de uma batidinha protocolar. — Tipicamente, isso significaria que o clube está fechado, e os eventos do Baile Sinfônico costumam ter um mês de intervalo pelo menos, mas…

— Lily — falei, interrompendo-a.

— *Mas* — continuou Lily enfaticamente — esta segunda-feira é a exceção às duas regras. Northern Ridge está ciente de que as aulas de Ridgeway e Brighton começam na semana que vem, e as mães do Comitê do Baile Sinfônico sabem que o Pérolas de Sabedoria é mais para os pais do que para os Fidalgos e as Debutantes. — Ela finalmente respirou, mas foi uma respiração curta. — Hoje é pra nós.

— Hoje? — repeti.

Lily foi para o meu closet.

— Você vai precisar de um biquíni.

MENTIRAS INOFENSIVAS **123**

***

Três horas depois, eu tinha aceitado que Lily não falaria sobre Campbell Ames, nem sobre o tablet desaparecido, nem sobre nenhum tipo de desgraça social iminente. Eu também tinha desenvolvido um novo lema de vida: *Você pode até me obrigar a usar um biquíni pequeno, mas não pode me obrigar a tirar o short de surfe e a camiseta de mangas cortadas que eu vou colocar por cima.*

Lily tinha tentado me coagir a colocar uma "cobertura" (nome péssimo) de marca, mas eu venci essa batalha. Depois de chegarmos à festa na piscina, não demorou para eu perceber que, naquele círculo social, quanto mais questionáveis fossem suas escolhas de moda, mais elogios você recebia. Ninguém veio dizer diretamente que parecia que eu tinha usado uma tesoura em uma camiseta do Walmart (eu tinha). Eu só ouvi que minha roupa era *uma graça*.

Eu era *tão* original.

E não era legal eu não me incomodar com a minha aparência?

— Um insulto não conta como insulto se você o proferir como pergunta.

Eu tinha saído da área da piscina e ido me refugiar na Casa de Barcos do Northern Ridge Country Club, que não abrigava barcos, só servia como uma versão mais elaborada de lanchonete. Ao que parecia, eu não era a única a decidir me esconder entre anéis de cebola e coquetéis de camarão.

— Coincidentemente — continuou Boone Mason —, um insulto também não conta como insulto se você fingir que é elogio, chamar a pessoa que você está insultando de *docinho*, ou se criticar a si mesmo de uma forma autodepreciativa e nem um pouco sincera ao mesmo tempo. Camarão?

Ele me ofereceu um prato, que já estava abarrotado de *hors d'oeuvres*.

— Não, obrigada — falei, me lembrando do momento em que o vi no bufê de sobremesas no dia anterior. Meu cérebro entrou em velocidade máxima, procurando qualquer semelhança no rosto dele, por mais sutil que fosse, com o meu.

Ele era filho de Thomas Mason.

— Eu vivo a vida seguindo relativamente poucas regras — disse Boone, perfeitamente satisfeito em ter uma conversa basicamente unilateral. — Mas uma dessas regras é nunca recusar crustáceo grátis.

Fisicamente, Boone não se parecia nada comigo, mas era fácil imaginá-lo quando criança, adotando uma série infinita de obsessões realmente estranhas.

— Eu também tenho regras — falei subitamente. — Ninguém interessado em flertar com uma adolescente é alguém cujo flerte valha a pena retribuir. Não espere que as pessoas surpreendam você e assim elas não podem te decepcionar. Diga o que quer dizer e seja sincera no que diz.

Houve um momento de silêncio.

— Que revigorante — disse Boone, em uma imitação surpreendentemente boa da última Debutante que não me insultou. — Você *é* interessante, não é?

Ele abriu um sorriso torto.

— Eu também posso ser sua meia-irmã. — Uma coisa era eu *dizer* que não acreditava em deixar as amabilidades sociais atrapalharem a verdade. Outra coisa era fazer isso, mas eu não tinha ido para lá, para a casa da Lillian, para a alta sociedade, para a festa na piscina, para ser reservada e observar.

Eu tinha ido atrás de respostas.

— Você pode ser *o quê*? — gaguejou Boone.

— Não precisa tirar a calça pela cabeça — falei. — Seu pai é só *um* dos homens que podem ter engravidado a minha mãe. Você pode ser meu meio-irmão, mas também é perfeitamente possível que nós sejamos primos.

Com a testa franzida, Boone comeu outro camarão. Ele precisou de mais três crustáceos deliciosos para se recuperar o suficiente e me perguntar mais coisas.

MENTIRAS INOFENSIVAS **125**

— Primos de primeiro grau? — perguntou ele. — Ou primos distantes, destinados a um amor impossível?

Eu o encarei.

— Você vai acabar me achando um amor — prometeu Boone. — E eu vou acabar parando de flertar com você.

Sem aviso, uma terceira pessoa entrou na nossa conversa.

— E por que você faria uma coisa dessas?

Eu me virei.

Walker Ames não estava de traje de banho. Ele parecia ter acabado de sair do campo de golfe.

— Nos encontramos de novo, Sawyer Taft — disse ele. — Você vai passar todos os eventos do Baile Sinfônico escondida nos cantos?

— Ela não está escondida — disse Boone rapidamente. — Ela está… — Eu esperei que ele dissesse algo sobre a bomba que eu tinha largado na cabeça dele. Mas ele colocou o prato nas minhas mãos. — Ela está monopolizando o camarão, é isso.

— Na verdade… — comecei a dizer, mas Boone me deu uma cotovelada. *Não fale para Walker sobre o pai dele o que você acabou de falar sobre o meu.* O aviso foi tão claro como se ele tivesse falado em voz alta.

Decidindo pela primeira vez que prevenir era melhor do que remediar, decidi seguir por um assunto *um pouco* menos sensível.

— Já teve notícias da sua irmã, Walker?

— Nem uma palavra. — Walker olhou pelo janelão na direção da piscina. — Mas estou apostando que alguém aqui teve.

Eu segui o olhar dele. Dezenas de Debutantes e Fidalgos relaxavam na piscina. Havia um jogo de vôlei acontecendo na água, e, mais perto da borda da piscina, uma briga de galo estava se transformando rapidamente em uma confusão de membros entrelaçados e tensão sexual.

Procurei Lily e a encontrei sentada perto da piscina com Sadie-Grace. Ao meu lado, a atenção de Walker tinha parado no mesmo lugar. Ele já tinha se formado no ensino médio. Não era

Fidalgo, e isso significava que minha prima não esperava que o ex dela estivesse ali hoje.

— É bom te ver sóbrio — falei secamente para Walker, desviando a atenção dele da Lily. — Você fica melhor assim. Menos cara de pobre garoto rico, mais membro funcional da sociedade.

Walker tinha um sorriso automático básico, aquela coisa de *entrou na fila do charme duas vezes* que Lily tinha mencionado. Só por um momento, a expressão dele ficou meio torta: menos bonita, mais real.

— Como eu falei — disse Walker para Boone antes de se virar para sair dali. — Por que você ia querer parar de flertar com a indelével Sawyer Taft?

Sem esperar resposta, ele saiu da Casa de Barcos, mas virou para a esquerda na piscina, o que me deixou pensando quem exatamente Walker achava que tinha tido notícias da irmã dele.

— Ele é protetor com a Campbell — disse Boone ao meu lado. — Sempre foi.

— Isso não explica por que você não queria que eu não dissesse nada sobre o pai dele — falei.

Boone comeu mais dois camarões e desviou da pergunta:

— Aquela coisa que você falou sobre o meu pai e o suposto esperma dele e os supostos ovários da sua mãe, sabe? Eu não consigo imaginar. Meu tio Sterling, ou, como eu gosto de chamá-lo, senador Mandão, gosta de dizer que eu sou todo Mason. Ele quer dizer que eu não sou sutil, porque meu pai também não é.

— Que tio legal você tem — comentei.

Boone deu de ombros.

— É o jeito dele de irritar a minha mãe, porque *ela* é uma Ames todinha. Como Walker. E Campbell.

Eu tinha crescido sem irmãos... nem primos. Mas reconhecia rivalidade de irmãos ou de pseudoirmãos quando via. Boone estava acostumado a ficar na sombra do primo.

— Meu pai... — Boone procurou as palavras certas. — Ele cresceu como classe média. Eu não tenho ideia de como ele e o tio Sterling ficaram amigos, mas eles ficaram. Então meu pai teve um gostinho de como era essa vida e decidiu que queria também. — Boone fez uma pausa. — Ele seguiu um bom caminho e se casou com uma Ames. Tem dias que eu acho que ele se arrepende, mas na época? Eu não consigo imaginá-lo arriscando tudo por uma mulher.

Não uma mulher, pensei. *Uma garota.*

— A minha mãe é o que poderia ser chamada, se você for generosa, de vingativa — disse Boone quase com carinho. — Ela o teria *enterrado vivo* se ele a tivesse traído.

Talvez Boone tivesse feito a interpretação certa dos pais, mas a minha mãe tinha riscado o rosto de Thomas Mason da foto por algum motivo.

E se eu tivesse nascido garoto, meu nome seria Sawyer Thomas.

— E seu tio? — perguntei a Boone, voltando ao ponto do qual ele tinha desviado. — O senador. Alguma ideia do que ele estava tramando uns dezoito anos mais nove meses atrás?

— Nenhuma — disse Boone com alegria. — Mas posso sugerir que você *não* pergunte a nenhum outro membro da minha família? Nós somos um pessoal implacável, de um modo geral, principalmente o tio Sterling.

E foi por isso que você não quis que eu dissesse nada para Walker.

— Eu sei me cuidar — falei.

Boone não pareceu gostar da resposta.

— Eu vou ver o que consigo descobrir — prometeu ele. — Sobre o meu tio, o meu pai, a sua mãe... só... aguenta firme, amiguinha.

— Amiguinha? — repeti, incrédula.

— Ei — disse Boone —, você lida com seus possíveis sentimentos incestuosos por mim do seu jeito e eu lido do meu.

Capítulo 21

Aguentei mais uma hora de festa na piscina e abandonei o barco. Uma observação rápida da área me informou que minhas únicas opções de ar fresco eram uma área gramada verde vibrante, onde as pessoas estavam realmente envolvidas em jogos ao ar livre, e uma viela de fundos que levava às caçambas de lixo.

Escolhi as caçambas de lixo. Imagine minha surpresa quando encontrei a Lixolândia ocupada.

— Desculpa. — O garoto encostado no prédio se empertigou na hora. O celular dele foi para o bolso e os olhos foram para um ponto acima do meu ombro direito.

— Está pedindo desculpas por quê? — perguntei.

A pergunta o surpreendeu a ponto de ele me encarar. Levei um momento para perceber que eu reconhecia aqueles olhos.

O *manobrista*. Ele estava com uma roupa diferente hoje, uma sunga azul-marinho e uma camisa ajustada com o brasão do clube.

— Salva-vidas? — perguntei.

— Estou substituindo um amigo — respondeu ele. — Não se preocupe, tenho certificação.

— Não é a minha maior preocupação no momento.

Ele conseguiu dar um sorriso discreto.

— Nova por aqui?

— O que me entregou?

— Além do seu sotaque, da sua roupa e do fato de que você fica à vontade *sem* estar sorrindo? — Ele se encostou na parede, mantendo os ombros virados na direção dos meus desta vez. — Nadinha.

Isso poderia ter arrancado um sorriso de mim, mas o som da porta que levava à viela se abrindo e se fechando interrompeu o momento. O manobrista olhou na direção da porta e tomei nota do gesto. Crescer acima do The Holler me deu um sexto sentido para encrenqueiros de bar. De camisa polo ou uniforme de salva-vidas, não importava. Aquele cara estava acostumado a ficar com as costas na parede e os olhos bem abertos.

Ele não era feito para abandonar uma briga.

Que briga?, me perguntei. Eu me virei para olhar a pessoa que tinha se juntado a nós e dei de cara com Walker Ames.

— Eu tenho que ir — disse o manobrista. Ele passou por mim e tentou passar por Walker.

Walker chegou para o lado.

— Nick — disse ele. — É Nick, né? Você tem um minutinho? — Walker não esperou resposta. Era isso que acontecia com pessoas que cresciam em um mundo em que a resposta era sempre sim. — Nós precisamos conversar.

— Eu preciso voltar ao trabalho. — A expressão vazia de Nick não oscilou. Ele parecia uma pedra.

Walker só continuou falando:

— Vai levar só um segundo.

Nick olhou para mim. Claramente, ele queria que eu sumisse, mas os dois estavam bloqueando a única passagem.

— Ela está com você? — perguntou Walker.

— Quem? — disse Nick. Ele fez um gesto na minha direção. — Ela? Nós acabamos de nos conhecer.

Walker desviou o olhar para mim. Claramente, ele só tinha registrado a minha presença naquele momento.

— Você pode nos dar um momento, Sawyer?

Agora foi a minha vez de me encostar casualmente na parede.

— Levem o tempo que precisarem.

Eu vi um leve toque de diversão no rosto de Nick.

A palavra seguinte de Walker fez isso desaparecer.

— Campbell — disse ele, se virando para o outro garoto. — Ela está escondida na sua casa?

Nick encarou Walker.

— Acho que você deve estar me confundindo.

— E eu acho que você faz o tipo da minha irmã — retrucou Walker. — Olha, quem a minha irmã pega ou o que ela faz não é da minha conta. Eu só quero saber se ela está bem.

Ela está ótima, pensei, *e, considerando que não foi para casa depois de fugir ontem à noite, eu daria oitenta por cento de chance de ela estar tramando alguma coisa.*

— Eu não tenho ideia de onde sua irmã está — disse Nick com clareza.

Walker deu um passo na direção dele.

Isso não vai terminar bem, pensei. Walker era mais alto do que Nick, com ombros mais largos. Nick provavelmente era melhor de briga. Apesar da camada de calma ainda não ter desmoronado, a parte de mim que tinha crescido perto de um bar dizia que podia.

— Deixa ele em paz — falei para Walker. Para a minha surpresa, outra pessoa disse exatamente as mesmas palavras na mesma hora.

— Sentiu saudade? — Campbell entrou na viela e deu um beijo na bochecha do irmão. Ela não parecia ter passado os últimos dois dias colada com fita adesiva em uma cadeira.

Ela parecia ter ido para algum tipo de SPA.

— Campbell. — Walker voltou a irritação para a irmã, Nick esquecido por um momento. — Ainda inteira, ao que parece.

— Eu não estou sempre? — respondeu Campbell com leveza. — Pode ir, Nick. — Ela nem olhou para ele quando o dispensou.

Nick não pareceu se importar. Um momento depois, ele tinha sumido.

Campbell está aqui. Campbell está sorrindo. Isso não pode ser bom.

— Sawyer, essa é a minha irmã. — Os bons modos obrigavam Walker a nos apresentar. — Campbell, essa é…

— Sawyer Taft — concluiu Campbell, com um sorriso tão encantador quanto o do irmão. — Eu sei. A Lily nos apresentou no fim de semana.

— Você esteve com a Lily? — perguntou Walker à irmã. — Ela não disse nada. — Ele se virou para mim. — *Você* não disse nada. — Ele voltou os olhos apertados para a irmã. — Desde quando você e Lily andam juntas?

Desde que ela me SEQUESTROU… Esperei que Campbell puxasse o gatilho.

Mas ela não o fez. Ela também não disse nada, nem uma palavra, sobre o *Segredos na minha pele*.

Campbell fez para Walker o que eu só podia descrever como olhos de cachorro pidão.

— Olha, irmão mais velho, eu peço desculpas pelos dois últimos dias. Você acreditaria se eu dissesse que estou sofrendo por alguém?

Bastou isso para Walker entrar no modo protetor.

— Alguém…

Campbell não deu a ele a chance de terminar a pergunta.

— Não importa o que fizeram ou não. Como discutido previamente, meus relacionamentos físicos e/ou românticos não são da sua conta. — Ela suavizou o tom. — Eu precisava de espaço, Walk. Precisava ficar sem a mamãe respirando no meu cangote. E… — Campbell olhou na minha direção, e vi uma coisa apavorante disfarçada de carrinho nos olhos verdes. — Eu precisava de um tempo com as meninas.

— Tempo com as meninas? — repetiu Walker.

— A Lily me deixou dormir na casa da piscina dela por uns dias — disse Campbell, enrolando o cabelo ruivo no indicador, observando a minha reação e a do irmão. — Eu teria te contado, mas a srta. Certinha é seu ponto fraco ultimamente.

— Não chama ela assim — disse Walker na mesma hora.

Campbell arqueou uma sobrancelha para ele.

— Viu?

— Você e Lily não são mais amigas — respondeu Walker. — Vocês não são amigas desde o ensino fundamental. Vocês nem passam tempo juntas.

— Não? — perguntou Campbell inocentemente. — Anda, Sawyer. — Ela virou a expressão inocente para mim com toda força. — Conta para o meu irmão onde eu estava nos últimos dias.

Você quer que eu *conte?* Campbell era tão boa em ameaças silenciosas quanto o primo Boone era em avisos.

— Ela estava mesmo na casa da Lily? — perguntou Walker. — Nos últimos dois dias? Você sabia que ela estava lá e sabia que eu estava preocupada e não disse nada?

Eu poderia ter negado. Poderia ter bancado a desentendida, mas Campbell estava com todas as cartas na mão. O plano era soltá-la *depois* que nós terminássemos de procurar os podres.

— A Campbell estava com a gente — falei para Walker, desconfiando profundamente de que me arrependeria de fazer aquele jogo. — Ela pediu pra não dizer nada.

Toda sorrisos, Campbell andou até mim e entrelaçou o braço no meu.

— Sawyer e eu estamos ficando amigas rápido — declarou ela.

Walker não acreditou nisso, claramente, mas também não queria mais falar, com nenhuma das duas. Quando ele entrou, eu me afastei de Campbell.

— Eu achei que você não tinha amigas — falei em tom baixo.

— Eu não tenho — respondeu Campbell, agradável como um dia de primavera. — Eu tenho álibis.

MENTIRAS INOFENSIVAS **133**

15 DE ABRIL, 17H31

— **Eu sou a vítima aqui, policial.** — A coquete de cabelo ruivo colocou a mão enluvada no peito, uma mistura entre uma promessa de lealdade e um desmaio. — De verdade.

Mackie ficou em dúvida, mas conseguiu fazer uma pergunta. Uma pergunta razoável, lógica e protocolar para a qual ele não tinha muita certeza se queria a resposta:

— Vítima de *quê*?

OITO MESES ANTES
Capítulo 22

Duas semanas depois da festa na piscina, eu não tinha ouvido nem um pio da minha boa *amiga* Campbell. As aulas de Lily tinham começado, mas, pelo que me contara, ninguém tinha dito nenhuma palavra sobre o *Segredos na minha pele*, sobre o tablet roubado, nem sobre o fim de semana que Campbell tinha passado amarrada e amordaçada na casa da piscina.

Nós ainda não tínhamos a menor ideia de *para que* Campbell precisava de um álibi.

Para o bem da minha própria sanidade, eu tinha que me concentrar em alguma coisa que não fosse a bomba-relógio que a filha do senador representava.

— O que você pode me contar sobre Charles Waters? — perguntei à minha avó, levando a mão ao rosto para bloquear o sol. Eu ainda estava esperando Boone cumprir a promessa de descobrir o que o pai e o tio dele faziam na época que eu tinha sido concebida. Enquanto isso, eu só podia seguir para o nome seguinte da lista.

O pai de Sadie-Grace.

— Lillian? — falei quando ela não respondeu à minha pergunta.

— Você deveria botar um chapéu nesse sol, Sawyer. — Minha avó ergueu o olhar da roseira que ela estava inspecionando. — Os raios são fortes demais, e você só tem um rosto.

Eu quase respondi que Você Só Tem Um Rosto seria um ótimo nome de banda, mas a experiência já tinha me ensinado que bancar a espertinha não aumentaria minhas chances de obter respostas. Então peguei um chapéu que estava ali perto e um par de luvas de jardinagem que Lillian tinha passado a deixar por perto quando cuidava das rosas, para o caso de eu "decidir" ajudar.

Minha avó gostava de permitir que as pessoas da família tomassem suas "próprias" decisões com cutucões, dicas e chantagem emocional no caminho. Nas duas semanas passadas, ela tinha descoberto que nada disso funcionava comigo.

Eu tinha aprendido que, se eu quisesse informação, teria que dar algo a ela em troca.

— Quando eu tinha sete anos — ofereci, olhando para as flores —, eu tive uma breve obsessão por plantas venenosas e carnívoras.

Se Lillian estivesse por perto quando eu era pequena, ela provavelmente teria me guiado para passatempos mais *apropriados*, mas, na situação atual, sempre que eu mencionava algo sobre a minha infância, ela parecia adorar. O brilho previsível de interesse nos olhos dela era suficiente para fazer uma pessoa se perguntar por que, se estava tão curiosa sobre o que tinha deixado passar, ela só tinha se dado ao trabalho de fazer o trajeto de quarenta e cinco minutos para se tornar parte da minha vida agora.

— Eu até tentei entrar na Sociedade Internacional de Plantas Carnívoras — falei. — Eu queria um cartão de sócia pra poder exibir na escola.

— Claro que queria — disse Lillian. Ela *quase* sorriu.

Eu vi isso como abertura.

— O que você pode me contar sobre Charles Waters? — perguntei de novo. Dente por dente. Eu tinha dado algo a ela. Agora, era a vez dela.

— A natureza pode ser sedenta por sangue, não é? — Lillian chegou as pontas dos dedos perto de um espinho de rosa. —

Acho que há quem argumentaria que as pessoas não são muito melhores. Sua mãe, por exemplo.

Não era isso que eu tinha perguntado, mas ela sabia que eu não fugiria de uma conversa sobre como a minha mãe tinha sido quando adolescente.

— Ellie Taft acredita de forma maníaca e dedicada no melhor nas pessoas — falei, corrigindo-a. — Mesmo quando elas não merecem. — *Principalmente* quando não merecem. *Principalmente* se fossem homens.

— Algumas pessoas, talvez — respondeu Lillian. — Mas a família, os nossos amigos? Depois que nós perdemos o pai dela, Ellie ficou... *Cínica* não é a palavra certa. Na ocasião, eu poderia ter dito carrancuda. Ela sempre levava tudo para o lado pessoal.

Essa era uma declaração tendenciosa, sem dúvida nenhuma.

— Eu lembro quando Charles Waters se casou. — Até o momento de Lillian dizer aquela frase, eu estava convencida de que ela ia ignorar completamente a pergunta. — Toda a confusão provocou o maior alvoroço, e parecia que qualquer palavra dita contra a nova sra. Waters era um insulto dirigido direto à minha filha.

— Minha mãe e o pai da Sadie-Grace eram próximos? — perguntei, tentando imaginar por que uma adolescente ficaria na defensiva com o casamento de um homem seis anos mais velho do que ela.

— Nem um pouco. — Lillian descartou a pergunta. — Foi uma questão de *princípio* para Ellie. — Minha avó conseguiu não revirar os olhos, mas por pouco. — A noiva de Charles não era daqui. Ela era uma bailarina justo de *Nova York*. Claro que as pessoas iam falar. Charles era... bem, eu odeio dizer dessa maneira, mas ele sempre foi meio... erudito.

Esquisito, traduzi.

— A mãe dele era uma Kelley — continuou Lillian. — Família de petróleo. Charles era o único herdeiro, e você já viu o sujeito. Não tem outra palavra além de *bonito*. Ele poderia ter

MENTIRAS INOFENSIVAS **137**

a garota que quisesse, mas o pobre garoto parecia não perceber de verdade que o sexo frágil existia até voltar de uma viagem de negócios a Nova York casado. Claro que isso faria algumas pessoas estranharem.

Claro.

— Então o que você está dizendo é que as pessoas eram legais na cara da mulher dele, mas falavam mal dela pelas costas, e a minha mãe, *quem imaginaria o motivo*, pareceu achar isso ofensivo?

Lillian devia ter ouvido a dose pesada de sarcasmo no meu tom, porque ficou em silêncio por um momento.

— Você não se importa muito com o que as pessoas pensam, não é, Sawyer? — Ela não esperou resposta. — Sua mãe se importava. Eu queria ter percebido isso na época. Ela ficava irritada e falava que odiava aqui, mas a minha Eleanor queria que as pessoas gostassem dela. Ela queria ser notada.

Isso me atingiu com força, porque a minha mãe vivia *querendo*, e *desejando* e *procurando* desde que eu conseguia lembrar.

— O que aconteceu com a primeira sra. Waters? — perguntei abruptamente. Eu não tinha ido lá para fora para falar sobre o buraco na vida da minha mãe que ela tinha passado toda a minha tentando preencher.

— A mãe da Sadie-Grace faleceu quando ela era pequena — disse Lillian Taft. — Coitadinha.

— Como... — comecei a perguntar, mas, antes que pudesse fazer o resto da pergunta sair pela boca, a porta do quintal se abriu.

Lily saiu para o pátio, ainda de uniforme escolar. O cabelo estava bem partido no meio, os lábios com gloss recente. A postura já perfeita se empertigou mais no minuto que ela viu nossa avó.

— Como estão suas rosas, Mim?

— Sedentas por sangue — respondeu Lillian com leveza. Ela olhou para mim. — E lindas.

— Como foi a aula? — perguntei à minha prima, querendo que nossa avó olhasse para ela, não para mim. Duas semanas tinham sido tempo mais do que suficiente para eu perceber o quanto Lily queria agradar a grande Lillian Taft.

— A aula foi ótima — disse minha prima. — Obrigada por perguntar. Mim? — Lily voltou o olhar para a nossa avó. — Será que posso pegar Sawyer emprestada por um momento?

— Podem ir, meninas — declarou Lillian, tirando as luvas. — Vou fazer limonada.

Lily esperou que a porta de tela se fechasse depois da entrada da nossa avó na cozinha para atravessar o gramado.

— Nós temos que conversar.

Esperei que ela explicasse.

— É a Campbell.

E ali estava, depois de duas semanas esperando.

— Ela diz que tem as imagens de segurança da casa da piscina. — Lily engoliu em seco tão alto que praticamente senti a bile subindo no fundo da garganta dela. — E olhou todos os arquivos do meu tablet. — Lily fechou os olhos. — Tem fotos. Cópias sem corte das que estão no *Segredos…* antes de eu tirar meu rosto.

No que dizia respeito a provas, isso era imbatível, e provavelmente uma ordem de magnitude maior do que o que Campbell tinha contra Lily antes.

— O que ela quer? — perguntei secamente.

— Por enquanto? — Lily abriu os olhos e tentou não parecer estar precisando de um divã. — Campbell está exigindo a sua presença e a minha em uma festa que ela vai dar hoje.

Capítulo 23

A festa da Campbell não era nada do que eu esperava do grupo de Debutantes. Não havia *hors d'oeuvres*. A música não era instrumental. O álcool, e havia muito, era servido em barris.

— Vou tentar adivinhar — falei em meio ao som de mais de trinta adolescente em vários estágios de bebedeira e à batida que emanava de um sistema de som muito caro. — Os pais da Campbell não estão em casa.

— Essa casa não é da. Campbell. — Lily conseguiu se fazer ouvir sem gritos quando entramos pelo saguão. — É da Katharine Riley.

— Vou tentar adivinhar — falei, modificando minha declaração anterior. — Os pais da Katharine Riley não estão em casa.

Lily me levou na direção de uma mesa de copa, com Sadie-Grace logo atrás.

— Os pais da Katharine estão fora da cidade — confirmou Lily, a acústica providenciando uma interrupção na batida. — A Katharine também está.

Eu não sabia se tinha ouvido direito.

— O quê?

— Katharine e a família dela viajaram ontem pra um casamento fora da cidade. Hoje, Campbell começou a perguntar às pessoas se elas iam à festa da Katharine. — Lily balançou a cabeça. — Em uma ou duas horas, todo mundo estava fazendo a mesma coisa. Metade das pessoas aqui nem deve ter percebido que Katharine não está.

Olhei na direção dos barris.

— A versão da Campbell de dar uma festa envolve invasão de propriedade privada?

— Ah, você faz tudo parecer tão sórdido. — Campbell Ames chegou e parou no meio do nosso grupo. — Que bom que vocês três puderam vir.

Lily projetou o queixo.

— Eu não me lembro de ter alternativa.

— Relaxa, Lilica, eu estou lhe fazendo um favor. O que exatamente uma vida sendo correta e seguindo regras proporcionou pra você? Uma reputação de chata e certinha, um namorado que ficou de saco cheio e te deu um pé na bunda, com toda razão, e tanta frustração sexual acumulada que você decidiu espontaneamente se autodestruir. — Campbell colocou a mão de leve na bochecha da minha prima e deu um tapinha. — Viva um pouco.

O tom dela não deixava dúvida de que era uma ordem.

— Na verdade — continuou Campbell —, viva muito. Eu, pessoalmente, adoraria te ver fazendo amizades e influenciando pessoas. Toma uma bebida. Ou duas. Dança na mesa.

— Eu não vou fazer…

— Vai, sim — disse Campbell docemente. — E vai gostar. E você… — Ela se virou para Sadie-Grace. — Você vai se manter ocupada limpando as coisas dos meus convidados. Os Riley não podem voltar pra casa e dar de cara com uma bagunça, né?

Sadie-Grace corou. Como todas as outras coisas, caiu bem nela. Eu desconfiava muito que a vulnerabilidade dela não seria tão atraente para Campbell se ela fosse menos linda.

— Larga isso — falei para Sadie-Grace quando ela pegou com hesitação um copo descartável que alguém tinha jogado no chão.

— Sawyer — disse Lily, a voz baixa.

— Você — gritou Campbell para ela —, vai dançar na mesa.
— Ela apertou os olhos para Sadie-Grace. — Você, o lixo. A menos que vocês duas *queiram* que eu publique uma postagem nova no *Segredos*. Uma que inclua seu lindo rosto de modelo.

Lily empalideceu. Sadie-Grace pegou outro copo. Satisfeita porque as duas não tiveram escolha além de correr para obedecer, Campbell voltou a atenção total para mim.

— Você e eu, vamos dar uma voltinha — disse ela. — Que tal?

Nossa caminhada nos levou para o segundo andar da casa dos Riley. Uma varanda de mármore dava vista para a área aberta embaixo. Campbell apoiou o cotovelo de leve no parapeito de ferro fundido.

— A Lily mencionou a lembrancinha que eu tenho do nosso fim de semana das meninas? — Ela virou o celular nas mãos para mim. — Gostei muito dessa imagem sua amarrando minhas mãos nas costas.

A foto tinha sido capturada de um vídeo. Eu tinha tido alguma esperança de Campbell estar mentindo sobre as imagens de segurança, mas claramente não estava.

— Se você fosse fazer alguma coisa com essas imagens, você já teria feito — falei.

Eu podia apostar que Campbell iria procurar a polícia duas semanas antes. O fato de ela ter esperado tanto tempo para agir não tinha me feito mudar de ideia.

Eu me encostei no parapeito ao lado dela.

— Estou supondo que pelo menos um dos seus pais encontraria um jeito de botar a culpa de toda essa situação *sórdida* em você.

Foi um tiro no escuro, mas minha bala metafórica arrancou sangue.

— Você não sabe nada sobre os meus pais — disse Campbell com rispidez.

— Eu sei que Walker caiu na história de que você fugiu um fim de semana inteiro porque precisava de distância da sua mãe. — Deixei que isso fosse absorvido. — Eu sei que o seu pai é político.

Eu sei que a sua família é, nas palavras de Boone, um pessoal implacável.

— Papai nunca ia querer que eu fosse a público com esse absurdo — admitiu Campbell, e voltou olhos largos e inocentes para mim, as beiras dos lábios se virando para cima como uma língua de serpente. — Mas, se as imagens de segurança vazassem pra imprensa, sem ser culpa minha... — Ela deu de ombros com impotência. — O senador ia querer se adiantar na frente do escândalo, controlar a narrativa. Tenho certeza de que a polícia entenderia por que eu fiquei relutante em denunciar as minhas *amigas*. Doces jovens e frágeis como eu são tão vulneráveis a intimidação das amigas.

Campbell era tão frágil quanto um caminhão de cimento. Ela também era, eu desconfiava, perfeitamente capaz de vazar as imagens e fingir ficar horrorizada de terem vazado.

— Você levaria uma parcela de culpa, sabe — disse Campbell casualmente. — Não a perfeita Lily. O que quer que ela diga, todo mundo, inclusive a sua família, vai achar que a prima com o passado *infeliz* foi a líder de todo o fiasco do sequestro.

Se a polícia se envolvesse, se a culpa recaísse sobre mim... pelos termos do contrato da Lillian, eu poderia me despedir do meu fundo para a faculdade.

— Eles que pensem o que quiserem — retorqui. — Eu consigo lidar. — Eu esperava que Campbell pudesse ouvir a promessa no meu tom: *Eu consigo lidar com você.*

Inabalada, ela voltou a atenção para a festa lá embaixo. Lily estava de pé na beira de uma mesa de mogno, uma bebida sendo apertada na mão.

— Ela vai fazer — disse Campbell. — Se eu disser dança, ela vai dançar. Pode ser que ela precise de um pouco mais de coragem líquida primeiro, mas ela não vai arriscar que as imagens de segurança vazem, e definitivamente não vai correr o risco de eu ficar entediada o bastante pra postar algumas fotos sem cortes no *Segredos*.

Eu trinquei os dentes.

— Por que você está fazendo isso?

— Vingança mesquinha? — sugeriu Campbell em tom atrevido. — Você se lembra do *sequestro*, né?

— A chantagem veio antes do sequestro. — Eu olhei para ela intensamente. — Sério, o que a Lily fez pra você?

— Quem disse que ela *fez* alguma coisa? — Campbell empurrou o rabo de cavalo por cima do ombro. — Talvez eu seja a encarnação do diabo.

Eu a encarei por um momento.

— Talvez você se sinta perdida com mais frequência do que goste de admitir.

Eu podia não a conhecer, mas sabia que as pessoas não faziam joguinhos como aquele porque elas *já* se sentiam poderosas.

Campbell encarou Lily lá embaixo, a expressão indecifrável.

— Eu amo meu irmão — disse ela. — Todo mundo ama. Sempre amou.

Considerando o jeito como Campbell tinha reagido antes, quando eu tinha mencionado os pais dela, eu estava apostando que *todo mundo* começava com o senador e a esposa.

— Mas, no passado… — O olhar de Campbell voltou para mim. — Lily era *minha* amiga.

Interpretei isso como significando que Campbell não tinha sido fã do romance entre a minha prima e o irmão dela. *Ela tinha que ter escolhido você.*

Lá embaixo, Lily tomou um gole de sua bebida. De novo. E de novo. E de novo.

— Como será que Walker reagiria se eu liberasse aquelas fotos? — refletiu Campbell, sinalizando que nossa conversinha tinha acabado.

— Se você sequer *pensar* em postar uma foto com o rosto dela... — falei baixinho.

— Você vai fazer o quê? — respondeu Campbell. — A preciosa e certinha Lily cavou a própria cova quando lançou o site. Eu vou te contar um segredinho, Sawyer. O que garotas como nós fazemos por trás de portas fechadas? Desde que a pessoa com quem fazemos fique de boca calada, isso só é da nossa conta. Mas não se pode fazer alarde. Não se faz um strip-tease no meio do country clube, não se perde a virgindade embaixo da arquibancada da escola, e não se dá às fofoqueiras qualquer material para ser falado.

A menção da *arquibancada* me atingiu com mais força do que deveria.

— As pessoas falam de você o tempo todo — falei. Walker tinha me dito isso.

— Elas falam porque eu quero que falem. — Campbell deu de ombros de um jeito gracioso. — E eu não dou a elas nada tão... *íntimo*... pra falar.

— O *Segredos* não é pornográfico — observei. — As partes importantes estão cobertas.

— Por pouco — disse Campbell com alegria.

— É meio inadequado, só — insisti. — Não é escandaloso. Mesmo que você libere as fotos, as pessoas vão arrumar outra fofoca rapidinho.

— Você acha?

No térreo, Lily tinha terminado a bebida. Ela olhou para cima e viu nós duas olhando para ela. Campbell levantou a mão para acenar, um dedo de cada vez.

— Dance — disse ela, sem sair som.

Lily abaixou a cabeça por um momento e, em seguida, subiu com cuidado na mesa. Lentamente, as pessoas ao redor perceberam que algo estava acontecendo e se viraram para olhar.

Lily moveu os quadris de um lado para o outro. As mãos subiram roboticamente acima da cabeça.

Campbell ficou olhando com uma satisfação que não foi pequena.

— Há dois tipos de escândalo, Sawyer. — Lá embaixo, Lily tinha entrado no ritmo da música, e a quantidade de pessoas ao redor tinha aumentado consideravelmente. — Os que destroem uma pessoa e os que não. E se você acha que a diferença entre os dois está no que a pessoa faz ou não faz, você é mais ingênua do que eu pensava.

Mesmo de longe, vi o rubor nas bochechas da Lily quando um garoto subiu na mesa para dançar ao lado dela. Ela chegou para trás e Campbell começou a aplaudir.

Alto.

— O que você quer, Campbell? — falei quando os convidados se juntaram ao aplauso e alguém gritou para Lily *tirar tudo*.

— Agora? — Campbell deu as costas para a cena lá embaixo e veio na minha direção. — Eu quero curtir a festa, sabendo que você, Sadie-Grace e sua querida prima vão cuidar da limpeza. Eu também quero que você me dê a chave que você roubou do meu armário no clube.

Ela passou por mim, mas se virou para falar por cima do ombro.

— Depois? — disse ela. — Eu conto na hora certa.

15 DE ABRIL, 17H48

Mackie tinha passado os últimos dez minutos procurando um registro da prisão das garotas. Qualquer coisa era melhor do que tentar *falar* com o quarteto emperiquitado. Ele não sabia o que o quarteto tinha feito, mas estava começando a pensar que a única coisa de que elas *não eram* capazes era dar a ele uma resposta direta.

Chantagem. Roubo. Em algum momento, alguém fez uma sugestão forte de atentado ao pudor...

— Com licença.

Mackie ficou grato de ouvir uma voz masculina. Ele levou um momento para perceber que era de um garoto não muito mais velho do que as meliantes de luvas brancas.

— Posso ajudar em alguma coisa? — Mackie empertigou a coluna quando fez a pergunta. *Eu mando aqui*, pensou ele. *Eu sou um oficial da lei!*

— Depende — respondeu o garoto, apoiando os cotovelos no balcão. — Você sabe onde eu posso encontrar Sawyer Taft?

SETE MESES ANTES
Capítulo 24

— **Se você tivesse sido abduzida por alienígenas,** você me contaria, né?

O cumprimento da minha mãe quase me fez sorrir. *Quase* porque eu tinha uma desconfiança profunda e insistente de que, ao contrário das outras interações que eu tinha tido com ela desde que partiu, aquela conversa envolveria vários tipos de perguntas das quais eu não teria como desviar.

— Provavelmente dependeria das circunstâncias envolvendo a minha abdução — respondi, colocando meu carro, uma lata--velha que eu tinha me recusado a deixar Lillian substituir, em uma vaga na frente de um prédio branco grande. — O quanto eu achava que podiam acreditar em mim — falei, me explicando. — Se os alienígenas em questão gostavam de carne humana ou não...

Eu tinha passado tempo demais perto de John David no último mês, obviamente.

— Sawyer. — A voz da minha mãe estava atipicamente séria. — Onde você está?

Eu fiz a mesma pergunta para ela.

— Onde *você* está?

— Eu estou em casa — respondeu a minha mãe. — Na nossa casa... e todas as suas coisas sumiram.

— Se eu tivesse sido abduzida por alienígenas, é bem improvável que eles tivessem me deixado fazer as malas primeiro.

Eu quase *vi* minha mãe revirando os olhos.

— Eu gostaria de lembrar a você que eu tenho uma Voz de Mãe, mocinha. Eu não a uso com frequência, mas posso usar, e vou usar.

Eu estava com saudade dela. Por que eu só me permitia perceber isso quando ela voltava?

— Eu passei na oficina — continuou minha mãe. — Big Jim disse que você não trabalha mais lá.

— Eu não trabalho lá há dois meses. — Se *ela* não tivesse passado dois meses sei lá onde com um cara que ela tinha conhecido em um bar, ela saberia disso. — Eu recebi uma proposta melhor.

O termo *melhor* foi exagero. Tinha um pouco mais de seis semanas que eu tinha ido morar com a minha avó. Seis semanas bancando a debutante. Um mês inteiro desde que Campbell tinha parado de disfarçar e começado a usar o poder dela sobre nós a cada oportunidade.

— Que tipo de proposta? — perguntou minha mãe, desconfiada.

Eu sabia desde o momento em que assinei o contrato de Lillian que teria que acabar contando tudo. Por mais distraída que minha mãe pudesse ser, e por mais *ausente* que ela fosse, às vezes, desde que eu tinha feito dezoito anos, não daria para eu esconder meu paradeiro por nove meses.

Falei a verdade da melhor forma que eu pude.

— Eu encontrei um jeito de pagar a faculdade. — Isso pelo menos deixaria a minha mãe feliz. — Um contrato de nove meses. Depois disso, eu estou feita.

— Por favor, me diga que o que você está fazendo está dentro da lei.

Eu soltei o ar.

— Os advogados da Lillian garantem que está.

Um segundo de silêncio. Dois segundos. Três...

MENTIRAS INOFENSIVAS **149**

— Sawyer, me diga que o nome da sua cafetina é Lillian, por favor.

— Mãe!

— Você está trabalhando para minha mãe? — Ellie Taft era conhecida por seguir o fluxo. Ela nunca tinha falado de um jeito tão parecido com Lillian quanto agora.

— Não exatamente trabalhando — falei. — Está mais para… debutando.

— Você é Debutante. — Minha mãe fez uma pausa. — Sua avó está te pagando pra…

Ela parou de falar, horrorizada.

— Basicamente — falei.

O resto da conversa foi como eu imaginava. Minha mãe não conseguia imaginar por que eu teria aceitado o acordo com Lillian, e, além disso, eu não tinha percebido que a mãe da minha mãe era a manipulação personificada e banhada de ouro?

— Não está sendo tão ruim — falei. *Fora a chantagem, os brunches obrigatórios e a falta de progresso na identificação do meu pai.*

— Você não está fazendo isso pelo dinheiro, Sawyer. Não tente me convencer de que está.

A porta do grande prédio branco se abriu e uma figura conhecida saiu.

— Eu tenho que desligar — falei para a minha mãe. — E *você* precisa ir até o The Holler e suplicar pelo seu emprego de volta. O apartamento está pago até o mês que vem. Tem alimentos não perecíveis no armário.

— Como sua mãe, é meu dever avisar que isso é má ideia.

O lado positivo, respondi silenciosamente, *é que não é a pior ideia que eu tive ultimamente.*

Depois que eu desliguei, eu saí do carro e me aproximei do homem que estava me esperando.

— Senador. — Eu ofereci a mão.

Ele a apertou.

— Srta. Taft — disse ele. — Bem-vinda ao comitê de campanha.

Considerando que o senador Ames só estava na metade do mandato, não era exatamente uma campanha ainda, mas seis semanas sem resposta (e quatro na palma da mão da Campbell) era meu limite. Eu não era feita para ficar sentada sem fazer nada. Quando mencionei para Lillian a ideia de arrumar um emprego, ela me ofereceu duas alternativas: a firma de investimento do tio J.D. ou voluntariado.

Não era culpa minha que quando minha avó proferiu a palavra *voluntariado*, ela tenha pensado *Liga Júnior* e, quando eu ouvi, eu tenha pensado... *acesso*.

No dia seguinte à festa na casa de Katharine Riley, eu entreguei a chave que tínhamos roubado do armário de Campbell. Eu também tinha feito uma cópia. O fato de ela a querer de volta era prova de que havia algo a ser usado contra ela, e quanto antes descobríssemos o que era, melhor.

Enquanto isso, Boone tinha se mostrado um detetive lamentável. A única coisa que ele tinha conseguido me contar sobre o tio, o senador, foi que, dezenove anos antes, Sterling Ames era aluno de direito e já era casado com a mãe de Walker e Campbell. Na verdade, com base nas informações que eu tinha coletado nas semanas anteriores, os quatro homens na minha lista estavam casados na época da minha concepção.

Em outras palavras: como quer que aquilo se desenvolvesse, meu genitor era um traidor traiçoeiro que tinha traído.

— Walker vai mostrar como as coisas são. — O senador, que estava me levando para conhecer o gabinete, obteve minha atenção assim que disse o nome do filho. Meu plano de mestra de ir para lá não era algo que podia ser chamado de *definido*. Eu queria entender um pouco Sterling Ames. Queria descobrir que tipo de homem ele era e, se eu encontrasse algo que pudesse neutralizar as exigências cada vez mais ridículas de Campbell (que nós lavássemos o carro dela duas vezes por semana, que Lily recusasse uma indicação para presidente do conselho estudantil, que Sadie-Grace parasse de usar condicionador no cabelo), melhor ainda.

O irmão de Campbell era uma complicação inesperada.

— Bem-vinda às trincheiras, Sawyer Taft. — Havia um tom de humor ou algo parecido no tom de Walker. — Eu não tinha ideia de que você tinha inclinações políticas.

Permita-me traduzir, pensei. *Você não estava esperando me ver aqui, e também não quer estar aqui.* Eu podia apostar alto que, quando Walker largou a faculdade, o senador não deu a ele nenhuma alternativa em relação ao "voluntariado".

— Como são suas habilidades para pegar café? — perguntou Walker. — Eu considero minha grande vocação de vida.

— Walker — disse o pai numa repreensão carinhosa.

Eu pensei no que Campbell tinha dito sobre *todo mundo* amar o irmão dela, mas não tive a chance de refletir sobre o relacionamento entre pai e filho, porque Walker estava bem na frente da sala do pai e, dentro daquela sala, quase escondido da minha linha de visão, havia um cofre.

Do tipo que se abria com uma chave.

Capítulo 25

— **Sawyer, deu até vontade de te dar um abraço.** — Na varanda dos fundos de Lillian, para onde eu tinha levado minha prima para conversar assim que ela e Sadie-Grace chegaram da aula, Lily pareceu estar quase perdendo a compostura característica.

— Não vamos nos empolgar — respondi. — Nós não sabemos se a chave do armário da Campbell cabe no cofre do pai. *Uff.* — Tive dificuldade para manter o equilíbrio. Diferentemente de Lily, Sadie-Grace não ameaçava abraços. Ela abraçava com gosto.

— Você não tem ideia de como está na escola — sussurrou Sadie-Grace ferozmente. — A Campbell me faz usar *xadrez*.

— Ela me faz usar rabo de cavalo — acrescentou Lily em tom sério.

— Lamento por vocês duas — respondi secamente. No momento, eu não achava que Campbell bancar a ditadora da moda fosse o maior problema de ninguém. Já o fato de ela ainda poder revelar Lily como a pessoa do agora defunto *Segredos na minha pele* e vazar as imagens do sequestro...

Isso era um problema bem maior. Para nós três.

— Com um pouco de sorte — comentei —, Campbell vai largar do nosso pé logo, logo.

— Vou? — perguntou uma voz atrás de mim. Campbell amava fazer uma entrada de impacto, e para alguém que preferia saltos, quanto maior, melhor, ela andou com passos surpreendentemente leves saindo pela porta dos fundos.

Muito provavelmente, tia Olivia tinha aberto a porta e a mandado para os fundos.

Eu me virei para enfrentar a inimiga de frente e percebi, para a minha surpresa, que Campbell não estava de salto. Ela estava de tênis, uma legging estampada e uma camiseta oversized de mangas compridas. Nas mãos, ela estava carregando uma caixa de papelão grande.

— Sirvam-se, moças. — Campbell colocou a caixa no chão. Sadie-Grace olhou dentro. Com base na expressão no rosto dela, deduzi que ela estava esperando uma caixa cheia de cobras.

— Camisetas — disse Sadie-Grace, franzindo a testa, perplexa. — Iguais à sua.

— Presentes — declarou Campbell. — Para as minhas companheiras Debutantes favoritas. — Campbell deu uma giradinha para podermos ter a vista em 360 graus. O nome dela estava escrito nas costas da camiseta com letras de forma, com o número 07 embaixo. Na frente, em letra cursiva, havia as palavras *Baile Sinfônico*.

— Tem bonés embaixo das camisetas — disse Campbell com alegria. — Espero que vocês não se importem de eu ter escolhido meu número da sorte, sete.

Ela estava agindo como se nós fôssemos amigas de verdade, como se ela não tivesse passado um mês chantageando nós três.

— Você fez camisetas pra nós — falei lentamente. No grande esquema do *modus operandi* da Campbell, fazer roupas personalizadas para nós me pareceu absurdamente despretensioso.

— É possível — admitiu Campbell — que eu seja um pouquinho competitiva. Eu gosto de vencer, e gosto de estar com cores combinando quando acontece. Experimentem as leggings. Juro que elas são muito confortáveis.

Existia a espera pela queda da guilhotina e existia o som da lâmina descendo lentamente. Mas Campbell ser *gentil* era simplesmente apavorante.

Nós experimentamos as leggings. Eram feitas do tecido mais macio que eu já tinha sentido.

— Eu falei. — Campbell praticamente ronronou. — Divinas.

Tive a sensação de ter caído na série *Além da imaginação*.

— Longe de mim fazer perguntas — falei —, mas o que exatamente nós temos que ganhar?

— Longe de mim oferecer respostas — entoou uma voz masculina —, mas eu sei essa!

Nós precisávamos muito botar um sino na porta... e a tia Olivia precisava muito parar de deixar as pessoas entrarem na casa de Lillian e irem até os fundos.

— Boone — falei, cumprimentando-o.

— Cética — respondeu ele, curvando a cabeça de leve. Ele abriu um breve sorriso para Lily e tropeçou nos próprios pés quando tentou fazer o mesmo com Sadie-Grace.

Não tinha sido difícil perceber, nas semanas anteriores, que Boone tinha uma crush. Sadie-Grace era a única com quem ele *não* tentava flertar, e era a única que não percebia como ele era louco por ela.

— Hoje é a gincana do Baile Sinfônico. — Boone tentou recuperar a compostura, uma tarefa que teria sido monumentalmente mais fácil se ele já tivesse tido alguma. — Equipes de cinco, precisam ser mistas. — Ele indicou nós quatro. — Mis. — E a si mesmo. — Tas.

Campbell enfiou a mão na caixa e tirou uma camiseta com o nome do primo.

— Eu decidi que você não precisava da legging — disse ela.

— Sempre a dama de honra. — Boone suspirou. — Nunca a noiva.

— Isso tudo pra uma gincana? — falei, esperando a pegadinha.

Campbell me encarou e piscou.

— Pra que mais seria?

Capítulo 26

Gincana coisa nenhuma. Três horas depois, eu estava acomodada em uma limusine com Lily de um lado e Boone do outro. Campbell estava de costas para a janela divisória, que tinha feito questão de fechar. Lily estava com uma lista de itens na mão esquerda e uma câmera digital de alta definição na direita.

Ao que parecia, a Gincana Anual do Baile Sinfônico era uma gincana de *vídeo*. Limusines tinham sido providenciadas para nossa conveniência. O plano era passarmos as cinco horas seguintes, entre agora e meia-noite, indo de um lado para outro da cidade, nos filmando fazendo uma série de desafios aprovados pelas mães na frente de locais famosos. Mas, para decodificar exatamente *quais* locais, nós tínhamos que decifrar uma série de charadas.

A lista na mão da Lily continha a primeira pista, que levaria ao nosso primeiro local, e, por sua vez, a uma pista que nos indicaria o seguinte. Na parte de baixo do cartão, em letra cursiva, estava o primeiro desafio: *Uma Debutante e um Fidalgo precisam fazer a dança do passarinho com uma música dentre as 40 mais tocadas da sua escolha (sem palavrões, por favor).*

— Estou começando a achar que posso ter cometido um erro de avaliação ao concordar em ser o único menino da equipe — declarou Boone.

Campbell revirou os olhos.

— Você nasceu para isso — disse ela para o primo. — Além do mais, eu sei que você vai ficar caladinho.

E aí estava: a pegadinha que eu estava esperando.

— Posso perguntar sobre o que Boone vai ficar calado? — perguntou Lily, o tom levando a educação calculada a um novo nível.

— Simples — respondeu Campbell. — Meu querido primo Boone e eu vamos fazer a dança do passarinho. Vai ser a melhor e mais engraçada dança do passarinho que qualquer uma de vocês já viu. E aí, eu vou tirar vantagem do fato de que nosso motorista não podia estar menos interessado nesses procedimentos pra fugir um pouco.

— Fugir pra onde? — perguntou Sadie-Grace.

Ela era a única pessoa na limusine que esperava que a pergunta fosse respondida.

Imediatamente depois que Campbell e Boone terminaram a dança do passarinho e a câmera tinha sido desligada, Campbell começou a tirar a roupa. Ela jogou a camiseta para Sadie-Grace.

— Prende o cabelo embaixo do boné — disse ela. — Nós temos mais ou menos o mesmo tamanho. Desde que só te filmem de costas, ninguém vai saber a diferença.

De repente, o fato de Campbell ter feito tanto esforço para que nós quatro estivéssemos usando a mesma roupa *com nossos nomes atrás* fez total sentido.

Seis semanas antes, quando nossa antiga refém tinha me confrontado na festa da piscina, ela tinha me dito que nós três éramos o álibi dela. Eu tinha suposto, erroneamente, ao que parecia, que ela queria dizer álibi para *aquele* fim de semana.

Quais eram as chances de as quatro semanas anteriores de infelicidade terem sido o jeito de Campbell testar o poder dela sobre nós e cuidar para que fizéssemos o que ela mandasse hoje?

A manipuladora em questão jogou o celular para Lily.

— Eu gravei algumas mensagens de voz para quando "eu" estiver fora da tela. Não deixe de pegar Sadie-Grace como ela mesma com a câmera quando eu estiver falando, e eu vejo vocês daqui a duas horas.

Olhei para Boone. Nós três estávamos sendo chantageadas. Qual era a desculpa dele?

— Não olha pra mim — disse Boone solenemente. — Ela sabe onde eu durmo.

Que ótimo. Enquanto nós estivéssemos andando pela cidade, nos gravando na frente de uma estátua ou uma placa, Campbell estaria fazendo sabe-se lá o quê. Todos os ossos no meu corpo diziam que era má ideia.

Mas…

Campbell parou ao meu lado.

— Estou sentindo uma certa relutância. E eu sou solidária. — Campbell deu um aperto leve no meu braço. — Você se sentiria melhor se eu jurasse, de garota para garota e pela honra da minha família, que as minhas intenções são puras?

Não. A resposta era tão óbvia que nem me dei ao trabalho de falar. Campbell nem esperava que eu falasse.

— Você se sentiria melhor — disse ela de novo — se, depois desta noite, eu te prometer dar isto?

Ela tirou uma coisa da bolsa. *O tablet.*

— As imagens de segurança também estão aqui — disse Campbell. — Eu não fiz backup. — Quase não havia inflexão no tom dela. Nenhuma doçura melosa, nenhuma insinuação, nenhuma ameaça. — Eu juro que não fiz, Sawyer, e prometo que, se vocês três fizerem isso por mim hoje, eu vou dar pra vocês tudo que eu tenho contra a Lily… contra vocês três.

Ela está falando a verdade. Eu sabia disso da mesma forma que Lily sabia o exato tom de batom para combinar com uma roupa modesta de cor pastel: instintivamente.

— Eu também prometo — continuou Campbell — que, se vocês *não* fizerem isso por mim hoje, eu vou vazar as imagens do meu sequestro e vou postar todas as fotos sensuais e sem cortes da Lily que eu tenho.

Também verdade.

— De uma forma ou de outra — disse Campbell —, isso termina hoje.

O que quer que a filha do senador estivesse planejando fazer, fosse qual fosse o motivo para precisar de um álibi, era algo mais importante para ela do que continuar torturando nós três.

Ela é uma aristocrata sulista que gosta de fazer jogos mentais, pensei. *Quão ruim pode ser o que ela planejou?*

— Nós temos um acordo? — perguntou Campbell.

Eu olhei para Lily. Eu só estava naquela confusão por causa dela, mas, dia a dia, semana a semana, eu tinha passado a gostar dela. Sofrer chantagem era uma experiência que aproximava as pessoas.

Eu me virei para Campbell e baixei a voz:

— Combinado.

15 DE ABRIL, 17H49

— **Sawyer Taft?** — repetiu Mackie. Ele tinha *ouvido* o nome Sawyer na falação das garotas, mas o sobrenome?

Taft?

Isso era novidade.

— Dessa altura aqui — disse o garoto num gesto preguiçoso. — Língua afiada. Sabe dar um soco daqueles.

Ah, Deus, pensou Mackie. *A arrombadora é violenta.*

Em voz alta, ele optou por dizer:

— Taft? — Mackie limpou a garganta. — Dos... hã... Taft de Rolling Hills?

SETE MESES ANTES
Capítulo 27

Nós levamos uma hora para filmar as três primeiras pistas, e o mesmo tempo para Sadie-Grace pegar o jeito de fingir ser Campbell. Levei duas horas para perceber o peso daquela atividade para Lily. Seis semanas morando no quarto em frente ao dela tinham me ensinado que a minha prima ficar ajeitando o cabelo e o prendendo atrás da orelha era um mau sinal.

Quanto pior Lily estivesse se sentindo, mais ela precisava que as coisas parecessem perfeitas.

— *Ah, Deus. Eu não aguento olhar...* — Por trás da câmera, Boone tocou uma das gravações da voz da Campbell. Ela estava morrendo de rir. Sadie-Grace estava na tela, com a camisa dela mesma, tentando fazer um rap sobre boa cidadania na frente de uma estátua enorme de mãos rezando.

Estava indo um pouco melhor do que a tentativa de Boone de imitar um camelo na entrada do zoológico.

Lily segurou a câmera com a mão esquerda enquanto a direita ajeitava o cabelo de novo.

— Já chega. — Acabei com o sofrimento de Sadie-Grace. No meio do rap, ela tinha passado de fazer o *rond de jambe* para um *battement*, o que nunca era bom sinal.

— Ai, que bom — disse Sadie-Grace, o corpo todo relaxando de alívio. — Eu estava tendo a maior dificuldade pra pensar em algo que rimasse com hospitalidade. — Ela se virou para pegar a pista seguinte.

MENTIRAS INOFENSIVAS **161**

Ao meu lado, Lily permitiu que a mão esquerda e a câmera descessem delicadamente para a lateral do corpo. Esperei que a mão direita agisse.

Outro movimento prendendo o cabelo.

— Vai ser o Maynard Park ou os chafarizes — murmurou ela. — Ou, se estiverem ousados, as falésias.

Eu não sabia que a nossa região do país *tinha* falésias. Mas, antes daquela noite, eu também nunca tinha ido ao jardim botânico, nem à sociedade história. A noite estava cheia de primeiras vezes.

— Moças — chamou Boone. — Nosso destino é o Maynard Park. Para a bat-limusine!

— Viram? — disse Lily. A resignação no tom dela foi tão intensa que, no caminho para a limusine, eu violei a regra principal da minha prima e perguntei sobre os sentimentos dela, o que, para Lily, era a mesma coisa que perguntar que calcinha ela estava usando.

— Você está bem?

— Estou ótima. — A resposta da Lily foi imediata, mas ela logo em seguida balançou a cabeça, negando a declaração.

— Pode elaborar? — pedi gentilmente.

— É que… — Ela parou de falar e me surpreendeu se obrigando a continuar. — Quem montou essa lista poderia muito bem ter pedido a Walker uma lista de lugares onde ele me levava quando queria que a noite fosse memorável.

O relacionamento da minha prima com Walker Ames estava lá no topo da lista de assuntos sobre os quais Lily Taft Easterling *não* falava, assim como o *Segredos*.

— Ele me deu um anel de compromisso, sabe. — A voz dela estava baixa. Não amarga, nem doce. — Na primavera. Ele estava quase se formando. Nós estávamos no jardim botânico. E aí, duas semanas depois…

A cantiga de Lily Easterling e Walker Ames, pensei, me lembrando das palavras de Boone no leilão. *Um registro para entrar para a história.*

E agora, por cortesia do Comitê do Baile Sinfônico, Lily estava sendo obrigada a reviver os maiores sucessos deles.

Ela não aguenta mais três horas disso, pensei. O que eu falei quando nós quatro entramos na parte de trás da limusine foi:

— Isso é ridículo. — Antes que Lily pensasse que eu estava falando sobre *ela*, eu continuei. — E eu não vou... — Olhei para o nosso próximo desafio. — Tentar recitar Robert Frost enquanto encho a boca de marshmallows.

— Eu me voluntario com tributo!

— Nem você — falei para Boone. Nós ainda tínhamos três horas para gastar. Com base no acordo que eu tinha feito com Campbell, nós *tínhamos* que continuar documentando a presença dela conosco.

Mas quem disse que tínhamos que continuar fazendo isso *ali*, com uma lista aprovada pelos pais?

Se temos que ficar com o álibi da Campbell, melhor a gente se divertir. Cansada de seguir as regras, fui para a frente da limusine e abaixei a divisória. Dei ao motorista nosso próximo destino, que *não era* o Maynard Park.

— É um trajeto de quarenta e cinco minutos — retrucou o motorista.

— É mesmo — respondi. Eu repeti o endereço e subi a divisória.

— Aonde nós vamos? — perguntou Sadie-Grace, a testa franzida quando a limusine se afastou do meio-fio.

Eu me encostei no banco.

— Acredito que o pessoal daqui se referiria a esse local como *fim do mundo.*

Até onde eu sabia, Lily, Sadie-Grace e Boone já tinham ido à Europa, mas nenhum deles tinha ido para mais de vinte minutos depois da fronteira da cidade.

Por que iriam?

— Nós podemos fazer o motorista vir até aqui? — perguntou Sadie-Grace quando ficou claro como a estrada acidentada pela qual eu os estava levando era longe. — A gente tá roubando carros agora?

— Roubando limusines — corrigiu Boone sabiamente.

— Ei — falei. — Bonnie, Clyde, se vocês dois tiverem parado de reclamar, nós estamos quase lá.

Quando a limusine parou, meus três companheiros me seguiram com cautela para a rua, como se esperassem sair no meio de uma tempestade de areia.

Ou isso ou eles tinham notado o clube de strip solitário da cidade do outro lado da rua.

Lar doce lar. Eu não tinha ficado tentada nem uma vez nas seis semanas anteriores a fazer o trajeto, mas agora, sabendo que a minha mãe estava de volta à cidade...

— É... um terreno baldio. — Lily tentou ser diplomática quando me seguiu para o endereço que eu tinha dado ao motorista.

— Não — corrigi. — É *o* terreno.

A cidade onde eu tinha crescido podia não ter jardins botânicos, mas nós tínhamos um local típico todo nosso. O térreo estava vazio desde que eu tinha nascido. A grama era irregular e meio alta, mas só um pouco. Essa era uma das coisas mais estranhas do terreno. Eu nunca tinha visto ninguém cortando a grama. Considerando o conteúdo do campo, eu não sabia se *dava* para cortar, mas a grama nunca parecia ficar tão alta a ponto de encobrir os objetos que as pessoas deixavam lá.

Os boatos diziam que tinha começado com garrafas. Garrafas de vidro. Não era difícil imaginar as pessoas jogando uma vazia em um terreno baldio, mas, em algum momento, alguém deve ter notado como a luz do sol (ou da lua) batia no vidro colorido, porque, aos poucos, o propósito do terreno mudou. As pessoas deixavam espelhos, metal, qualquer coisa que pudesse captar a luz. Em determinado ponto, garrafas não eram mais jogadas. Elas eram posicionadas.

164 JENNIFER LYNN BARNES

Algumas pessoas deixavam bilhetes dentro.

Mil bilhetes em mil garrafas em um terreno baldio que teria o tamanho de um quarteirão de cidade se ainda estivéssemos na cidade. Mas não estávamos.

Pelos meus cálculos, nós estávamos a três mundos e meio de lá, mais ou menos.

Ao meu lado, Lily segurou a bolsa com mais força. Claramente, ela tinha visto o clube de strip. Em vez de dizer que a carteira dela estava mais segura ali do que na cidade, eu olhei para cima. O céu da noite não estava muito claro, a lua minguante desaparecendo atrás de nuvens. Fui até a limusine e fiz um último pedido ao motorista. Ele virou o carro para o campo e acendeu o farol alto.

A luz atingiu vidro. Mil garrafas, mil bilhetes e, entre elas, lembranças: esculturas de metal, pedaços de tecido brilhoso, uma cruz ou outra feita à mão.

— Uau — disse Sadie-Grace. — Isso é...

— Lixo? — sugeri, porque eu meio que esperava que alguma delas dissesse isso.

— Não. — Essa resposta veio de um local inesperado. Lily tinha relaxado a mão na bolsa. Seus lábios se curvaram lentamente para cima. — Este é um lugar onde Walker Ames *nunca* veio. — Ela ergueu a câmera para cima e se virou para Sadie-Grace, os olhos iluminados. — Vai lá, "Campbell".

Eu levei todo mundo para o Late Nite Donuts. Nós visitamos o cemitério metodista e a loja de segunda mão atrás do Big Jim que sempre deixava os manequins da vitrine bem arrumados e com poses de cenas de crime.

Esse foi o local preferido do Boone. O da Lily foi a biblioteca. Havia uma biblioteca de verdade em uma cidade adiante, mas eu sempre preferi aquela.

— Alguém fez isso? — perguntou Lily, parada ao pé da árvore, olhando para cima.

MENTIRAS INOFENSIVAS **165**

— Não a árvore em si — falei. — Obviamente. Mas o resto, sim. Alguém entalhou as prateleiras quando eu era criança.

Eu tinha quase certeza de que estávamos em propriedade particular, mas a cerca era tão fácil de pular que os donos não deviam querer mesmo manter as pessoas longe.

Eu desconfiava que eles eram ao menos parcialmente responsáveis por manterem as prateleiras da biblioteca cheias.

Nichos tinham sido feitos no tronco do velho carvalho, com noventa centímetros de largura, um pouco mais de trinta de altura, um em cima do outro em cima do outro, uma estante improvisada cheia de exemplares surrados que nem lojas de livros usados aceitariam.

Foi ali que consegui meu primeiro tomo sobre tortura medieval.

— Acho melhor a gente voltar — disse Sadie-Grace de repente, e com uma relutância que não foi pouca. — E se a Campbell...

— Campbell quer um álibi — falei. — Eu não tenho ideia de onde ela esteja nem do que está fazendo, mas apostaria alto que estamos mais longe do olho da tempestade agora do que estaríamos se estivéssemos seguindo as regras.

— Quanto mais longe estivermos — resumiu Boone —, melhor o álibi da Campbell.

Falei para Lily ligar a câmera e fiz um desafio meu. A biblioteca não era biblioteca até você subir nela.

— E agora? — Sadie-Grace estava com terra na cara, grama no cabelo e um arranhão no cotovelo. Ela *ainda* parecia ter saído direto de um noivado real... ou de um conto de fadas.

Olhei meu relógio: quarenta minutos até o motorista da limusine voltar para o terreno para nos buscar.

— Pensei em passar no posto de gasolina — falei. — E aí, terminamos no The Holler.

Eu não sabia o que o fato de aquilo ser tudo que eu tinha para mostrar para eles dizia sobre mim ou sobre os primeiros dezoito anos da minha vida. Provavelmente, a mesma coisa que o fato de eu só ter voltado lá agora.

— O que é o posto de gasolina? — perguntou Lily. Diferentemente de Sadie-Grace, ela tinha sobrevivido à subida na árvore completamente ilesa. Ela poderia ter se sentado para um brunch no clube sem nem precisar arrumar o cabelo.

— O posto de gasolina — falei em tom dramático — é… um posto de gasolina.

Todos me olharam sem entender.

— The Holler é um bar — falei.

— O *seu* bar? — perguntou Sadie-Grace.

Eu sorri.

Capítulo 28

Trick precisou olhar duas vezes quando passei pela porta, mas não demorou para se recuperar.

— Como vai, dona encrenca?

Eu o vi avaliando o grupo que eu tinha levado. O grupo com unhas feitas e esmaltadas com capricho, meio sujo de terra.

— Qual é a regra sobre trazer menores de idade para o meu bar?

Eu sabia a resposta de cor.

— Ninguém serve os menores, se eles causarem problema a culpa vai ser minha e nós saímos pelos fundos se houver briga.

— Essa é a minha garota. — Trick me observou por um momento. — Mas tenho que dizer que tem alguma coisa diferente em você, dona encrenca.

O cabelo. As unhas. As roupas. A companhia.

— Não me faz explicar com detalhes excruciantes como funciona o berço de Judas — avisei. A última coisa que eu queria era que *qualquer pessoa* começasse a falar com eloquência sobre minha transformação visual… e de vida.

Quando Lily, Sadie-Grace e Boone passaram pela porta, reuni coragem para perguntar a Trick:

— Minha mãe apareceu?

— Desde que ela me deixou na mão dois meses atrás?

Eu não o responsabilizaria se ele não desse o emprego dela de volta. Como poderia?

— Ela apareceu e você pode parar de se preocupar, dona encrenca. Ela ainda tem emprego. — O coroa acabou com meu sofrimento. — Na verdade, acho que ela está lá atrás, no intervalo dela.

Isso foi um soco na barriga. Por mais que eu tivesse dito para mim mesma que aquele desvio tinha sido pelo bem de Lily, eu não era tola de acreditar que era coincidência a minha mãe ter voltado para casa hoje e no mesmo dia eu ter ido lá.

— Obrigada por deixar ela voltar — falei para Trick.

Ele secou a testa com as costas da mão.

— Eu não teria conseguido segurar o emprego para ela, mas a sua... — Ele parou no meio da frase.

— A minha o quê?

Nenhuma resposta, e eu pensei em todas as vezes em que aquele homem devia ter despedido a minha mãe, mas não despediu. Todas as vezes que ele cuidou de mim.

— Espero que você esteja gostando de tudo lá — disse ele abruptamente. — Com a sua avó.

Eu não tinha dito onde eu estava. Minha mãe nunca mencionava a família, e eu duvidava que ela tivesse contado para ele. E isso significava que a fonte mais provável por onde ele tinha descoberto meu paradeiro atual *era* a minha avó.

— Ela pagou pra você? — perguntei. Deixando as roseiras e as conversas de lado, eu ainda sabia relativamente pouco sobre Lillian Taft, mas sabia que dinheiro não era algo sobre o que mencionava. Era algo que ela tinha... e que *usava*.

— Nem uma palavra a respeito disso para Ellie, Sawyer. — Essa foi a única resposta que obtive de Trick, e toda a confirmação de que eu precisava.

— É a primeira vez que a minha avó paga você pra segurar o emprego da minha mãe?

Nenhuma resposta.

— A segunda?

Nenhuma resposta. Minha mãe era menor de idade quando aquele homem a deixou alugar o apartamento acima. Ele tinha adiantado os dois primeiros meses de aluguel. Ele a tinha contratado para limpar o bar antes de ela ter idade para poder atender no bar.

Ele a tinha salvado... *a nós duas*. Eu sempre acreditei que ele tinha feito isso por vontade própria. Que ele gostava da minha mãe e mais ainda de mim.

Afastei o olhar antes de me dar conta do quanto eu precisava. Infelizmente, aquilo era um negócio de família em uma cidade de família, então, em vez de ter um momento para recuperar o fôlego, eu vi um grupo dos netos de Trick atrás do bar. Até o mais novo estava trabalhando hoje. Thad Anderson tinha só três anos a mais do que eu.

— Você está bem? — Lily apareceu ao meu lado.

Eu assenti e me virei de costas para o balcão... e para Thad.

— Você já enganou alguém num jogo de sinuca? — perguntei a Lily, mas, quando tentei passar por ela, ela me segurou pelo cotovelo.

— Aquele garoto atrás do bar — disse ela. — Quem ele é?

— O avô dele é o dono do bar — falei. Eu teria deixado por isso mesmo, mas Lily tinha proferido umas cinco frases inteiras sobre a relação dela com Walker Ames mais cedo. Achei que eu devia a ela algo em troca. — A mãe dele cuidava de mim depois da aula quando a minha estava trabalhando.

— Vocês eram... amigos? — perguntou Lily com cautela.

Eu dei de ombros.

— Eu era mais como uma irmãzinha irritante, até ter idade suficiente pra ficar sozinha em casa.

E aí, eu fiquei mais velha.

— Além disso — acrescentei baixinho —, no meu nono ano, ele transou com uma garota embaixo da arquibancada e deixou a escola toda pensar que fui eu.

Lily arregalou os olhos de um jeito cômico e de repente ficou com o rosto vazio. Perigosa e letalmente vazio. Ela se virou para o bar, provavelmente para dar a ele o que eu só podia supor que seriam verdades ditas de forma muito severa.

Desta vez, eu segurei o cotovelo *dela*. Do outro lado do salão, Boone parecia estar desafiando uma dupla de homens bêbados e mais velhos a jogar dardos. Sadie-Grace estava ao lado dele, felizmente alheia a como todos os homens do local estavam olhando para ela.

— Melhor a gente ir — falei.

Lily olhou para um ponto acima do meu ombro. Abriu a boca para responder, mas a fechou de novo. Finalmente, conseguiu limpar a garganta.

— Sawyer?

— O quê?

Ela indicou um ponto atrás de mim.

— Você tem as mesmas maçãs do rosto que a sua mãe.

Capítulo 29

Lily ficou para trás e me deixou me aproximar sozinha. O cabelo da minha mãe estava mais curto do que quando ela tinha ido embora, os olhos mais brilhantes. Assim que me viu, ela iluminou o ambiente.

— Meu amor, você não vai acreditar nos dois meses que eu tive.

Sem cumprimento, sem surpresa de eu estar ali, só um sorriso tão largo a ponto de quase partir o rosto dela.

— Digo o mesmo — falei, pensando nos dois meses que *eu* tinha tido.

— Disso nós não vamos falar. — Minha mãe fez uma pausa e então cancelou completamente essa declaração: — Me conta tudo. Você conseguiu se divertir ao menos *um pouco*? Espero que pelo menos você tenha fingido um protesto no meio de um dos jantares formais da Lillian. Queimou algum sutiã?

— Os anos 1960 chamam, mãe. Eles querem os protestos feministas de volta.

— Espertinha. — Minha mãe passou os braços em volta de mim. — Eu achei que você não voltaria — sussurrou ela, sentindo o cheiro do meu cabelo.

Pela primeira vez na vida, fiquei sem palavras. Eu não tinha voltado. Não de vez.

— Eu…

— É boa demais pra eles — concluiu minha mãe, finalmente me soltando. — Você...

Eu soube o exato momento que ela viu Lily, porque ela parou a frase no meio.

— Eu não vim sozinha. — Recuperei a voz e olhei para Lily. Minha prima entendeu isso como um sinal para chegar mais perto.

— Olivia. — O nome escapou dos lábios da minha mãe.

— Mãe — declarei, ciente de que havia mais ou menos um bando inteiro de elefantes na sala agora. — Essa é a Lily.

Minha mãe levou só um ou dois segundos para se recuperar.

— Batizada em homenagem à Lillian, imagino?

— Sim, senhora. É um prazer conhecer você. — A coisa que Lily mais era na vida era educada.

Minha mãe não era educada.

— Sua mãe sabe que você está se rebaixando assim?

Lily Taft Easterling provavelmente nunca tinha ouvido ninguém falar assim, mas em sua defesa, ela nem piscou.

— O que minha mãe não sabe não vai incomodar a ela.

Minha mãe olhou para ela por mais um segundo e abriu um sorriso largo e aberto.

— É um prazer te conhecer, Lily.

— Sawyer estava nos mostrando a cidade. — Lily não conseguiria se impedir de ficar de papo furado nem se tentasse. — É linda.

— É estranha — retorquiu minha mãe. — Mas é nossa. Cá entre nós, é um bom lugar pra se viver um pouco. — Ela olhou para Lily por um momento, se inclinou para a frente e bagunçou o cabelo dela. — Ou muito.

Lily não soube o que responder, e eu só consegui pensar que aquela não deveria ter sido a primeira visita dela. Eu tinha crescido a menos de uma hora da família da minha mãe. Teria sido tão fácil eles virem nos visitar.

MENTIRAS INOFENSIVAS **173**

Um estrondo do outro lado do salão me arrancou dessa linha de pensamento. *Boone.* Ele estava parado com a boca aberta, dois dardos na mão esquerda e a direita paralisada numa posição que sugeria que ele tinha acabado de arremessar um terceiro.

A uma curta distância, um homem de boné estava olhando para uma garrafa de cerveja quebrada na mesa na frente dele, encharcado.

— É possível — disse Boone com bom humor — que a minha mira deixe a desejar.

O homem de boné apoiou as mãos abertas na mesa.

— Melhor eu cuidar disso — falei para a minha mãe. Consegui tirar Boone da situação mais ou menos na mesma hora que Thad Anderson levou para a mesa do homem outra rodada de cervejas por conta da casa.

Crise evitada. E, atrás de mim, eu ouvi:

— Acho que isso é ilegal. — Sadie-Grace pareceu contemplativa de uma maneira desconfortável. — Mas eu *sou* muito flexível.

— Hora de ir — falei para Lily.

Ela tirou Sadie-Grace do meio dos homens com quem ela estava falando. Peguei Boone pela gola por trás e, quando tinha colocado os três lá fora em segurança, voltei ao Holler.

— São seus amigos? — perguntou minha mãe secamente.

— Mais ou menos. — Minha resposta surpreendeu nós duas. Eu não era exatamente conhecida pelo meu hábito de fazer grandes amigos aonde eu fosse.

— Esses seus amigos têm nomes? — perguntou minha mãe.

— Boone — falei. — E Sadie-Grace.

— Eles têm sobrenome?

Meus instintos me diziam que a pergunta era significativamente menos casual do que parecia.

— Boone Mason. Sadie-Grace Waters.

Minha mãe reconheceu os nomes. Eu sabia que reconheceria. Se ela já não tinha notado que a foto que ela deixava colada no fundo da gaveta da cômoda tinha sumido, era quase certo que verificaria quando voltasse para casa.

— Sawyer, o que você está fazendo?

Eu não respondi porque não precisava.

— Você não voltou, né? — disse minha mãe baixinho. — Não está planejando ficar. Aqui. Comigo. — Ela fez uma pausa e procurou nos meus olhos a resposta que queria desesperadamente ouvir. — Se eu falasse pra você deixar isso tudo pra lá, você deixaria?

Não. Mesmo agora, ela não estava respondendo à pergunta que eu tive minha vida toda. Ela não responderia. Nunca.

— Eu nunca fui boa em deixar as coisas pra lá — falei.

— Sawyer? — Lily botou a cabeça dentro do bar. Minha mãe e eu nos viramos para olhar para ela, e Lily limpou a garganta. — A limusine chegou.

Minha mãe ouviu as palavras como se fossem um tapa.

— Que bom — disse ela, apertando a boca. — Meu intervalo acabou.

Eu via como as coisas se desenvolveriam. Eu não estava lá para ficar. Eu não podia deixar tudo pra lá, e ela não conseguia ou não queria entender isso.

— Mãe — falei quando ela começou a voltar para o balcão do bar.

Ela deu um beijo no topo da minha cabeça.

— Quando você recuperar o bom senso, eu estarei aqui. Até lá… — A voz dela endureceu. — Sua limusine e Lillian estão esperando.

MENTIRAS INOFENSIVAS **175**

Capítulo 30

O motorista deixou Boone primeiro. Ele deu boa-noite para mim e para Lily e gaguejou algo ininteligível na direção de Sadie-Grace. Depois que a porta do carro se fechou, eu ergui uma sobrancelha para Sadie-Grace, tentando me concentrar no aqui e agora, e não na frase de despedida da minha mãe.

— O quê? — Sadie-Grace franziu a testa. — Tem alguma coisa na minha cara?

Decidi que sutileza não era o caminho ali.

— Boone gosta de você.

Sadie-Grace fechou os dedos da mão direita em volta da esquerda.

— Os garotos sempre gostam de mim. Ou pelo menos eles *acham* que gostam de mim, até eu ser... eu. — Ela limpou a garganta. — Eu tenho o hábito infeliz de quebrá-los.

— Quebrá-los? — repeti.

— Tipo... — Sadie-Grace abaixou a cabeça. — Fisicamente. Nós tentamos fazer coisas e eu quebro eles.

Eu me virei para Lily em busca de uma tradução.

— Ela tem uma... tendência pra atrair acidentes — disse minha prima delicadamente.

Tomei a decisão consciente de que eu *não* queria fazer mais nenhuma pergunta. E foi bom, porque um instante antes da limusine se afastar do meio-fio, a porta foi aberta de novo.

Campbell entrou. O rosto dela estava pálido, e ela ficou olhando diretamente à frente, como se o resto de nós nem estivesse ali.

— Cometeu algum crime importante ultimamente? — perguntei.

Isso arrancou Campbell do devaneio inquieto. Ela pegou a camiseta da equipe com o nome dela no chão da limusine e, um momento depois, estava com ela no corpo.

Como se tivesse ficado ali o tempo todo.

Como se o que ela fez nas últimas cinco horas não fosse nada.

— Devo concluir que nos divertimos hoje? — disse ela.

Lily me encarou por um breve momento.

— Podemos dizer que sim. — Ela fez uma pausa. — Você pareceu gostar de tomar as rédeas do rumo da noite, passear em um terreno numa área abandonada e de fazer dança do ventre em um posto de gasolina rural depredado.

Campbell virou a cabeça quarenta graus para a esquerda, preparada para atacar.

— Foi mesmo?

Eu dei de ombros.

— A gente pode ter abandonado o roteiro.

Os olhos verdes dela refletiram a luz do interior do carro.

— Esse não era o acordo.

— Se você não quiser que as imagens que estabelecem que você ficou em um lugar uns quarenta e cinco minutos longe da cidade boa parte da noite...

— Não. — Campbell forçou um sorriso. — Tenho certeza de que o que vocês têm está ótimo.

Lily hesitou por um ou dois segundos e botou a câmera na mão aberta da Campbell. A expressão de alívio que eu vi no rosto da filha do senador foi mais preocupante do que qualquer ameaça que ela tenha feito nas últimas seis semanas.

— O que você vai fazer com isso? — perguntei. *Tantas imagens preciosas, o álibi da Campbell para sabe-se lá o quê.*

MENTIRAS INOFENSIVAS **177**

— Exatamente o que as instruções dizem pra fazer. — Campbell deslizou pelo banco e abaixou a divisória. — Com licença, senhor — disse ela, doce como mel. — Mas acho que temos que deixar isso com você.

Ver o vidro subir foi como ver uma cortina cair... ou uma espada.

— Ele vai entregar — disse Campbell. — O comitê vai ver nosso vídeo e, no nosso evento mês que vem, os vencedores da gincana serão anunciados.

— Você não está esquecendo alguma coisa? — perguntei. *O tablet da Lily. As imagens de segurança.*

— Depois do próximo evento — prometeu Campbell. — Assim que os vencedores forem anunciados, eu entrego pra vocês tudo que eu tenho. Vocês não vão ouvir uma palavra de mim sobre o *Segredos* nem mais nada até lá.

O acordo não era esse.

O olhar de Campbell foi intenso.

— Estou falando sério, Sawyer. Eu não vou ser problema pra nenhuma de vocês, e, na festa à fantasia mês que vem, todos os rastros de provas que eu tenho serão seus. Vocês têm a minha palavra.

— Eu acho isso extremamente reconfortante — murmurou Lily, suave e sarcástica ao mesmo tempo.

A resposta de Sadie-Grace foi um tanto menos elegante:

— Hããã... pessoal?

Eu ainda estava olhando fixamente para Campbell quando Sadie-Grace falou de novo.

— Pessoal — repetiu Sadie-Grace, a voz dela subindo uma oitava. — *Olhem.*

Eu olhei. A limusine tinha entrado em Camellia Court. A casa da Sadie-Grace ficava de um lado da rua sem saída; a da minha avó ficava do outro, e, no final, no maior terreno de todos os terrenos grandes, ficava a única casa do quarteirão separada da rua por um portão de ferro forjado.

Hoje, o portão estava aberto. Havia viaturas da polícia na entrada, três. Luzes azuis e vermelhas piscando ofuscaram minha visão com a força de um furador de gelo, repetidamente.

Lily se virou para olhar para Campbell.

— É a casa do seu avô.

Procurei algum sinal de fraqueza no rosto da Campbell, qualquer sinal da inquietação que eu tinha visto quando ela tinha entrado no carro.

Mas só vi aço.

— Ah, caramba — disse Campbell, a imagem da preocupação. — A casa do vovô. O que pode ter acontecido lá?

Capítulo 31

Passei a noite na cama, me perguntando de que tínhamos sido parte. Três viaturas da polícia não eram coisa de pequenos delitos. Exatamente que tipo de crime (ou *crimes*) nós tínhamos ajudado e encorajado Campbell a cometer?

Quando finalmente ouvi a movimentação de Lillian lá embaixo na manhã seguinte, interpretei como a dica para desistir do sono. Se a minha avó sabia alguma coisa sobre o que tinha acontecido na residência dos Ames, eu queria saber.

Eu me juntei a ela na varanda para tomar café. Nós éramos as únicas pessoas da família que tomávamos café puro.

— Aconteceu alguma coisa ontem à noite. — Tomei um longo gole da caneca. — Quando nós chegamos da gincana, tinham umas viaturas da polícia na propriedade dos Ames.

Lillian Taft era inabalável.

— Acho que não havia ambulância — disse ela.

Meu coração parou. Não tinha me ocorrido até aquele momento que Campbell pudesse ter machucado alguém.

Ela não fez isso. Ela não faria. Faria?

— Não tinha ambulância — falei em voz alta.

— Que pena — comentou minha avó. — Um ataque cardíaco ou talvez até dois talvez melhorassem a índole do Davis.

Eu engasguei com o café.

— Lillian!

— Aff, Sawyer. Não me olha assim. Antes que a cafeína faça efeito, eu posso fazer piadas de ataque cardíaco sobre David Ames, desde que não haja ninguém com modos por perto pra ouvir.

Ao que parecia, eu não me qualificava como pessoa com modos. Interpretei isso como elogio.

— O que você acha que aconteceu? — pressionei minha avó. — Três viaturas da polícia é muita coisa.

Eu tinha testemunhado brigas de bar que só tinham merecido uma.

— Não há muitos crimes nesta região. — Lillian ergueu a caneca e inspirou. — Davis esperaria uma resposta imediata e impressionante. O velho senil deve ter perdido a chave do carro e registrado como roubo.

Eu deveria ter achado o jeito casual dela com a situação reconfortante, mas fui pega de surpresa, porque, pela primeira vez em seis semanas, eu tinha a sensação de estar falando com Lillian Taft, a pessoa de verdade, não a matriarca da família. Nem a mãe da minha mãe.

— Minha mãe ligou ontem. — Não era isso que eu tinha planejado dizer. — Ela queria saber onde eu estava. — Eu fiz uma pausa. — Eu fui até lá.

— Ela não deve estar feliz de você estar aqui. — Lillian botou o café de lado. — Eu sei que, na versão dela das coisas, eu sou uma vilã que nunca a procurou, nunca pediu para se encontrar com ela.

Não mesmo, pensei.

— Sinceramente — continuou Lillian, perfeitamente satisfeita de seguir com uma conversa unilateral —, estou perplexa de ter demorado tanto pra minha filha perguntar sobre seu paradeiro e seu bem-estar.

— Claro que está — falei. Eu tinha decidido voltar. Isso não significava que eu tinha que ficar do lado dela contra a minha mãe.

Lillian me lançou um olhar.

— Eu fiz alguma coisa que te chateou, Sawyer? Alguma coisa além de fornecer comida e abrigo e oportunidades pelas quais a maioria das jovens morreria?

Eu nunca, nem em mil anos, dominaria aquele tom: o que conseguia parecer meio curioso e cuidadosamente autodepreciativo e nada crítico, por mais que houvesse uma crítica sendo feita.

— Eu levei Lily ao The Holler ontem. — Quando em dúvida, escolha o caminho súbito e inesperado.

— Perdão?

— O bar onde a minha mãe trabalha. Eu levei Lily lá ontem, e parece que tem alguém pagando ao dono pra manter minha mãe empregada.

Lillian voltou a bebericar o café.

— Que coisa estranha.

— Lillian — falei. Não houve resposta. — *Mim.*

Era a primeira vez que eu usava o apelido de Lily para ela. Minha avó com compostura perfeita e formidável piscou, os olhos lacrimejando. Ela levou um guardanapo aos lábios e se permitiu o tempo de limpar a boca com ele para recuperar a compostura, de forma tão eficiente e implacável quanto um capitão reunindo suas tropas.

— O que você quer que eu diga, querida? Que eu cometi o pecado capital de cuidar do sangue do meu sangue? Que eu teria comprado o estabelecimento todo se achasse que não seria percebido, só pra garantir que vocês duas sempre tivessem um lar?

Foi você quem a expulsou, grávida e assustada e sozinha. Você foi o motivo para irmos pra lá.

— Agora… — Lillian cruzou as mãos no colo. — Por que nós não falamos de algo mais agradável? — Não uma pergunta, não um pedido. — O que *você* acha que trouxe a polícia à nossa rua?

Capítulo 32

Decidi que era melhor para mim sair de casa. Me convenci de que estava saindo para evitar mais perguntas, mas a verdade era que a minha conversa com Lillian (e ver minha mãe na noite anterior) tinha me abalado. Eu precisava de algo em que me concentrar, alguma coisa para decifrar ou pela qual ficar obcecada.

Digamos, por exemplo, descobrir se uma certa chave que nós tínhamos roubado do armário da Campbell cabia ou não no cofre do senador.

Se Campbell cumprisse a promessa de entregar o tablet, nós não precisaríamos de defesa, mas eu não estava muito confiante, e andar perto de pessoas cujo sobrenome era Ames também parecia um bom jeito de descobrir o que tinha causado a presença da polícia na noite anterior.

De descobrir o que tínhamos ajudado Campbell a *fazer*.

Só havia duas pessoas no gabinete do senador quando eu cheguei, Walker e a assistente do pai dele, uma mulher não muito mais velha do que nós dois. *Leah*. Minha memória forneceu o nome, o que acabou não servindo para nada, porque Leah de saltos vermelhos saiu praticamente na mesma hora que eu entrei.

— Trabalhando no fim de semana? — perguntei a Walker, resistindo à vontade de interrogá-lo sobre as viaturas da polícia na casa do avô dele na noite anterior.

— Você sabe o que dizem sobre mente vazia, Sawyer Taft. Oficina do diabo, essas coisas. — Sentindo que eu não tinha ficado impressionada com a explicação, Walker elaborou. — Eu precisava sair de casa.

Eu me permiti pensar só por um momento como era a casa dos Ames, como tinha sido crescer lá.

— Eu soube que vocês tiveram uma noite e tanto ontem. — Walker foi sutil, mas a mudança abrupta de assunto não passou despercebida. — Campbell e eu conversamos — disse ele. Por menos de segundo, eu pensei que a irmã dele podia ter contado a verdade, mas ele prosseguiu. — Posso ter esperanças de que a monotonia de um dia enchendo envelopes seja quebrada por histórias das suas aventuras nos limites da civilização?

— Que classe — falei. — Entendo por que você é o filho preferido.

— Eu não sou o preferido — disse ele, baixo o suficiente a ponto de deixar claro que ele não acreditava naquilo.

Eu amo meu irmão, ecoou a voz da Campbell na minha cabeça. *Todo mundo ama. Sempre amou.*

Eu me perguntei por menos de segundo se aquilo tudo era por isso, um grito desesperado por atenção. Mas não fiquei pensando em Campbell muito tempo. Pensei no motivo de eu ter fugido do roteiro da noite anterior.

Walker Ames tinha feito promessas à minha prima e depois partido o coração dela.

— Por que a expressão no seu rosto me faz pensar que você está planejando minha morte instantânea? — perguntou Walker em tom agradável, se curvando na minha direção.

Ele tinha partido o coração da Lily e agora estava flertando comigo.

— Não sei — respondi. — Talvez você não seja tão burro quanto parece.

Walker Ames e eu passamos as duas horas seguintes enfiando papéis em envelopes. Eu esperei até ele decidir buscar café e fui direto para a sala do senador. Não esperava encontrar nenhum problema para entrar.

Se Sterling Ames não queria ninguém arrombando a fechadura, ele não deveria ter escolhido uma maçaneta de alavanca. E se não queria...

Ele devia ter escolhido uma com proteção, pensei quando a fechadura cedeu. Sem saber quanto tempo eu tinha, dei uma olhada por cima do ombro e fui até o cofre.

A chave não entrou.

— Eu trouxe café — disse uma voz atrás de mim.

Eu me virei para a porta da sala, enfiando a chave no bolso.

— Preto — continuou Walker. — Como a minha alma.

Se ele não ia perguntar o que eu estava fazendo ali, eu não ia oferecer a informação. Eu atravessei a sala e peguei o café da mão dele. O nome que Walker tinha dado ao barista e que estava escrito no copo foi *Imune a Walker*.

Eu quase ri disso.

— Você não gosta de mim. — Walker pareceu achar isso estranhamente satisfatório.

— Eu classificaria meus sentimentos mais como apáticos — falei.

— Você não pode ser apática — respondeu o filho do senador imediatamente. — Eu que sou.

No passado, Walker Ames tinha sido o garoto de ouro dos pais, do tipo que levava a namorada em encontros românticos, fazia promessas e dava alianças.

— Então o que é isso? — perguntei, por Lily e também para impedir que Walker chegasse a perguntar o que eu estava fazendo na sala do pai dele. — Rebelião sem sentido? Crise de um quarto de vida?

Com base na expressão no rosto dele, inferi que as pessoas costumavam encarar a perda da posição favorecida dele com mais seriedade.

— Crise de um quarto de vida? — repetiu ele. — Eu não sou tão velho.

Eu arqueei uma sobrancelha para ele.

— Você planeja viver mais do que 76 anos?

Ele soltou uma risada.

— Por mais que eu goste da ideia de *Viver rápido, morrer jovem*, nós, homens da família Ames, costumamos ser longevos.

— Falando em homens longevos da família Ames… — Eu passei por ele e saí do gabinete do senador. — Seu avô está bem? Nós vimos aquelas viaturas da polícia na casa dele ontem.

Walker fechou a porta depois que saímos.

— Meu avô vai viver mais do que todos nós e dar sermão nos nossos túmulos por estar decepcionado com nossa falta de vigor.

Considerando a única vez que eu tinha visto Davis Ames, era bem fácil imaginar isso.

— Houve uma invasão — continuou Walker. — Mas o coroa não estava em casa na hora. Alguém desativou o alarme e arrombou o cofre dele.

Minha respiração entalou na garganta e levei a mão ao bolso, até a chave, a cópia que eu tinha feito antes de devolver a original para Campbell.

— Você está bem? — perguntou Walker. — Você não me insulta há três minutos, pelo menos.

Arrombaram o cofre do seu avô.

— Sinto muito pela invasão — falei, tentando disfarçar como minha mente estava girando. — E mais, eu acho que você é um idiota de proporções colossais por largar a Lily, e você tem uma cara de arrogante.

— Obrigado — respondeu Walker graciosamente. — Mas eu posso garantir que Lily está melhor sem mim. E não precisa se preocupar com o meu avô. Ele tem seguro.

— Ah, é? — falei, tentando parecer casual. — O que foi roubado?

Walker devia ter ouvido interesse demais na minha voz, porque só abriu um sorrisinho.

— Agradeça o café e eu conto.

Se eu cedesse com muita facilidade, ele poderia começar a questionar por que eu queria saber.

— Eu agradeceria — respondi —, mas apatia é meu tipo de reação favorita.

Ele me encarou.

— Pode ser — disse ele, o tom tão casual quanto a expressão estava intensa — que não ligar seja só o que as pessoas comuns veem quando elas não conseguem entender como é quando alguém se importa demais.

Eu agradeci o café.

— De nada, Sawyer Taft. E como um cavalheiro sempre cumpre a palavra, vou te contar um segredinho. Só uma coisa foi tirada do cofre do meu avô ontem à noite. As pérolas da *sua* avó.

15 DE ABRIL, 17H50

Mackie sabia que a situação poderia ser problemática. As garotas estavam *de luvas*. Mas ele era capaz de lidar.

— Odeio ter que dar a notícia — disse o garoto, que pareceu *gostar* de dar a notícia para Mackie —, mas se Sawyer Taft estiver lá dentro, e se ela não estiver sozinha...

Ele balançou brevemente a cabeça.

Mackie não gostou daquele movimento de cabeça.

— Diga seu nome e o que veio fazer aqui. — Ele *não* perderia a vantagem.

O garoto não declarou o nome. O garoto não disse o que foi fazer lá. Ele só se inclinou para a frente.

— São quatro, não são?

Mackie não respondeu. Ele se recusava a responder.

— Talvez sejam quatro.

— Nesse caso — disse o garoto —, você prendeu as *duas* netas de Lillian Taft. E uma filha de senador e a amada filha única do homem mais rico do estado.

Mackie ia matar O'Connell e Rodriguez.

O garoto balançou a cabeça de novo.

— Deus te abençoe.

SEIS MESES ANTES
Capítulo 33

— **Ela roubou as pérolas da Mim.** — Lily estava costurando furiosamente uma estola de penas brancas no corpete de um vestido sem alças. — *Campbell. Ames. Roubou. As pérolas. Da Mim.*

Esse tinha sido o mantra da Lily no último mês.

Ela falou isso no dia em que tia Olivia soube do roubo e entrou num frenesi de 48 horas de gritaria irritada que culminou em uma bronca furiosa que ela deu em Davis Ames em pessoa.

Ela falou na noite seguinte à que a polícia foi entrevistar Lillian sobre as pérolas... e cada policial saiu com uma dezena de pedaços dos brownies obscenamente deliciosos da tia Olivia.

Lily tinha repetido o mantra todos os dias depois da aula quando Campbell cumpriu a palavra de não fazer jogos de poder continuamente, provando, ao menos na minha mente, que nem uma vingança mesquinha nem se meter com Lily tinham sido o objetivo real dela.

E agora, Lily estava soltando a reclamação sem motivo nenhum.

— Tecnicamente — falei para a minha prima, ciente de que estava cutucando a onça com vara curta, mas sem conseguir me segurar —, as pérolas não eram da Mim quando Campbell as levou.

Lily ergueu o olhar do vestido que tinha em mãos.

— Você quer costurar sua fantasia? — perguntou ela.

— Essa é a *minha* fantasia? — perguntei.

MENTIRAS INOFENSIVAS **189**

— Claro que é — respondeu Lily com paciência exagerada. — Eu vou com trajes renascentistas.

Olhei para o monte de tecido com purpurina nas mãos dela. As contas eram tão intrincadas e tão densas que quase precisei de óculos escuros para olhar.

— E eu vou como o quê?

Lily terminou de costurar as penas.

— Um anjo. — Como se o fato fosse óbvio.

— Um anjo — repeti. — Você me conhece?

— Você, a garota que se jogou na linha de fogo por mim depois de ter me conhecido por menos de um dia? — perguntou Lily em tom inocente. — Ou a que passa horas discutindo táticas militares relacionadas a zumbis com meu irmão mais novo? — Ela fez uma pausa. — Ou talvez a que não se permite ficar com raiva porque a mãe está recusando as ligações dela o mês todo?

Ai. Lily normalmente não atacava de forma tão clara.

— Eu não quero falar sobre a minha mãe.

Lily sacudiu o vestido e o colocou na cama.

— Eu só estou dizendo que eu acho que você merece suas asinhas.

É, pensei, *deixando de lado os vários crimes de que fui cúmplice nos meses recentes, eu sou praticamente a Madre Teresa.* Sabendo que esse argumento não convenceria Lily, eu segui uma outra linha de raciocínio.

— Eu fiquei descalça no Pérolas de Sabedoria — lembrei a ela. *O horror.* — E desafiei John David a lamber a escultura de gelo semana passada, no brunch.

Lily fez um ruído de surpresa.

— Foi você?

Eu dei de ombros.

— Ainda acha que eu mereço a auréola?

Lily Taft Easterling não era do tipo que admitia derrota.

— Eu *acho* — disse ela enfaticamente — que mamãe vai querer avaliar nossas fantasias, e de jeito nenhum ela deixaria você sair desta casa usando uma que consista em uma frase espertinha escrita em um pedaço de papelão pendurado no pescoço.

Isso foi preciso, tanto em relação ao nível de planejamento que eu dedicava à minha fantasia de Halloween quanto em relação à reação provável da tia Olivia. Desde nossa ida não autorizada à minha antiga moradia, a mãe de Lily tinha passado a nos vigiar melhor, como se achasse que, na próxima vez, eu poderia levar a filha dela para a perdição.

Eu desconfiava que tinha menos a ver com aonde tínhamos ido e mais com a pessoa que Lily tinha conhecido lá.

— Tudo bem. — Eu capitulei, sabendo que qualquer tentativa de resistência seria tão eficiente quanto cuspir no vento. — Eu vou à Festa à Fantasia do Baile Sinfônico como um anjo. Tenho certeza de que vai ser *adorável*.

— Vai — prometeu Lily... ou talvez tenha sido uma ordem. Ela conseguiu não dizer mais nada por quatro segundos, durante os quais pegou um delicado par de asas e uma máscara de penas brancas.

E aí, ela chegou ao limite e falou:

— Eu não acredito que aquela *bruxa* roubou as pérolas da Mim.

As palavras da Lily acabaram sendo estranhamente proféticas. Naquela noite, a noite em que Campbell tinha prometido entregar o tablet da Lily e as imagens de segurança, a filha do senador apareceu vestida de bruxa.

O vestido era preto, feito de um tecido que cintilava quando ela se movia. A saia era ampla, mas o corpete era apertado, e o bordado, de um prateado delicado feito à mão, parecia uma teia de aranha tecida de forma artística. A máscara era preta lisa e cobria só metade do rosto. A outra metade estava com uma maquiagem caprichada, os olhos acentuados por pedrinhas pretas e brancas, grudadas no rosto em espirais elaboradas.

— Foi legal meu avô oferecer a casa para receber o baile de hoje — comentou Campbell quando eu a encurralei. — Não foi?

Viver com a tia Olivia significava que eu ouvia mais fofocas do Baile Sinfônico do que gostaria, e eu tinha ouvido detalhes específicos sobre a *palhaçada* que foi Northern Ridge marcar o casamento de um sócio no mesmo horário do evento de hoje. Pelo que Sadie-Grace tinha dito, a madrasta dela só não tinha tentado um ritual de sacrifício para sair vencedora da briga, mas o casamento prevaleceu, e o baile ficou de fora.

Tinha tudo para ser uma tragédia, ou o que se passaria por uma no Mundo das Debutantes, até Davis Ames se manifestar. Ele tinha oferecido voluntariamente a casa para o evento da noite, levando Campbell, sem mencionar Lily, Sadie-Grace, Boone e eu, direto para a cena do crime.

Queria saber onde fica o cofre.

Meu olhar se deslocou para o colar que Campbell estava usando hoje: uma única gota vermelho-sangue, sem dúvida um rubi, que pendia do pescoço, um lembrete visceral de que Campbell Ames não tinha necessidade de joias roubadas. Fosse qual fosse o jogo dela, eu desconfiava profundamente que tinha menos a ver com o valor monetário das pérolas e mais com a dinâmica familiar dos Ames.

E eu sinceramente não me importava.

— Você prometeu — comecei a dizer, mas Campbell passou o braço pelo meu e me interrompeu.

— Hoje à noite — prometeu ela, me levando na direção de uma mesa de cupcakes montada na extremidade do salão. — Assim que os vencedores da gincana forem anunciados e eu tiver o que preciso, vou te dar o que prometi.

O que você precisa? Isso era um mau presságio.

— Eu posso ser Lúcifer — continuou Campbell —, mas eu cumpro a minha palavra. Cupcake?

Eu quase recusei, mas era de chocolate. Enquanto eu me esforçava para não sujar a fantasia e evitar a ira da Lily, eu me vi procurando minha prima no salão. Ela tinha aceitado que eu falasse com Campbell, mas, debaixo de um arco próximo, ela e Sadie-Grace ficavam lançando olhares nervosos na minha direção.

Para a minha surpresa, quando me virei para Campbell, eu a vi lançando um olhar similar para a pessoa atendendo no bar em frente à mesa de cupcakes.

Nick.

Eu o tinha visto nos meses anteriores, estacionando carros no brunch de domingo, mas ele não tinha me direcionado nenhuma palavra. Depois de um momento de hesitação, Campbell jogou o cabelo por cima do ombro e seguiu para o bar. Eu fui atrás.

— Será que eu conseguiria convencer você a trocar coquetéis sem álcool por coquetéis com álcool se eu oferecer *emoção*? — perguntou Campbell a Nick.

— Nada de *emoção*. — Nick foi calmo, tranquilo, profissional. — E — disse ele, abaixando a voz — não tenho interesse.

Eu esperava que Campbell reagisse, mas ela não falou nada. Ela pegou um palito de dentes no bar e espetou uma cereja em uma tigela próxima.

— Você não está com raiva por causa do mês passado ainda, está?

— Claro que não. — Nick usou o mesmo tom que eu o tinha visto usar com Walker na viela semanas antes. — Eu só não sou tão masoquista a ponto de deixar você me dar o bolo duas vezes. — Sem dizer outra palavra para ela, Nick se virou para mim. — Bom ou mau? — perguntou ele.

Levei um segundo para perceber que ele estava se referindo às bebidas que estava preparando. O copo de cristal de martíni na mão esquerda tinha um líquido branco; o da direita era vermelho.

Olhei para o meu vestido: branco ofuscante, combinação perfeita com as penas na máscara, sem mencionar as asas nas costas.

— Me dá o vermelho — falei.

Nick deu um sorriso bem, *bem* pequeno.

— Sinto muito — disse Campbell subitamente. Se eu não a conhecesse, teria pensado que ouvi um tom genuíno de remorso na voz dela.

— Você não sente muito — corrigiu Nick. — Isso é só tédio.

— E você é o quê? — retorquiu Campbell. — Meu hobby?

Nick deu de ombros. Claramente, quando o assunto era o relacionamento com a filha do senador, ele nunca tinha se iludido a ponto de pensar que era mais do que uma distração meio proibida com um corpo musculoso.

— Eu *sinto* muito — disse Campbell baixinho — por acabar tendo que ser assim. — Sem esperar resposta, ela pegou a bebida branca e se virou para acenar para alguém. — Boone!

Quando o primo de Campbell se aproximou, eu vi a fantasia que ele tinha escolhido para a noite: um smoking roxo vibrante. Com gravata-borboleta combinando.

— O que você é? — perguntei.

— Essa é minha cara de ofendido — respondeu Boone, apontando para os lábios retorcidos.

— Você não está de máscara — observei.

— Pra cobrir minha cara de ofendido?

— Boone, seja fofo e mantenha Sawyer distraída por mim, tá? — Campbell não esperou resposta para se virar e se afastar. Eu fui para o lado e bloqueei a passagem dela.

— Aonde você vai?

— Eu já volto — disse ela. — E aí, você vai ter o que você quer. Palavra de escoteira. — Ela empurrou o primo na minha direção. — Dança com a Sawyer.

— Eu não danço — falei secamente no exato segundo que ele executou uma reverência elaborada e estendeu a mão na direção da minha.

— Milady?

Capítulo 34

Quando Boone me levou para a pista de dança, perdi Campbell de vista na multidão. A casa de Daves Ames parecia mais um museu do que uma casa. O térreo era aberto e tinha o pé-direito mais alto que eu já tinha visto. O piso de madeira era escuro, polido a ponto de quase refletir.

De repente, eu tive uma sensação muito incômoda com o fato de Campbell ter sumido de vista.

— Eu trouxe um presente. — Boone começou a me guiar no que achei que era para ser uma valsa.

— Um presente? — repeti.

Ele assentiu, soltou a mão direita da minha e estendeu a mão. Por um instante de terror, achei que ele ia tocar de leve na lateral do meu rosto, mas ele só prendeu um fio de cabelo entre o polegar e o indicador e puxou.

— *Ai!* — Ele teve sorte de estarmos visíveis para pelo menos cinco adultos responsáveis, inclusive a minha avó, senão eu teria dado um soco na barriga dele. — Sua definição de *presente* deixa algo a desejar.

— Tem um saco plástico no meu bolso interno esquerdo — disse ele. — Se você o pegar, podemos guardar o fio de cabelo.

Eu fiz o que ele pediu, tomando o cuidado para disfarçar o ato o máximo que pude. A valsa prosseguiu.

— Seu presente — declarou Boone — é um teste de paternidade por correspondência. Eu comprei seis. Os resultados levam uma vida pra chegar, mas eu já consegui uma amostra de cabelo do meu pai. — Ele guardou o saquinho com meu cabelo no bolso do smoking. — Nós podemos enviar o teste dele hoje.

Considerando a obviedade da sugestão de Boone, eu tive que questionar por que não tinha pensado nisso antes. O único progresso que eu tinha feito na busca pelo meu pai no mês anterior envolvia usar a internet para descobrir tudo possível sobre os quatro homens na minha lista.

Lá no fundo, eu tinha que me perguntar o quanto do que estava me segurando era a minha mãe. Ela não me queria ali. Não queria que eu soubesse a verdade.

— Eu sou brilhante — confidenciou Boone — E não me importaria de ter uma irmã. — E aí, como o momento estava meio sério demais, meio fofo demais, ele acrescentou: — Mas a minha mãe seria uma verdadeira vaca como madrasta.

Ouvir qualquer variação da expressão *madrasta vaca* fez meu olhar se deslocar automaticamente para Greer Waters. Eu achava que ela não gostaria de nenhuma investigação se o marido recente tinha ou não gerado uma filha ilegítima no passado.

— Eu sei o que você está pensando — declarou Boone. Ele me girou em círculo. — Como você vai conseguir material genético dos outros candidatos a papai?

Eu ainda era voluntária no gabinete do senador. A reforma da casa da tia Olivia e do tio J.D. não dava sinais de estar terminando, então nós ainda morávamos sob o mesmo teto, e se eu pedisse a Sadie-Grace para me mostrar o banheiro dos pais dela, ela abriria um sorriso sem fazer muitas perguntas sobre o motivo de eu mexer na escova de cabelo do pai.

— Conseguir as amostras é factível — falei para Boone.

Quando nossa dança terminou, vi uma Audrey Hepburn com o canto do olho: Sadie-Grace. Como minha boa ação do dia, usei os últimos acordes da valsa para guiar Boone na direção dela. Uma música nova começou, e eu passei Boone para ela.

Nenhum dos dois pareceu registrar o fato de que estava dançando com o outro até estarem longe.

— Sawyer. — Minha avó me puxou discretamente para a lateral da sala. Ela não estava de fantasia, a menos que *imponente e elegante* fosse uma fantasia. Ela falou em um murmúrio que precisei me esforçar para ouvir. — Quer tentar adivinhar o que a animadinha da Greer Waters ficou falando no meu ouvido nos últimos minutos?

Minha mente ainda estava no cabelo colocado no envelope que eu tinha deixado com Boone... e nos outros testes de paternidade que ele tinha prometido.

— Ao que parece, sua fita da gincana causou uma agitação e *tanto*. — A expressão da minha avó estava agradável, mas nós estávamos em público. Se havia uma lei social inviolável no círculo de Lillian Taft, era a de ser *sempre* agradável em público.

— Algumas pessoas se agitam com facilidade — falei.

— Houve questionamentos sobre se o que vocês cinco fizeram foi perigoso.

Cinco, pensei. *Nós quatro* e *Campbell*. Ela tinha o álibi dela agora, inquestionável e, graças ao meu desvio do plano, se espalhando pela floresta da fofoca como um incêndio.

— Quando as pessoas ricas dizem *perigo* — falei para a minha avó —, elas só querem dizer *pobre*.

Eu tinha violado duas regras capitais: eu não estava sorrindo e estava falando sobre dinheiro.

— Sawyer, você e sua mãe nunca foram *pobres*.

Eu não tinha ideia de como interpretar aquela frase ou o tom que Lillian usou para dizê-la, mas eu também não tive tempo para questionar, porque, um momento depois, Davis Ames desceu a escada, e a atenção da minha avó se voltou totalmente para ele.

Ele não estava de fantasia. Não estava de máscara. Campbell estava ao lado dele. Ela tinha ido buscá-lo? Por quê?

— Eu soube que há alguns prêmios a serem distribuídos — disse ele, com uma voz que se espalhava sem necessidade de amplificação artificial. — Do concurso de fantasias da noite *e* de uma gincana um tanto lendária.

Era isso que estávamos esperando. O que Campbell estava esperando. Eu ainda não sabia por que *esse* era o ponto importante para ela. Será que ela estava só ganhando tempo até que a notícia da "nossa" peripécia da noite da gincana tivesse se espalhado bem, para solidificar o álibi dela?

Ou estava tramando alguma outra coisa?

Eu nem prestei atenção direito aos nomes chamados quando os prêmios foram anunciados. Os nossos, obviamente, não estavam entre eles, nem do evento do mês anterior nem pela premiação da noite. Nem era preciso dizer que comportamento como o nosso não era recompensado.

Na verdade, era, porque Greer tinha *literalmente* falado aquilo para Sadie-Grace na semana anterior.

Eu não ligava para prêmios, nem para nenhuma desgraça sutil que acontecesse conosco. Eu só queria pegar o tablet com Campbell e acabar logo com a história toda.

Quando isso acontecesse, o Projeto Teste de Paternidade podia começar.

Uma salva de palmas marcou o prêmio final. No burburinho em seguida, a campainha tocou, o que pareceu estranho, porque o sr. Ames tinha contratado uma empresa de manobristas para estacionar os carros, e um dos manobristas estava cuidando da porta quando cheguei.

Enquanto eu olhava, o avô da Campbell pediu licença. Campbell foi atrás, e fui atrás dela e a peguei pelo braço.

— O tablet — insisti.

— Está lá em cima — disse Campbell, a voz surpreendentemente fraca, quase falhando. — Se você for pela cozinha e subir pela escada dos fundos, ninguém vai te ver. Primeiro quarto à esquerda. Eu deixei o tablet na mesa.

Tive uma sensação ruim. Tinha alguma coisa errada, e não gostei de não conseguir identificar o que era. Abri caminho em meio às pessoas até a cozinha, subi a escada e esperei a surpresa ruim.

Não houve.

O tablet estava exatamente onde Campbell disse que estaria. Eu o liguei. As imagens de segurança estavam lá. Eu as apaguei e verifiquei os e-mails enviados para ver se nenhum arquivo tinha sido mandado para alguém. Por fim, abri a galeria de fotos e comecei a olhar.

Parecia que Campbell não tinha deletado nem modificado nenhuma foto.

Quando cheguei nas duas últimas fotos, parei. Uma continha uma garota nua, encolhida em posição fetal, os braços em volta dos joelhos, o peito e as partes íntimas escondidos. A outra era uma captura de tela do blog *Segredos*, tirada minutos antes.

O que Campbell fez? Minha boca ficou seca e abri o site. Havia de fato uma postagem nova, a penúltima foto da galeria. Observei os detalhes: a iluminação, o ângulo, a caligrafia cuidadosa na qual uma única frase tinha sido escrita nas costas nuas da modelo.

Ele me obrigou a machucar você.

Lentamente, percebi o óbvio: a foto estava em preto e branco, e a cor do cabelo da modelo não estava visível por isso, mas nem o comprimento nem a textura batiam com os de Lily, e havia uma espécie de marca de nascença, quase invisível na parte inferior da imagem.

Essa não é a Lily.

— Campbell. — Eu não acreditava que ela tinha nos *dado* isso. Mesmo que Campbell tivesse guardado cópias das fotos da Lily, agora Lily tinha a mesmíssima prova contra ela.

Por que ela faria isso? Aquilo me incomodou. Nós não tínhamos pedido isso a Campbell. Por que ela nos faria esperar um mês inteiro para nos dar mais do que tínhamos combinado?

Incomodada, eu andei de volta para a escada principal. Parei no alto da espiral, ciente de que provavelmente deveria ter voltado pelo mesmo caminho, mas sem me importar muito. Havia um janelão à minha direita, virado para a frente da casa.

Do lado de fora, vi Davis Ames, Campbell e uma viatura da polícia.

Assim que os vencedores da gincana forem anunciados e eu tiver o que eu preciso, dissera Campbell, *eu vou te dar o que eu prometi*.

Afastei o olhar da viatura da polícia e fui na direção da escada da cozinha. Se eu conseguisse passar pela festa sem chamar atenção, poderia descobrir por que a polícia estava lá.

O que Campbell estava contando a eles.

O que eu estava deixando passar.

Mas, quando cheguei à cozinha, a polícia já estava lá. Havia dois policiais, e uma pessoa entre eles: um garoto, algemado, ouvindo seus direitos.

Nick.

Capítulo 35

Não sei como, mas a polícia e Davis Ames conseguiram manter a prisão em segredo. Os policiais levaram Nick pelos fundos e a festa prosseguiu. Eu tentei protestar, tentei perguntar o que estava acontecendo, mas nem a polícia nem o avô da Campbell prestaram atenção à garota de vestido branco.

O que acabou de acontecer? Minha mente estava uma confusão de lembranças — imagens e frases e momentos que não tinham significado nada para mim até então.

Você não está com raiva por causa do mês passado ainda, está?, perguntara Campbell.

Claro que não, respondera Nick rigidamente. *Eu só não sou tão masoquista a ponto de deixar você me dar o bolo duas vezes.*

Campbell tinha dado um bolo em Nick. *Mês passado.* Quais eram as chances de ela estar se referindo a uma noite muito específica? Em que um colar de pérolas lendárias tinha desaparecido? Campbell teria prometido se encontrar com ele em algum lugar? Depois de garantir um álibi, teria ela garantido que ele não tivesse nenhum?

Isso parecia frio demais, calculista demais, mesmo para ela. Eu devia estar sendo paranoica, vendo conexões onde não havia. Eu não tinha como saber o motivo da prisão do Nick. Eu não tinha motivo para pensar que havia algo a ver com as pérolas.

Mas…

Eu sinto muito, dissera Campbell para ele, *por acabar tendo que ser assim.*

A filha do senador tinha guardado provas contra nós por um mês, tempo suficiente para o álibi dela se formar, tempo suficiente para garantir que nenhuma de nós procuraria a polícia. Por que tinha insistido em encerrar o jogo *hoje*?

O que ela estava planejando?

Eu me mandei parar. Falei para mim mesma de novo que eu não tinha ideia do motivo da prisão do Nick, nem por que Campbell e o avô estavam do lado de fora falando com a polícia.

As autoridades devem ter provas. Não importa o que a Campbell contou ou não, não importa o motivo da prisão do Nick. Eles não entram em festas chiques e algemam pessoas do nada.

Meus pensamentos se voltaram para a chave roubada que Campbell tinha insistido para que eu devolvesse. Era a chave do cofre do avô? E, se fosse, o que tinha feito com ela depois de roubar as pérolas?

Pare. Eu me obriguei a desacelerar. Mas, enquanto abria caminho entre anjos e demônios, princesas e cavaleiros, eu só conseguia pensar na postagem da Campbell no *Segredos na minha pele.*

Ele me obrigou a machucar você.

Naquela noite, parei na frente da minha penteadeira e esfreguei o rosto com força para tirar a maquiagem.

— Sawyer.

Eu tinha contado a Lily o que aconteceu. *Nick foi preso. Campbell talvez tenha tido alguma coisa a ver com isso.*

— Sawyer — disse Lily de novo. Ela segurou meus pulsos. — Você vai arrancar a seu rosto.

— E daí?

Ela me guiou até a beira da banheira e me colocou sentada.

— Fica parada. — Ela pegou o pano da minha mão e foi até a pia. Quando voltou, havia um removedor de maquiagem na mão dela.

Minha prima não disse nada enquanto passava uma bola de algodão úmida com gentileza nos meus olhos e bochechas.

Isso é culpa nossa. Se o que aconteceu hoje tiver algo a ver com as pérolas... é culpa nossa.

Eu sabia que não devia confiar na Campbell. Sabia que tinha algo errado.

— Nós vamos descobrir o que aconteceu — disse Lily baixinho. Meus olhos ainda estavam fechados. Ela ainda estava removendo a máscara de cílios. — Por mais discreta que a prisão tenha sido, a notícia vai se espalhar. As pessoas vão falar, no clube, na escola. Nós vamos encurralar a Campbell. Nós vamos descobrir, Sawyer.

O problema era que todos os instintos que eu tinha, todas as probabilidades que tinha aprendido na infância ao lado de um bar, o sexto sentido que me permitia ficar de olho em clientes com potencial de problemas no Big Jim, diziam que descobrir aquilo não resolveria o problema.

No máximo, *descobrir* confirmaria qual era o problema.

— E se ela tiver incriminado ele? — perguntei. — E se Campbell Ames incriminou aquele coitado por roubar as pérolas e nós ajudamos?

Era tarde demais para procurar a polícia? Nós podíamos contar que tínhamos falsificado o álibi da Campbell, podíamos alegar que achávamos que ela queria sair escondida para um encontro adolescente discreto normal, não para cometer um crime.

Então por quê, eu ouvia alguém perguntando, *você não falou assim que as pérolas sumiram?*

— Eu tenho uma coisa que pode te animar. — Lily foi até o quarto e voltou com uma sacolinha preta de presente com papel de seda laranja brilhante. — Você esqueceu seu brinde do evento de hoje.

Se Lily achava que um brinde do Baile Sinfônico podia melhorar meu humor, ela tinha me confundido com alguém sem consciência e um carinho pelo doce e caro.

— Abre logo — insistiu Lily. Ela estava usando a voz que dizia *eu sou neta da Lillian Taft*, distinta e mandona em partes iguais.

Olhei para ela com expressão sombria e joguei o papel de seda para o lado com um pouco mais de força do que o necessário. No fundo da sacola, em uma caixa de plástico transparente com as palavras *Baile Sinfônico* gravadas, havia um pen drive.

— As imagens da gincana — disse Lily. — Eu soube que houve um debate sobre o que fazer com a nossa, mas acabou sendo decidido que a melhor abordagem era ignorar nossa escapada. Um editor de vídeo profissional montou um vídeo com os melhores momentos de cada grupo e um do evento inteiro. Além do mais, nós recebemos uma cópia da nossa filmagem completa.

Filmagem nossa no terreno, na biblioteca, no The Holler.

— Por que isso me animaria? — perguntei a Lily. Esse era o álibi da Campbell. O álibi que nós tínhamos dado a ela, mesmo depois de sabermos o que ela tinha feito.

— Sawyer Ann Taft. — Lily se empertigou numa altura impressionante. — Você acha que é a única que está morrendo de medo agora? O único motivo pra estarmos nessa confusão foi você ter ficado ao *meu* lado. Sadie-Grace fez o mesmo. Eu sou, por todos os pontos de vista, o denominador comum aqui, mas eu estou de cara amarrada? — Naquele momento, ela estava idêntica à mãe. — Não. Eu não estou. Eu vou me desesperar quando chegar a hora, quando soubermos exatamente o que aconteceu hoje, e não antes. E isto? — Lily ergueu o pen drive. — Isso deve te interessar.

Eu não conseguia ver o menor sentido naquela declaração.

— Por quê? — falei.

Lily me olhou com uma expressão que indicava que eu estava sendo muito teimosa ou muito burra.

— Por que você veio pra cá? — perguntou ela.

— Porque a nossa avó me ofereceu meio milhão de dólares.

Lily nem piscou com a afirmação.

— O que você está procurando? — elaborou ela. — Ou, para ser mais precisa: *Quem?*

Durante todo o tempo que eu estava morando lá, eu não tinha dito uma palavra para Lily sobre o fato de eu estar procurando meu pai biológico. Eu tinha muito tempo livre quando ela estava na escola. Achava que tinha feito pelo menos um serviço passável de manter minhas intenções em segredo.

— Ah, por favor, Sawyer. — Lily balançou a mão com desdém na minha direção. — Eu sou perfeitamente capaz de juntar dois mais dois. Sua mãe foi embora em desgraça no meio do ano em que era Debutante. Você veio pra redimi-la...

Eu ri com deboche.

— Ou veio pra descobrir de quem ela era... *próxima...* antes de ir embora.

Lily Taft Easterling não usava expressões como *engravidar*. *Produtor de esperma* e *filha bastarda* também estavam descartadas.

— Você sabia? — perguntei.

— Você achava que estava sendo sutil? — Lily nem esperou resposta. — Você já deveria ter entendido que o Baile Sinfônico é pura tradição. Se *nós* tivemos uma gincana de vídeo, pode apostar que no ano da sua mãe também teve, e se *nós* recebemos cópias dos nossos vídeos... — Ela parou de falar de forma intencional.

A Operação Teste de Paternidade já estava em andamento. Supondo que o pai fosse de fato um dos quatro rostos que a minha mãe tinha apagado daquela fotografia, eu teria minha resposta em algum momento.

Mas *em algum momento* não era *agora*.

Em algum momento não me levariam até a manhã seguinte e a respostas sobre a prisão do Nick.

— Esse seria um bom momento pra você me perguntar se eu sei onde a Mim guarda as coisas antigas da sua mãe — sugeriu Lily.

Eu olhei para o pen drive. Estava tarde. Não havia nada que eu pudesse fazer a respeito de Campbell ou Nick agora.

Mas *isso* eu podia fazer.

— Onde a Mim guarda as coisas antigas da minha mãe?

Lily pegou as bolas de algodão usadas, jogou no lixo e girou para a porta.

— No sótão.

Capítulo 36

Eu não deveria ficar surpresa de o sótão de Lillian Taft ter isolamento térmico, ar-condicionado e ser todo arrumadinho. Acompanhava toda a casa, um terceiro andar que só era acessível por uma escada atrás de uma porta que eu achava que levava a mais um armário de toalhas e roupas de cama.

Aquilo definitivamente não era um armário.

— Mim não é o tipo de pessoa que eu chamaria de organizada — disse Lily, olhando por cima do mar de caixas espalhadas em um labirinto que atravessava o aposento. — Mas, por sorte, a minha mãe *é*, e ela enfiou na cabeça que queria organizar o sótão da Mim alguns verões atrás. Não sei onde estão as coisas da sua mãe, mas é uma boa aposta que estão todas juntas.

Levei meia hora para encontrar um retrato emoldurado, possivelmente o que ficava pendurado lá embaixo: Eleanor Elisabeth Taft, em todo o seu esplendor de debutante. Eu nunca tinha me achado parecida com a minha mãe, mas, aos dezessete anos, ela tinha sardas e era magra, com o cabelo vários tons mais escuro do que o meu e olhos pelo menos dois tamanhos grandes demais para o rosto. Havia algo na posição dos lábios dela e na inclinação do queixo que era muito familiar.

Como tia Olivia tinha observado uma vez, nós tínhamos as mesmas maçãs de rosto.

O retrato me abalou mais do que eu esperava. *As luvas brancas. O penteado. O buquê de rosas brancas no colo.* Aquela

MENTIRAS INOFENSIVAS **207**

garota? Ela não se parecia nem um pouco com a minha mãe. Ela parecia...

— Vazia — falei em voz alta.

Lily apareceu de trás de um trio de caixas-cabideiro a uns metros de distância.

— Encontrou alguma coisa?

Eu mostrei o retrato.

— Uma filha, banida para o sótão em desgraça.

Lily olhou para o retrato quase pelo mesmo tempo que eu tinha olhado. Eu me perguntei se ela estava pensando no *Segredos* e em como ela tinha chegado perto de uma desgraça toda dela.

— Bom, nós não vamos ficar aqui como dois ás de paus — ordenou ela, se recuperando. — Vamos começar a olhar as caixas.

Havia facilmente umas duas dúzias de caixas atrás do retrato, empilhadas em colunas de três, até a parede. Cada uma tinha sido marcada no canto superior direito com caneta preta grossa: E.T. *Eleanor Taft*.

O conteúdo das caixas estava meticulosamente organizado: projetos do ensino fundamental e bonecas que minha mãe tinha deixado para trás, álbuns de fotografias de duas garotinhas em um lago, ano após ano. Encontrei uma série inteira de caixas dedicadas aos figurinos de dança antigos da minha mãe.

Eu nem sabia que ela tinha feito balé.

Perto do final, eu finalmente encontrei o tesouro: três caixas marcadas com E.T.–B.S.

Uma sigla para Baile Sinfônico.

Eu me questionei brevemente sobre o fato de a tia Olivia só ter uma caixa na casa dela dedicada a lembranças de Debutante, mas minha avó ter guardado todas as lembranças de festa, todos os convites, todos os cartões da minha mãe. Havia uma almofada decorativa com as palavras *Debutante Sinfônica* bordadas à mão; um programa do Pérolas de Sabedoria da minha mãe listando os itens do leilão silencioso. Havia um par de chinelos brancos e um par de saltos brancos e uma caixinha de anel... vazia. O que parecia ser uma bolsa vintage continha dois itens: um pedaço de ingresso de cinema e um pedaço pequeno de fita trançada.

Segurei a fita na mão por um momento. *Três tiras brancas, trançadas.* Depois de um momento, coloquei o conteúdo na bolsa e a coloquei de lado.

O último item na última caixa me puxou para um buraco negro. O livro de memórias tinha sido montado pelo Comitê do Baile Sinfônico para comemorar a temporada. A capa era feita de um tecido preto fosco, enrugado e estriado de um jeito que me fez pensar em um vestido formal. Havia um quadradinho cortado no meio da capa, e dentro havia a foto de uma rosa vermelha.

Lily se sentou ao meu lado. Nós duas estávamos de pernas cruzadas com os joelhos encostando enquanto eu folheava o livro, página a página. Eu nunca tinha sido do tipo que vai a festas do pijama e confia em outras garotas. Ter Lily ali comigo deveria ter me feito sentir invadida, mas não fez.

Diferentemente do álbum da tia Olivia, o que havia entre nós no chão não incluía fotos soltas. As fotografias tinham sido digitalizadas e impressas, como um anuário, isso se o anuário fosse impresso em um papel tão grosso que cada página poderia praticamente ficar de pé sozinha.

O livro estava dividido por eventos. *Pérolas de Sabedoria. Festa na piscina. Gincana. Festa à fantasia de Halloween...* Lily tinha razão. Tudo que nós fizemos, minha mãe tinha feito também. Eu não estava nem na metade do livro quando comecei a voltar e olhar cada foto em detalhe, procurando a minha mãe.

Ali estava ela na festa à fantasia, vestida, informava a legenda, como Julieta de *Romeu e Julieta*. A máscara dela era de um rosa-escuro, decorado com fios e contas dourados. Ela não estava sozinha na foto, havia um garoto ao lado dela. Levei um momento para reconhecê-lo embaixo da máscara.

Lucas Ames.

Voltei mais um pouco, até a gincana, e fui recompensada com uma página inteira de fotos de cada equipe. A da minha mãe era formada por dois garotos e três garotas. Reconheci Lucas de novo, mas nem registrei a presença dele e do outro garoto, porque quase todas as fotografias eram das três garotas.

Três garotas, abraçando umas às outras.

Três garotas, fazendo poses ridículas para a câmera.

Três garotas, dando beijos exagerados nas bochechas umas das outras.

Elas tinham arrumado o cabelo combinando: uma trança embutida na lateral. Entrelaçada em cada trança, havia uma fita. Destacava-se no cabelo escuro da minha mãe. Uma das outras garotas era loura, e a terceira... a terceira eu reconheci.

O cabelo dela era ruivo.

— É a madrasta da Sadie-Grace — percebeu Lily. — Parece que ela e sua mãe eram...

— Mais do que meras conhecidas? — sugeri.

Olhei a caixa com as filmagens da gincana e não encontrei nada, então voltei mais um pouco no livro e encontrei mais três fotos das três garotas, quase sempre juntas, sempre uma unidade, sempre usando fitas brancas em alguma parte do corpo. Elas na festa na piscina, as pernas na água. No Pérolas da Sabedoria, elas ficaram lado a lado no palco, exibindo com orgulho as pérolas e esperando para andar até a frente.

Virei as páginas mais para a frente, para depois da festa à fantasia. Só encontrei mais uma foto das três garotas, tiradas na época de Natal, na frente de uma árvore com dois andares de altura. Elas estavam com cachecóis brancos e chapéus brancos.

Elas não estavam rindo.

Olhei para a legenda: *Ellie, Greer, Ana*. Passei pelo Natal para o Ano-Novo, Noite do Cassino, um dia no SPA, uma coisa chamada "almoço da luva", o Baile Sinfônico em si.

Não havia mais fotos da minha mãe.

Não havia mais fotos da Ana.

Greer apareceu de repente cercada de outras garotas. Outros *garotos*. Parei perto do fim do livro de memórias, em uma foto de Greer sendo levada por uma plataforma elevada. O pai dela, ou um homem que eu supus que fosse o pai, estava esperando no final, o braço estendido. Greer estava com um buquê de rosas brancas em um braço e o outro estava passado pelo braço do acompanhante.

Greer Richards, filha de Edmond e Sarah Richards, li na legenda, *acompanhada de Lucas Ames.*

— Sawyer. — A voz de Lily me trouxe de volta ao presente. Afastei o olhar das fotos.

— O quê? — falei. Não era preciso ser um gênio para entender por que a minha mãe tinha desaparecido das fotos. Em algum momento entre o Natal e o Ano-Novo, ela contou à família que estava grávida.

Ela estava na rua antes do primeiro dia do ano.

— Sawyer — disse Lily de novo. — Seu telefone.

Estava tocando. Afastei a pergunta na superfície da minha mente, *O que aconteceu com a outra garota? Com a Ana?*, e olhei para a tela. De repente, o ano de Debutante da minha mãe não pareceu tão importante.

O nome na identificação de chamadas, salvo no mês que eu tinha passado ao dispor dela, era *Campbell*.

15 DE ABRIL, 17H55

Mackie tinha quase certeza de que não era protocolo permitir que meliantes nas celas recebessem visita, mas também não era protocolo não ter a menor ideia do motivo de estar detendo aquelas meliantes nem o que elas tinham feito para terem sido presas, nem era protocolo que Rodriguez e O'Connel o abandonassem à mercê delas.

— Garotas. — Mackie manteve a voz baixa e modulada. Era melhor não demonstrar medo. — Vocês têm visita.

— Será que é um advogado? — perguntou a afetada e certinha.

— Nós estamos pensando em chamar um — acrescentou a linda de morrer, puxando com nervosismo as pontas das luvas brancas.

Mackie pensou no tipo de advogado que aquelas garotas teriam e estremeceu. Ele dirigiu as palavras seguintes à arrombadora de fechaduras. À neta de *Lillian Taft*.

— Eu achei que você tivesse dito que se descobrissem que você foi presa, você perderia quinhentos mil dólares. — Foi uma boa tentativa, Mackie sabia.

Mas antes que a srta. Taft pudesse responder à espetada, o visitante chegou do corredor.

— Eu falei pra você esperar — disse Mackie, olhando para o garoto com expressão irritada.

O garoto o ignorou.

— Meio milhão? — disse ele, a voz seca e cheia de espinhos. — É esse o valor pra vender a alma atualmente?

Pela primeira vez desde que Mackie conheceu as garotas, as quatro ficaram em silêncio. O garoto não pareceu mais inclinado a falar. Ele só ficou olhando para elas, a expressão impossível para Mackie interpretar.

Eu não sei, pensou Mackie de repente, *se ele é amigo delas*.

A paqueradora, a problemática, a que Mackie *sabia* que devia ser a filha do senador, recuperou a voz primeiro. Saiu em um sussurro.

— Nick.

CINCO MESES ANTES
Capítulo 37

— **Olha a postura, Sawyer.** — Tia Olivia não estava nem olhando para mim. Ela olhava para o papel que tinha na mão: um desenho detalhado do design que o comitê tinha escolhido, após muita deliberação, para o vestido de Debutante Sinfônica do ano.

Como tinham me informado, o processo de seleção foi sanguinário. Eu não me surpreendi de a tia Olivia ter vencido. Vi a curva suave e satisfeita dos lábios dela enquanto ela observava o desenho.

— Rosto para a frente. — Desta vez, a ordem veio da costureira, que apertou meu queixo entre dedos delicados e moveu meu crânio à força para o ângulo correto. Eu me olhei no espelho. Estava só de calcinha e sutiã. A costureira passou a fita métrica em volta dos meus peitos. O som que ela fez quando anotou o número foi um som inconfundível de julgamento. — Vamos colocar bojo — ofereceu ela delicadamente.

— Acho uma boa ideia — respondeu tia Olivia.

— Você tem uma cinturinha tão pequena — disse Lily em tom apaziguador.

Não havia nada como começar o dia com uma conversa entre três pessoas sobre o tamanho do meu busto em que ninguém *mencionava* meus peitos, mas na qual ficava fortemente sugerido que era preciso um microscópio para vê-los. Podia ter sido pior: a prova da Lily incluiu murmúrios sobre onde o vestido podia ser largo e onde podia ser apertado, para criar a silhueta desejada.

E foi fortemente sugerido que também era para camuflar a bunda da Lily.

Isso é o inferno, pensei. *Eu morri, estou no inferno de Dante e mereço estar aqui.* Desta vez, quando vi meu reflexo no espelho, admiti como era difícil reconhecer a garota ali. Meses usando condicionador que custava mais por quilo do que a maioria dos chocolates gourmet tinha dado ao meu cabelo o tipo de volume e maciez que só era possível com dinheiro. Minhas luzes naturais *não eram* mais naturais, e minha pele parecia estar maquiada, apesar de não estar.

Isso era só a ponta do iceberg.

A Sawyer Taft que eu tinha sido quatro meses antes não teria deixado o destino de Nick nas mãos da garota que o tinha feito ser preso.

— Sawyer? — chamou tia Olivia.

Eu voltei ao presente.

— O quê?

Minha tia fez uma careta pelo fato de que, mesmo depois de tantos meses, eu ainda não conseguia dizer um *sim*, menos ainda um *pois não*.

— Talvez — sugeriu tia Olivia diplomaticamente — fosse bom você se vestir.

Ao que parecia, a costureira tinha terminado as medidas de que precisava.

Ao que parecia, isso não era um fato recente.

Ao que parecia, eu estava ali parada com roupas de baixo havia um tempo.

Só com um terço do constrangimento que eu deveria estar sentindo, entrei no provador. Quando fechei a porta e peguei a calça jeans, me vi fazendo uma coisa que tinha feito mil vezes ou mais no mês anterior: repassei a conversa telefônica que tinha tido com Campbell na noite da festa à fantasia.

"Eu preciso que você faça uma coisa pra mim."

Foi assim que ela me cumprimentou; a versão de *alô* de Campbell Ames.

"O que aconteceu hoje?", eu perguntei.

Houve silêncio do outro lado da linha. Eu ainda me lembrava de ter encarado Lily enquanto insistia.

"Campbell, me diz que a prisão do Nick não teve nada a ver com aquelas pérolas idiotas."

Campbell decididamente não disse isso.

"Só podem prendê-lo pelo roubo por 48 horas sem queixa", disse ela. *"E eu posso garantir que ninguém vai fazer queixa de nada contra o Nick. Eles precisavam prendê-lo. Só isso."*

"Eles precisavam prendê-lo", eu repeti, *"ou você precisava que ele fosse preso pra garantir que nada disso respingue em você?"*

"Faz alguma diferença? Seja como for, não vai haver queixa."

"Não vai haver queixa", eu confirmei por entredentes, *"porque eu vou até a polícia de manhã. Eu vou contar a verdade."*

"A verdade?" O tom da voz dela foi enlouquecedor e astuto.

"Eu vou contar que foi você que roubou as pérolas", ameacei.

"Espero que você tenha alguma prova pra sustentar isso."

"Eu posso acabar com o seu álibi."

"Depois de um mês? Durante o qual ninguém pediu meu álibi, porque eu nunca fui suspeita?"

"A chave", falei abruptamente. *"A que nós encontramos no seu armário."*

"A que você roubou, você quer dizer? Imagino que, se não quisesse admitir um crime, você sempre pode contar à polícia que me viu com uma chave em algum momento. Mas de que forma isso é incriminador?"

"Você roubou aquelas pérolas."

"Por quê?", perguntou Campbell em tom suave. *"Qual é o meu motivo? Eu não preciso do dinheiro, e elas não são herança da minha família."*

Eram da minha.

"Nick vai estar livre na segunda, Sawyer. Eu garanto. E, até lá, eu preciso que você faça uma coisa pra mim."

"O quê?", perguntei, de súbito.

Eu praticamente consegui ouvir Campbell sorrindo do outro lado da linha.

"Nada."

Campbell Ames tinha me pedido para ficar sem fazer nada, para deixar a coisa acontecer, e por algum motivo absurdo, eu fiz o que ela pediu. Eu merecia umas dez provas daquela, *piores* do que aquela. Merecia ser depilada com cera quente e que arrancassem meus pelos com pinça e fizessem minhas unhas à perfeição. Eu merecia o pior que a alta sociedade tinha a oferecer.

Assim como Campbell tinha dito, Nick foi solto 48 horas depois da prisão. Ninguém prestou queixa. Eu tinha ouvido várias vezes que deveria estar *feliz*.

Nick foi despedido do clube. Ele tinha perdido o emprego, mas eu deveria estar aliviada. Tudo fica bem quando termina bem.

Porcaria nenhuma.

Uma batida na porta me levou de volta ao presente e me fez perceber que eu *ainda* estava de pé de roupa de baixo.

— Sawyer — disse Lily pela porta —, se você não se apressar, nós vamos nos atrasar pra encontrar a Campbell.

Capítulo 38

Qualquer atividade envolvendo Campbell Ames só era melhor do que *tratamento de canal*, mas um pouco pior do que *depilação de virilha com cera quente* na minha lista de passatempos preferidos, mas o evento de novembro do Baile Sinfônico estava sendo organizado pelas mães das Debutantes de Ridgeway Hall. Como a madrasta da Sadie-Grace era a organizadora do baile todo, restavam duas forças poderosas para lutarem pela supremacia do subcomitê: tia Olivia e Charlotte Ames.

Não coincidentemente, minha tia e a esposa do senador também tinham sido líderes dos dois lados opostos do que eu tinha chamado de *Vestidogate*. Quando a tia Olivia venceu a batalha, a mãe da Campbell simplesmente *insistiu* para que a minha tia a deixasse ficar com a maior parte do trabalho no evento de novembro.

Tia Olivia, claro, *insistira* em ajudar.

Lily e eu fomos convocadas contra nossa vontade.

— Alimentos, Casacos, Conforto e Companhia. — Campbell nos cumprimentou na porta do Costco com um carrinho de compras e uma expressão sardônica no rosto. — Não tem o mesmo efeito do Pérolas da Sabedoria, mas caridade é caridade.

Era a primeira vez que Lily e eu estávamos sozinhas com Campbell desde a prisão do Nick... e subsequente libertação. A filha do senador claramente pretendia fingir que nada daquilo tinha acontecido. O único motivo para eu deixar rolar foi que nós três não ficamos sozinhas por muito tempo.

— Burro de carga, se apresentando para o trabalho. — O cabelo do Walker parecia não ter sido penteado, e o tom cinzento da pele normalmente bronzeada me fez pensar que ele precisava investir em uma cura melhor para ressaca.

— Eu não sabia que você vinha — disse Lily, a voz perigosamente neutra. Fiquei esperando que ela ajeitasse o cabelo, e ela não me decepcionou.

— Nem eu — respondeu Walker. Ele olhou para Campbell. — A mamãe escolheu a guerra hoje. Se ela perguntar, você me ligou dando chilique pela perspectiva de levantar objetos relativamente pesados sozinha, e eu não tive escolha além de sair de casa e vir ajudar.

— Você sabe que eu não dou chilique. — Campbell arqueou uma sobrancelha para ele. — Eu sou bem melhor em ataques de raiva.

— Vamos dividir a lista? — perguntou Lily. Ela não quis dizer abertamente que não tinha combinado nada daquilo, mas eu sabia que ela preferia que todos os encontros com Walker Ames fossem do tipo planejado.

— Pode dividir — disse Campbell com um movimento da mão. — Quem quer comida enlatada, quem quer casacos e quem quer conforto?

Naquele momento, tive que perguntar.

— O Baile Sinfônico não ia organizar uma coleta de doações de comida enlatada para o Dia de Ação de Graças?

Lily piscou várias vezes.

— Vai.

— É por isso que estamos aqui — explicou Campbell com paciência exagerada. — Pra comprar a comida enlatada.

Considerei explicar que doações como aquela envolviam doar a comida que se tinha *a mais,* mas decidi que não valia a pena.

MENTIRAS INOFENSIVAS **219**

— Me deixa tentar adivinhar: nós também vamos comprar casacos?

Lily deve ter decidido que era uma pergunta retórica, porque decidiu começar o trabalho.

— Eu cuido da comida.

— Isso vai ficar pesado rapidamente — comentou Walker.

— Eu posso...

— Eu vou ficar bem — disse Lily, interrompendo-o. — Não precisa se preocupar.

Walker pareceu estar quase protestando, mas Campbell falou primeiro:

— Considerando a noção *peculiar* de moda da Sawyer, eu cuido dos casacos. Walker, por que você não ajuda Sawyer no *conforto*?

Havia jeitos piores de passar a tarde do que comprando livros, cobertores, bichinhos de pelúcia, cremes, sais de banho e chocolate com o dinheiro dos outros. A única orientação que tínhamos recebido não tinha sido monetária: cinco carrinhos de comida, cinco de casacos, dois de conforto.

Walker e eu esprememos o máximo que deu nos nossos dois carrinhos.

Ele tentou umas três vezes ajudar Lily a carregar e manobrar carrinhos de comida enlatada, mas ela recusou as ofertas dele e recrutou vários garotos do mercado no lugar.

— Isso deve magoar — comentei depois que ele tinha sido rejeitado pela terceira vez. Se houvesse uma coisa que eu tinha percebido nos meses enchendo envelopes, era que Walker não tinha esquecido Lily. Eu não tinha ideia do motivo de ele ter terminado com ela.

— Esse é seu jeito de me chamar de ávido por punição? — Walker se inclinou sobre o carrinho, os cotovelos nas barras de apoio.

— Eu já te chamei de coisa pior. — Olhei para a estante atrás dele. — Será que posso usar caixas de Banco Imobiliário pra aumentar as laterais do meu carrinho e botar mais coisa?

Ele pegou duas e jogou para mim.

— Sonhe grande, Sawyer Taft.

Comecei a fazer experiências com as caixas.

— Conselho interessante de alguém que abandonou a faculdade, terminou com a namorada e começou um treinamento intensivo para a olimpíada do futuro desperdício.

Walker e eu tínhamos um acordo tácito. Eu pegava no pé dele e ele parecia gostar. Mais do que tudo, eu achava que ele gostava do fato de que eu não tinha conhecido o antigo Walker. Eu não tinha expectativa nenhuma dele, e em troca ele tinha parado de tentar me agradar.

— Que frieza, Sawyer Taft. Muita frieza.

Walker pegou um ursinho de pelúcia e jogou para mim. Testei a integridade estrutural dos extensores do meu carrinho e coloquei o urso em cima do montão de coisas que já tinha nele.

— Por mais que eu goste dessas conversinhas sinceras — continuou Walker —, se eu puder ter a ousadia de mudar de assunto, eu preciso de um favor.

Continuei colocando coisas no carrinho.

— Estou ouvindo.

— Pega leve com a Campbell.

Eu me virei para olhar para ele, sem acreditar que tinha dito aquelas palavras naquela ordem de propósito.

— Eu sei como a minha irmã pode ser — disse Walker. — E eu sei que o que quer que esteja fazendo você, Lily e Sadie-Grace a evitarem como lepra, ela deve merecer. Mas ela teve umas semanas difíceis. — Ele fez uma pausa. — Ela precisa de uns amigos.

Campbell teve dias difíceis?

Minha expressão devia demonstrar exatamente isso, porque Walker se explicou.

— Ela estava envolvida com aquele cara, Nick. O que foi preso, sabe?

Foi sua irmã que o fez ser preso.

O único jeito de eu me segurar para não dizer aquelas palavras em voz alta foi empurrando meu carrinho pela esquina... direto para outro carrinho.

Precisamos de dois carros utilitários para levar tudo para a casa dos Ames. Quando chegamos, ficou aparente que nós não éramos os únicos a deixar donativos. O saguão e a sala estavam lotados.

— Lily. — A sra. Ames cumprimentou a minha prima com um abraço rápido. — Você está maravilhosa, querida. Perdeu peso?

Aquela pergunta tinha espinhos. A única coisa que salvou foi que Walker estava ocupado demais descarregando os carros para ouvir.

Antes que eu pudesse proferir uma resposta adequada (e possivelmente profana) em nome da Lily, o senador veio descendo a escadaria.

— Reunindo as tropas? — perguntou ele à esposa, parando ao seu lado e passando um braço pela cintura dela.

— Eu diria que já passamos desse ponto e estamos a caminho da missão cumprida — refletiu Campbell.

O senador mal lançou um olhar na direção da filha e voltou a atenção para Lily e para mim.

— É ótimo ver vocês, moças. Sawyer, Walker diz que você está bem ajustada na campanha.

— O que eu posso dizer? — Senti Campbell se irritando ao meu lado. — Eu sou patriota.

— Falando no Walker... — Charlotte Ames botou a mão de leve no braço do marido. — Eu tenho certeza de que ele precisa de ajuda pra descarregar o carro.

— É a minha deixa — disse o senador com humor. — Se vocês me derem licença, moças...

222   JENNIFER LYNN BARNES

Ele passou por nós na direção da porta. Campbell se virou para ir atrás.

— Vou ajudar, papai.

— Não seja boba, Campbell — declarou Charlotte Ames. — Sei que seu pai e seu irmão dão conta.

Campbell forçou um sorriso e encarou o olhar da mãe de frente.

— Eu sou mais forte do que pareço.

— Oi, oi! — Tia Olivia entrou pela porta na hora que o senador saiu. Ela olhou para os montes de donativos no saguão. — Que maravilha! — disse ela com euforia. — O que você precisar pra botar esse caos sob controle, Charlotte, eu e as meninas estamos ao seu dispor.

Embora eu apreciasse a ênfase que a tia Olivia botou na palavra *caos* e o jeito como Charlotte Ames trincou os dentes em resposta, eu estava achando que nosso serviço fosse limitado a pegar os donativos.

Então por que a esposa do senador começou a falar de repente sobre "montar cestas"?

Perante a perspectiva de ser instruída sobre detalhes de "amarrar um laço direito", eu segui Campbell e me ofereci para ajudar os homens a pegar as coisas.

Nem minha proposta nem a de Campbell foram aceitas, e passei as horas seguintes da minha vida no círculo do inferno dedicado a amarrar laços em cestas. Um tempo depois, os reforços chegaram: primeiro Sadie-Grace e a madrasta, depois Boone e o pai.

Walker e o senador tinham desaparecido mais ou menos na mesma hora que eu tive vontade de começar a beber.

— Ainda estamos amarrando laços? — Sadie-Grace pareceu esperançosa quando se sentou ao meu lado na mesa de jantar do senador. — Eu só tenho três coisas na vida para as quais tenho dom, e uma delas é amarrar laços.

Empurrei a cesta em que estava trabalhando na direção dela.

MENTIRAS INOFENSIVAS **223**

— Manda ver.

Sadie-Grace observou meu trabalho e ficou muito calada por um momento.

— Sawyer — disse ela em tom moroso —, o que esse embrulho de celofane fez pra você?

Vi isso como uma deixa para fazer uma pausa e beber água. Na cozinha, tive que escolher entre limonada e chá, com ou sem açúcar. Eu teria dado o braço direito por um sanduíche de verdade, mas alguém em algum lugar tinha decidido que *pepino* era um recheio de sanduíche satisfatório.

Sanduichinhos delicados, pensei com mau humor. *Amarrar laços. Eu mereço.*

— Espero não estar interrompendo. — Boone se sentou na bancada ao lado dos sanduíches de pepino, empilhou três e mordeu. — Fecha os olhos e abre a mão.

Sem esperar que eu fizesse isso, ele pegou um envelope rosa. Com um olho em Boone, eu tirei um cartão de dentro.

Parabéns, dizia uma letra elegante. *É menina!*

Boone tinha escrito a palavra NÃO na frente do cartão com uma caneta vermelha grossa. Quando eu abri o cartão, caiu uma folha de papel.

Um relatório, percebi.

— Como você vai ver... — Boone desceu da bancada e terminou de comer os sanduíches. — Você não é minha irmã!

Tinha tanto tempo que Boone tinha arrancado meu fio de cabelo que eu quase tinha perdido a esperança de receber o resultado.

— Considerando que você *ainda* não obteve uma amostra do DNA do meu tio — avisou Boone com firmeza —, eu recomendaria que continuemos a resistir à óbvia atração irresistível entre nós.

— Acho que eu consigo. — Eu olhei para ele de um jeito que dizia que eu tinha certeza de que o motivo para ele estar na cozinha era para se esconder de Sadie-Grace, que ele ainda não tinha conseguido chamar para sair. — E obrigada. — Eu hesitei só por um instante, me lembrando das palavras que ele tinha dito na festa à fantasia. — Só pra deixar registrado, Boone. Eu teria gostado de ter um irmão.

— Irmão? — Uma voz falou atrás de nós. Boone pulou. Eu consegui ficar calma, até Greer Waters tirar o cartão da minha mão. O teste de paternidade ainda estava dentro. — Sua mãe está grávida, Sawyer?

Quase dava para ver as engrenagens na cabeça dela girando.

— Não. — Se tivesse crescido naquele mundo, eu talvez tivesse me sentido compelida a oferecer uma resposta mais longa do que essa, mas depois do meu *não* eu só dei o que eu acreditava ser a única resposta adequada a alguém arrancar uma coisa das minhas mãos.

Eu peguei de volta.

Greer claramente não esperava que eu recuperasse o que era meu.

— Boone — disse ela, repuxando os lábios —, posso dar uma palavrinha com a Sawyer?

Boone me olhou e eu assenti. Eu era capaz de lidar com Greer Waters... e tinha algumas perguntas a fazer a ela.

— Como eu sei que você sabe — disse Greer depois que Boone tinha saído da cozinha —, hoje as Debutantes e os Fidalgos vão distribuir as cestas que estamos montando. Alimentos, casacos e conforto são só uma pequena parte do nosso trabalho. *Companhia* tem poucas letras diferentes de *compaixão*.

Eu apostaria dinheiro que aquilo era parte de um discurso que ela tinha ensaiado. Mas o que veio depois pareceu mais inesperado.

— Eu gostaria de uma garantia da sua parte de que não vamos ter uma repetição da última vez.

— Última vez? — repeti.

— A gincana — disse Greer, falando com ênfase na voz.

Se você soubesse o que a gente estava fazendo de verdade naquela noite..., pensei, mas o que falei foi:

— Nós vamos seguir o plano. — Ofereci a Greer o que eu esperava ser uma boa imitação do sorriso mais afetado da Lily. — Palavra de escoteira.

— Sobre... *isso.* — Greer indicou o cartão na minha mão. — Você gostaria de explicar?

Eu não via como seria da conta dela.

— Não.

— Eu falei que você poderia me procurar se tivesse... perguntas. Eu detestaria ver você arrastar o pobre Boone Mason pra isso. Ele é um menino querido, mas todos sabem que ele dança de acordo com o som da própria música. Navegar pelas expectativas sociais já é bem difícil para ele.

Isso vindo da mulher que tinha me dito que a minha mãe era uma querida, mas que elas não tinham muita coisa em comum. *Mentirosa.*

— Eu olhei as coisas da minha mãe outro dia. — Avaliei abertamente as feições de Greer. Ela era uma mulher que escondia suas emoções... quando queria. — Havia muitas fotos de vocês duas juntas.

Greer conseguiu dar de ombros de um jeito elegante.

— Eu era do tipo que pulava no meio de *todas* as fotos.

Se não fosse o fato de que dizer as palavras *Ei, quais são as chances do seu novo marido ter sido quem engravidou a minha mãe?* tornaria a obtenção de uma amostra de DNA dele muito mais difícil, eu as teria jogado no ar, só para ver a cara dela. Mas optei por uma pergunta diferente, que também era garantia de provocar reação.

— Falando naquelas fotos: quem era a Ana?

Capítulo 39

Incrivelmente, Greer percebeu bem naquele momento que *precisava* recontar as cestas. Sozinha na cozinha, voltei minha atenção para o cartão que Boone tinha me dado.

Thomas Mason não era meu pai.

Quanto tempo eu deixaria o tratamento contínuo de silêncio da minha mãe me impedir de conseguir amostras dos outros três candidatos da minha lista?

Desde que eu comecei a me concentrar na situação de Nick, me torturando por causa *disso*, eu não precisava pensar no que puxar o gatilho dos testes de paternidade poderia significar.

Ela vai me perdoar por vir para cá, por descobrir. Eu queria acreditar nisso. Minha mãe não era perfeita, mas ela me amava. Eu tinha que fazer aquilo.

Agora.

Considerando que a alternativa era amarrar laços, a decisão de ir em busca de uma amostra do DNA do senador foi surpreendentemente fácil.

Não demorei para encontrar a suíte principal. Encontrar a escova de cabelo do senador deu um pouco mais de trabalho. O banheiro era enorme, com um número absurdo de gavetas. Olhei três antes de encontrar uma coisa identificável como maquiagem e concluí que estava do lado do banheiro que pertencia à mãe da Campbell. Rápida e silenciosamente, fui para a penteadeira do outro lado da porta dupla.

O senador tem mania de arrumação. Cheguei a essa conclusão depois de abrir uma gaveta. *Quais são as chances de a escova dele não ter um único fio de cabelo?*

— Eu vou querer saber o que você está fazendo aqui?

Eu me virei e dei de cara com Campbell.

— Absorvente — falei. *Negação plausível, teu nome é higiene feminina.* — Estou precisando de um. — Fiz uma pausa. — Talvez dois.

Campbell franziu a testa.

— Por que você precisaria de *dois*?

— Por acaso… a sua mãe tem algum por aqui? — Tentei parecer com pressa.

— Para com isso — disse Campbell. — Nós duas sabemos o que você está procurando de verdade.

Uma amostra de DNA do seu pai?

— As pérolas. — Campbell me olhou com repreensão. — Você não consegue deixar o que está resolvido pra lá, né?

O que está resolvido? Senti minhas mãos se fechando.

— Você nunca precisou ter um emprego, né? — falei. — Nunca contou com a renda que leva pra casa, nunca precisou cuidar da sua própria vida. Já passou pela sua cabeça que Nick está desempregado agora graças a você?

Graças a nós.

— Você não tem o direito de falar comigo sobre o Nick — disse Campbell, a voz baixa.

— A queixa foi retirada — falei, imitando a voz dela, deixando as palavras sangrarem sarcasmo. — Tudo está bem quando termina bem, certo?

— Nick é um sobrevivente — disse Campbell, olhando para os saltos de mais de sete centímetros. — Ele vai ficar bem.

— Você o usou. — Eu não sabia por que esperava que a acusação importasse para ela. — Você teve interesse em algum momento?

— Ele me usou. — Campbell ergueu o olhar até o meu. — Eu não o culpo. Eu deixei. — Ela fez uma pausa. — Deixaria de novo. Acredite quando eu digo que fiz o que pude pelo Nick.

— Você poderia ter deixado ele em paz — retorqui.

— Não — disse Campbell em voz baixa. — Não poderia.

Capítulo 40

Duas horas depois, quando as Debutantes e os Fidalgos estavam sendo colocados em grupos para as entregas da noite, eu ainda não sabia por que a declaração da Campbell de que ela não *podia* ter deixado Nick em paz me parecia verdade.

— Sawyer Taft.

Ergui o olhar e vi Charlotte Ames na frente da sala com uma prancheta na mão.

— Você está no grupo cinco. Vai fazer entregas nas casas de repouso da região. — A esposa do senador não fez pausa antes de ler o resto dos nomes do meu grupo, que decididamente não incluía Lily, Campbell, Sadie-Grace ou Boone. Só pude concluir que o Comitê do Baile Sinfônico achou que nos separar poderia nos manter longe de confusão.

Quando eu estava acomodada no carro com os quatro outros membros da minha equipe, dois Fidalgos e duas outras Debutantes, fui lembrada que, fora do nosso círculo imediato, a neta pródiga Sawyer Taft ainda era uma espécie de lenda. Uma enxurrada de perguntas e comentários e não elogios veio em seguida. Quando chegamos na primeira casa de repouso para entregar um pouco de conforto, eu estava pronta para fugir do galinheiro.

Na terceira, eu estava achando que privação sensorial total era uma boa ideia.

Infelizmente, em vez de um belo tanque escuro sem perguntas e sem contato físico, eu fui designada como a mais abraçável do grupo.

— Que fofo. — Uma mulher mais velha me espremeu até eu ficar sem ar. — Eu não posso comer chocolate, sabe. — Ela pegou o livro na cesta e baixou a voz. — Você tem alguma coisa com mais picante?

Por mais que eu não gostasse de ser *a infame Sawyer Taft*, eu estava gostando do resto daquela atividade. Das três casas que tínhamos visitado, aquela era de longe a mais chique, e seus moradores precisavam de mais ajuda física.

Meia hora depois, entrei no último quarto do corredor, os braços em volta da última cesta. Procurei o residente e o encontrei na cama. Meu cérebro disparou, três percepções simultâneas lutando pela minha atenção.

O ocupante do quarto estava na cama, inconsciente.

O ocupante do quarto estava conectado a um monte de máquinas.

O ocupante do quarto não era muito mais velho do que eu.

Andei lentamente até a cama, apertando ainda mais a cesta. Ele tinha quantos anos? Vinte e um? Vinte e dois? O cabelo escuro parecia ter sido cortado recentemente, mas algo no *bipe bipe bipe* constante ao fundo me fez me perguntar se ele estava acordado quando isso tinha acontecido.

— Oi. — Eu tinha lido uma vez que as pessoas conseguiam ouvir, mesmo inconscientes. — Não me entenda mal, mas ou você tem sono muito profundo ou está em coma.

Não houve resposta. Eu devia ter deixado a cesta para os parentes do paciente ou levado para alguma outra pessoa, mas acabei me sentando ao lado da cama e abrindo o celofane.

Considerando o laço elaborado, eu tinha certeza de que aquela tinha sido embrulhada por Sadie-Grace.

— Se não fizer diferença pra você — falei para o cara de cabelo escuro na cama —, estou precisando de uns minutos longe da agitação.

Não houve resposta.

Tomei a decisão consciente de ler para ele o livro na cesta. Não demorei para perceber que era um livro de que a mulher idosa que pediu por um mais *picante* teria gostado.

O cara em coma e eu estávamos nos divertindo, mas ouvi a porta se abrir atrás de mim. Supus que era a enfermeira ou alguém do Baile Sinfônico.

Eu supus errado.

— O que você está fazendo aqui?

Eu me virei para a porta e inspirei fundo.

— Nick. — Quando o vi ali, não consegui dizer mais do que isso.

— O que você está fazendo aqui? — repetiu ele.

— Alimentos, Casacos, Conforto e Companhia. — Eu me senti uma idiota por dizer as palavras, mas consegui indicar a cesta que tinha colocado na mesa lateral. — É o evento da vez.

— Pedir pra você ir embora pode ser o evento da vez? — Aquele não era o cara engomadinho que eu tinha conhecido no clube, nem o que atendeu no bar na festa à fantasia. Não havia nada de agressivo na voz e na postura, mas também não havia nada conciliatório. *Não havia máscara polida.*

— Sinto muito por você ter perdido o emprego. — Eu achava que não tinha o direito de dizer as palavras, mas falei mesmo assim. — Eu sei que você não roubou nada.

— Eu perguntaria como você sabe disso, mas, no fim das contas, eu não me importo.

Ele não estava sorrindo, nem eu. Foi bom parar de fingir.

— Tem alguma coisa que eu possa fazer? — perguntei. — Por você?

— Uau! — A voz do Nick reverberou pelas paredes. — Não demorou pra te converterem, né? — Ele riu com deboche. — *Tem alguma coisa que eu possa fazer por você?*

Até ele repetir minhas palavras, eu não tinha percebido o quanto eu tinha falado como Lillian... ou tia Olivia ou Lily.

232 JENNIFER LYNN BARNES

Como se eu pudesse simplesmente balançar uma varinha mágica e consertar o que quer que precisasse de conserto.

— Eu devia ter dito alguma coisa. — Forcei as palavras por entredentes. Isso não foi inteligente, e não faria diferença àquelas alturas, mas ele estava ali, eu também, e ele era parecido demais com o cara em coma na cama para apostar com segurança que eles eram parentes. — Eu sei quem armou pra você e...

— Para. — Ele veio na minha direção, os passos controlados, e parou no pé da cama. — O que quer que você esteja prestes a dizer, não diga. — Ele não pareceu mais com raiva. A voz estava quase gentil. — O que quer que você saiba, sobre quem quer que seja... eu não quero que você me conte. — Ele fez uma pausa. — Eu não quero que você conte pra ninguém.

— O quê? — Eu não consegui processar o que ele tinha acabado de dizer.

— Eu quero que você fique de boca fechada. — Quando pareceu que eu ia protestar, ele me interrompeu. — E daí que eu perdi meu emprego? — disse ele em tom de desdém. — Você *viu* este lugar? — Ele indicou o quarto particular ao nosso redor. — Você acha que eu poderia pagar por esse tipo de cuidado com salário de manobrista? Ou de barman?

Ele não disse onde tinha conseguido dinheiro para pagar a conta. Passou pela minha cabeça que talvez eu tivesse entendido a situação com Campbell errado. Talvez ela não o tivesse incriminado.

Talvez ela tivesse *ajudado*.

— Você... — comecei a dizer.

— Não. — Ele nem esperou que eu formulasse a pergunta. — Mas, se eu soubesse que poderia botar meu irmão em um lugar assim roubando um colar de pérolas, eu teria, com certeza. — Ele deixou que eu entendesse isso. — Logo depois que eu fui preso, um doador anônimo começou a pagar por isto. Desde que continuem pagando... — Ele me olhou, depois olhou para o chão. — Eu não me importo com o que vai custar pra mim.

MENTIRAS INOFENSIVAS **233**

15 DE ABRIL, 17H56

Nick. Mackie anotou o nome para referência futura.

— Eu tenho que dizer — disse o garoto, a voz arrastada, fechando as mãos nas grades da cela e se inclinando na direção das garotas. — Grades combinam com você, Campbell.

Campbell. A filha do senador.

— Nick! — A lindamente ansiosa (ou talvez ansiosamente linda?) pulou quase nas pontas dos pés. — Você pode nos ajudar, Nick. Você sabe coisas. Conhece pessoas que sabem coisas.

Mackie tinha a intenção de ficar para trás observando, mas aquela declaração o fez falar.

— Que tipo de pessoas? — perguntou ele com desconfiança.

— Nós te ajudamos, Nick — disse a garota chamada Sawyer.

O garoto, *Nick*, se balançou nos calcanhares, sorrindo de um jeito que revelou para Mackie que ele estava gostando demais daquilo.

— Na primeira vez que eu fui preso? — perguntou ele. — Ou na segunda?

QUATRO MESES ANTES
Capítulo 41

Era uma verdade universal que para uma pessoa precisando de sacos plásticos bastava procurar na cozinha da família Taft. Tia Olivia era a rainha dos sacos Ziploc. Ela tinha tomado conta dos armários de Lillian e tinha gavetas inteiras dedicadas a eles: todos os tamanhos, todos os tipos, um suprimento para um ano de cada.

Peguei um saco grande, abri-o, joguei minha recompensa dentro e o fechei. O senador Ames tinha cabelo de político. Não tive sorte para conseguir um único fio no mês todo. Por outro lado, eu era metade da equipe dedicada a ir pegar café do comitê regional dele, e entre as idas frequentes dele a Washington, não foi difícil pegar um dos copos usados de café.

— O que você está fazendo, querida? — Tia Olivia era surpreendentemente sorrateira quando queria.

Eu me virei para olhar para ela e olhei para o copo descartável de café que eu tinha colocado no saquinho.

— Nada.

— Isso não me parece nada — comentou tia Olivia. — O quanto vocês meninas acham que eu sou trouxa?

— Tudo bem — admiti com um suspiro. — É um copo de café num saquinho de plástico. — Quando em dúvida, declare o óbvio.

— E por que alguém ia querer preservar um copo de café descartado? — Tia Olivia estava intrigada ou desconfiada; o

MENTIRAS INOFENSIVAS **235**

sorriso sulista padrão que ela tinha aberto tornava impossível que eu soubesse qual das duas coisas.

— Isso foi uma pergunta retórica? — perguntei para ganhar tempo.

Tia Olivia me olhou de um jeito que ela costumava reservar para John David.

— Não — disse ela. — Não foi.

Eu improvisei.

— É uma tradição de Natal — falei, olhando para o saco na minha mão. Eu tinha descoberto, no período entre o Dia de Ação de Graças e agora, que a família inteira evitava perguntas sobre como eu e minha mãe costumávamos passar as festas.

Lily não foi a única que tinha percebido que a minha mãe ainda não estava atendendo as minhas ligações.

— Botar um copo de café num saco plástico é uma tradição de Natal? — Tia Olivia estava mesmo desconfiada agora, mas só um pouco do quanto deveria estar.

— É tipo pendurar meias — falei. — Mas pra quem tem a grana curta. Esses biscoitos estão quentes? — Mudei de assunto o mais rapidamente que pude. Tia Olivia tinha passado o dia fazendo biscoitinhos de açúcar. As bancadas estavam cheias deles. Estendi a mão para um com formato de bengala, e ela bateu na minha mão de leve.

— Eu nem botei cobertura — disse ela em tom repreensivo. — Além do mais, Sawyer Ann, eu posso garantir que você não vai querer estragar seu apetite pra hoje à noite.

Naquela noite haveria a festa de Natal anual em Northern Ridge. Era aberta para todos os membros do clube e para as famílias de todos os Fidalgos e Debutantes do Baile Sinfônico. John David tinha passado a maior parte da semana anterior tentando descrever para mim a variedade de delícias que estariam disponíveis para nós na festa.

O biscoito de gengibre supostamente era o alimento dos deuses.

Mas eu não tinha ido lá discutir sobre biscoitos de gengibre. Nem para pegar um único saco plástico.

Eu precisava pegar dois.

— Você tem algum batom que eu possa pegar emprestado?

Tia Olivia não poderia ter ficado mais surpresa se eu tivesse pedido para ela raspar a minha cabeça.

— O vestido que Lillian quer que eu vista hoje é vermelho — falei. — Eu costumo ser uma pessoa de gloss transparente ou nada, mas...

Tia Olivia estava com os olhos marejados quando me abraçou de lado.

— Minha maquiagem está no banheiro. Pode pegar, querida.

Eu quase me senti culpada pelo fato de que estava procurando um convite para mexer no banheiro que ela dividia com o tio J.D., para poder obter uma amostra *dele* também.

— Eu sei que deve ser uma época do ano muito difícil pra você, Sawyer. — Tia Olivia botou as mãos de leve nos meus ombros e apertou. — Eu sei que você sente saudade da sua mãe, mas nós estamos muito felizes de ter você aqui. — Ela se virou para o fogão — Eu não sou de falar mal de ninguém, mas eu seria capaz de esganar a minha irmã por fazer esses joguinhos com você.

Eu poderia ter aproveitado aquilo como oportunidade para sair dali, mas a necessidade de defender minha mãe era enorme.

— Ela só quer que eu vá pra casa.

Tia Olivia tirou uma tigela do armário e começou a fazer o que eu só podia supor que era a cobertura dos biscoitos.

— Tratamento de silêncio é o que é. Você dá o que ela quer ou ela corta o contato com você. Deus sabe que não seria a primeira vez, mas a própria *filha*... — Ao perceber o que estava dizendo, tia Olivia parou. — Mas isso não importa. — Ela se virou para me olhar de novo. — A questão é que você é bem--vinda aqui, Sawyer. Sempre foi.

Eu a encarei, meu cérebro revirando aquela declaração.

MENTIRAS INOFENSIVAS **237**

— O que você quer dizer com sempre fui?

Por um momento, eu não achei que tia Olivia fosse responder.

— Não há motivos para mexer nos fantasmas do passado.

Era uma coisa tão tia Olivia de se dizer depois de ela ter mexido neles. Eu tinha ouvido a vida toda que a família da minha mãe não nos queria. Ela era um constrangimento, eu era pior. Ela tinha sido expulsa por eles. Eles tinham cortado o contato.

Mas quem não estava atendendo aos meus telefonemas agora era a minha mãe.

— Sawyer. — Tia Olivia fez uma pausa e hesitou só por um momento. — O ano que passou foi difícil pra Lily. Vou confessar que eu não sabia como a sua... *situação*... afetaria isso, mas você estar aqui e ser parte dessa família foi uma verdadeira bênção para a minha filha. E para o resto de nós. — Outro abraço e: — Agora não é melhor você providenciar aquele batom?

Tia Olivia me guiou para fora da cozinha e na direção da escada. No caminho, vi a árvore de Natal da família. Havia enfeites de vidro e cristal misturados com outros feitos por mãos gordinhas quando Lily e John David eram pequenos. Havia três meias na lareira: uma com o nome da Lily, uma com o nome do John David e uma com o meu.

Pela primeira vez, passou na minha cabeça perguntar se a minha meia era nova.

— Anda — disse tia Olivia, dando uma batidinha carinhosa no meu bumbum. — Vai. Eu prometi para sua avó que nós seriamos os primeiros na fila nas fotos de família na festa hoje.

Eu fui. Eu nem reparava nos retratos nas paredes agora, mas o buraquinho do prego ao lado do retrato da família no alto da escada me afetou com mais força do que o habitual. Minha mãe nem sempre era uma narradora muito confiável, mas Lillian nunca tinha negado que a expulsou. Minha avó tinha apagado todos os sinais da filha mais jovem e guardado no sótão.

Mas ela guardou tudo. Afastei o pensamento e andei até o banheiro da minha tia e do meu tio. Diferentemente do senador e da tia Olivia, o tio J.D. não era maníaco por arrumação. A escova dele estava cheinha de fios de cabelo e, para a minha sorte, a tia Olivia tinha uma caixa emergencial de sacos Ziploc na penteadeira.

O tio J.D. não é meu pai. O fato de eu precisar pensar essas palavras era ridículo. Mas... minha mãe tinha me pedido para deixar isso para lá. Ela não *queria* que eu soubesse quem era o meu pai.

Não cabe a ela tomar essa decisão por mim. Eu falei para mim mesma que já tinha feito a minha escolha. Isso não precisava ser algo emotivo. Eu podia encontrar a minha resposta de forma lógica e sistemática, sem emoções envolvidas. Isso significava investigar os quatro homens cujos rostos minha mãe tinha riscado na foto.

Até o meu tio.

Eu quase não me lembrei de pegar um batom vermelho na gaveta da tia Olivia antes de voltar para o meu quarto. Fui até a cama, abri a gaveta da mesa de cabeceira com a intenção de guardar as amostras, mas meu olhar caiu na foto que eu tinha roubado da caixa da tia Olivia.

Quatro rostos estavam circulados. Um, de Thomas Mason, eu tinha riscado com um x.

Coloquei os saquinhos em cima da mesa de cabeceira e empurrei a foto para o lado. Na gaveta, embaixo dela, havia outra coisa que eu me vi observando com a mesma frequência no mês anterior: um artigo de jornal impresso. Precisei investigar um pouco para descobrir o sobrenome do Nick, e mais ainda o primeiro nome do irmão dele, mas minha busca pela internet acabou revelando respostas.

Colt Ryan tinha vinte e dois anos e era funcionário do Northern Ridge Country Club. Como Nick, ele era manobrista. Uma noite, depois do trabalho, ele estava percorrendo os três quilômetros até o ponto de ônibus e foi atingido por um carro.

Um atropelamento seguido de fuga.

A única cobertura que eu consegui encontrar tinha um parágrafo e meio. Eu imprimi o artigo e li umas cem vezes. Um dia, Colt Ryan estava bem, e no seguinte... *em coma*.

Eu não tinha tido notícias nem visto Nick nem uma vez nas últimas quatro semanas e meia. Eu tinha feito o que ele pediu: ficado de boca calada.

— Pode fechar meu zíper?

Eu me virei e vi Lily na porta. Ela estava usando um vestido preto justo de veludo, até os joelhos. Ela se virou de costas para mim e, quando fui fechar o zíper dela, percebi que tinha deixado a gaveta da mesa de cabeceira aberta.

O artigo e a foto estavam visíveis.

O zíper do vestido de Lily travou. Ela estava falando alguma coisa sobre os meus acessórios para a noite, mas eu nem ouvi direito enquanto descia o zíper e subia de novo. A pele lisa desapareceu quando eu terminei de fechar o vestido.

— Vai botar o seu — instruiu Lily — e eu fecho o seu zíper.

Eu fiz o que ela mandou... e me posicionei para bloquear a visão de Lily da gaveta.

— Um centavo pelos seus pensamentos — comentou ela quando passou a mão no meu vestido para esticar o tecido.

— Um centavo não compra nada atualmente — falei para Lily enquanto ela fechava o meu vestido. — Inflação de pensamento.

— Sawyer — disse Lily, fingindo me repreender. — Inflação não é algo sobre o que a gente *fale*...

Eu ri. Levei um segundo para perceber que ela não tinha parado no meio da frase intencionalmente. Virei o tronco para olhar para trás e percebi que ela estava olhando por cima do meu ombro. Antes que eu pudesse impedi-la, ela passou por mim.

Direto para a gaveta aberta.

Ela ficou parada um momento e estendeu a mão em seguida.

— O que é isso?

Olhei para a mão dela, torcendo para ela estar segurando o artigo sobre o irmão do Nick. *Não dei essa sorte.* Ela estava olhando para a fotografia: 24 Fidalgos Sinfônicos, quatro com círculos grossos em volta do rosto, um círculo riscado.

— Não é importante — falei, estendendo a mão para tirar a foto dela.

Ela chegou para trás.

— Isso não é só enrolação, Sawyer Ann. É mentira.

— Tem alguma diferença?

— Sawyer. — Lily enfatizou meu nome de um jeito que contorceu os músculos da minha barriga. — Por que você tem essa foto? — Ela ficou calada por um momento. — Por que circulou o meu pai?

— Não importa — falei de novo, mas Lily sabia por que eu tinha decidido ir para lá. Foi ela que me ajudou a olhar as caixas no sótão. Não era preciso ser um gênio para entender por que eu poderia ter uma foto de homens da geração dos nossos pais... ou por que eu poderia ter circulado alguns.

— Não me entenda mal — disse Lily, parecendo mais sulista do que nos últimos tempos —, mas, se você acha que tem *alguma* chance do meu pai ter dormido com a sua mãe, você não está pensando direito.

— Lily — comecei a dizer, mas ela levantou o indicador... o indicador da *desgraça.*

— Não está nem pensando — consertou ela ferozmente. — Não está.

— Não fui eu que marquei esses homens. — Eu deveria ter parado nisso, mas parei. — Minha mãe tem uma cópia dessa foto. Ela...

— Ela também não estava pensando. — Pela primeira vez, Lily não mordeu a língua. — Nós duas sabemos que a sua mãe era problemática, Sawyer. Até onde eu sei, ainda é.

No andar de baixo, a campainha tocou. Eu nem registrei direito.

— Você não sabe nada sobre a minha mãe — falei ferozmente.

Sim, eu tinha escolhido ir para lá. Sim, minha mãe tinha recebido mal a notícia. Mas ela não era só isso. Ela tinha ficado ao meu lado minha vida toda. Talvez nem sempre do jeito que eu queria, mas ela tinha estado presente. Tinha feito festas do sorvete à meia-noite e me ensinado a preparar coquetéis e me deixado ensiná-la a amarrar cordas. Ela nunca tinha me pressionado para ser outra pessoa, nunca me fez achar que ela ficava qualquer coisa menos do que feliz da vida com a pessoa que eu *realmente* era.

Isso era mais do que a maioria das pessoas podia dizer.

— Com licença — falei com rispidez, dando as costas a Lily. — Eu e minha falta de pensamento vamos oferecer alguma utilidade e abrir a porta.

Ela foi atrás de mim quando eu descia a escada. A campainha tocou de novo.

— Devem ser coralistas de Natal — disse Lily atrás de mim.

Eu preferia encarar umas cinco ou seis pessoas de coral de igreja cantando "Noite feliz" a continuar a conversa que a minha prima e eu estávamos tendo lá em cima. Eu estava na metade do caminho para o saguão quando o tio J.D. saiu da cozinha e chegou à porta primeiro. Ele a abriu e eu parei de repente. Lily quase colidiu comigo.

Não eram coralistas.

Eu inspirei fundo e, por mais que tentasse, não consegui expirar.

— Ellie. — Tio J.D. estava atônito, mas disfarçou bem.

Melhor do que eu, que fiquei boquiaberta olhando para a mulher usando um vestidinho preto e saltos pretos modestos na varanda da minha avó.

— Mãe?

Capítulo 42

— **Apertem mais um pouco.** — O fotógrafo deu um sorriso forçado para nós, que ele provavelmente esperava que toda a família fosse imitar. — Posso pedir para a jovem de cabelo louro inclinar o queixo de leve? E, meu jovem... tire as mãos do bolso.

Lily e John David estavam agitados. Eu não os culpava, apesar de a virada surreal de eventos ter tido o efeito oposto em mim. Eu estava virada para a câmera, paralisada, sem conseguir nem piscar. Minha avó estava do meu lado direito, minha mãe do esquerdo.

Ela está aqui. Ela está usando pérolas. O cabelo está preso em um coque banana. Eu não sabia o que me abalava mais, o fato de minha mãe estar fingindo que não passou os últimos três meses me ignorando ou o grau com que o penteado e o vestido e até a postura dela me lembravam Lillian.

— Perfeito — declarou o fotógrafo, entrando atrás da câmera. — Agora, se puderem dar uns sorrisos...

Nós sete estávamos parados na frente de uma árvore de Natal com quase dois andares de altura. Todas as fitas, todas as luzes, todas as decorações eram perfeitas... e tudo naquilo parecia errado.

No passado, o flash do fotógrafo teria piscado. Mas agora, em um momento ele estava tirando fotos digitais, no seguinte tinha terminado. Nós fomos levados para o lado e a família seguinte tomou nosso lugar.

— Vou procurar os biscoitos de gengibre. — John David não era bobo nem nada. Ele tinha menos ideia ainda do que estava acontecendo do que eu, mas não tinha a menor intenção de ficar para descobrir. Ele estava a um metro de distância quando tia Olivia estendeu a mão e o pegou por trás, pela gola.

— O que nós não vamos fazer este ano? — perguntou ela. John David se virou e olhou para ela.

— Nós não vamos — disse ele aristocraticamente — comer tanto biscoito de gengibre até vomitar.

Ela passou a mão pelas lapelas dele e o soltou. Ele saiu correndo como um foguete.

Eu peguei a minha mãe com uma expressão estranha no rosto. Tia Olivia também viu.

— O que foi? — disse ela, a voz um repicar de sinos, os olhos disparando adagas na minha mãe.

— Não é nada — respondeu a minha mãe, balançando a cabeça. — Eu só nunca imaginei você com um garotinho, Liv.

O fato de a minha mãe conseguir ir lá fingindo não estar me punindo por procurar meu pai era estranho. O jeito como ela tinha casualmente encurtado o nome da irmã, a mesma irmã que, até onde eu sabia, ela não via havia dezoito anos, era simplesmente bizarro.

O silêncio que veio em seguida foi um segundo longo demais. Minha avó, minha tia, tio J.D.... todos estavam fazendo um trabalho impressionante de fingir que minha mãe não tinha aparecido sem avisar. Ninguém jamais saberia só de nos observar que os adultos não se viam havia anos. Mas o comentário casual da minha mãe?

Isso teve resposta.

— Sim, bom, me imaginar com um filho teria exigido um mínimo de tempo para pensar em uma pessoa que não seja você. — Se sorrisos matassem, tia Olivia teria derrubado minha mãe ali mesmo.

— Sawyer. — Lillian se intrometeu antes que minha mãe pudesse responder. — Talvez você possa mostrar à sua mãe a sala de jantar principal. Mudou bastante desde a última vez que ela esteve aqui.

Minha mãe passou o braço direito por mim. Ela nem olhou para a mãe, mas, quando falou comigo, Lillian foi obviamente o assunto da declaração tão agradável:

— Ela que manda.

Oi, minas terrestres. Meu nome é Sawyer e eu vou saltitar por um campo cheio de vocês esta noite. Levei minha mãe para longe do resto da família. Quando passamos pelo salão principal e entramos no Salão Freixo e seguimos até a sala de jantar, senti mais de dez pares de olhos na nossa direção, como raspas de metal atraídas por um ímã.

— Esse vestido não pode ser confortável. — Minha mãe se inclinou para falar no meu ouvido, como se nós duas estivéssemos trocando segredos divertidos. — Você está de sutiã sem alças?

Consegui esperar até termos chegado na sala de jantar para responder.

— Mãe.

— Eu só estou dizendo que a Sawyer que eu conheço preferiria usar fita isolante a…

— A gente pode parar de falar sobre o meu sutiã? — falei por entredentes.

Em algum momento da nossa caminhada, eu tinha parado de guiá-la, e ela tinha começado a me direcionar. Nós fomos parar na extremidade da sala de jantar, perto de uma das janelas de seis metros de altura, com vista para a piscina. As cortinas grossas quadriculadas, especiais de Natal, tinham sido puxadas o suficiente para podermos ver o céu da noite. A piscina estava coberta e não oferecia nada de mais, mas as estrelas eram uma vista e tanto.

— Elas não brilham tanto aqui. — Minha mãe me cutucou de leve na lateral. — Você não pode já ter se esquecido disso.

MENTIRAS INOFENSIVAS **245**

Senti como se ela tivesse me dado um tapa.

— Eu não me esqueci de nada.

— Olha só pra você — disse minha mãe baixinho. As palavras não soaram tão críticas quanto eu esperaria, mas carregavam um peso enorme mesmo assim.

— Olha só pra *você* — respondi — Você não está exatamente vestida pra atender em um bar.

— Sorria — murmurou minha mãe. — Nós temos plateia.

Um olhar rápido me disse que estávamos atraindo ainda mais olhares do que antes, mas eu não estava nem aí para a nossa plateia.

— Você está aqui há alguns meses — disse minha mãe. — Eu passei quase dezoito anos aqui. Você é tipo uma aluna de intercâmbio, amor. Eu sou nativa, então *sorria*.

Eu mostrei os dentes. Chamar de *sorriso* teria sido exagero.

— Essa é a minha garota. — Isso me pareceu mais a minha mãe do que qualquer outra coisa que ela tinha dito desde que tinha chegado, e magoou.

Se você não criasse expectativas nas pessoas, elas não podiam te decepcionar. Eu sabia disso, mas uma parte de mim nunca pararia de esperar que ela…

O quê?, eu me perguntei.

— Você devia ter me ligado — falei. — Devia ter atendido quando eu liguei.

— Eu sei. — Ela olhou para o chão. — Eu ficava torcendo pra você voltar a si. Pra você voltar pra casa.

— Nossa casa fica a quarenta e cinco minutos daqui — observei. — Não precisa ser uma coisa ou outra. Mesmo eu morando com Lillian, você ainda pode me ver.

Minha mãe olhou para a piscina.

— Foi você que foi embora, Sawyer.

— Eu tinha o direito de vir pra cá. — Isso acabou soando mais como uma pergunta do que eu gostaria. — Essas pessoas são sua família... mas são da minha família também, e não são tão ruins assim.

— Se fossem — respondeu minha mãe depois de um momento —, sua vinda pra cá não teria sido tão difícil de engolir. Se eles fossem totalmente ruins, se viver assim fosse totalmente ruim, eu não teria medo de você gostar. — Ela olhou para baixo, os cílios fazendo sombras nas maçãs do rosto que tia Olivia tanto invejava. — Eu nunca fui feliz aqui depois que o papai morreu. Não devem ter contado isso, mas sua tia fugiu, deixou um bilhete e sumiu no meio da noite por oito meses, quase nove. A polícia foi chamada. A mamãe, claro, pediu que fossem discretos com a investigação. E quando minha irmã finalmente se dignou a voltar... sua avó não disse nada. Nós só tivemos que fingir que Liv estava de férias ou num colégio interno ou que nós sabíamos o tempo todo onde ela estava. — Ela balançou a cabeça de leve. — Só que ela não era mais a *Liv*. Ela era *Olivia*, e era *perfeita*. Era como se toda a dor, toda a raiva, *tudo*... tivesse evaporado, e ali estava eu, com doze anos e sem entender aquela fuga e com raiva dela de formas que ninguém me deixava manifestar. E simplesmente... ficou por isso. — A voz dela estava baixa agora. — Aqui não era meu lugar. — Ela se virou de leve para mim. — Ainda não é.

— Você tinha amigos aqui — falei, pensando nas fotografias que eu tinha visto no sótão. — E você obviamente fez... uma *conexão*... com alguém.

— Sexo — corrigiu minha mãe. — A palavra que você quer usar é *sexo*.

Abri a boca, mas não consegui falar nada porque uma voz falou atrás de nós.

— Ellie?

Por um momento, minha mãe pareceu uma década mais jovem. Os olhos dela se arregalaram. Seus lábios se abriram de leve. Ela se virou para a pessoa que tinha se aproximado de nós.

— Lucas.

Para alguém que tinha acabado de insistir que ali não era o lugar dela, minha mãe pareceu feliz demais de ver Lucas Ames.

— Eu vivi pra ver isso — disse ele. — É o Fantasma dos Natais Passados.

— Você cresceu — comentou minha mãe.

Ele sorriu.

— Você, não.

— Sawyer. — Minha mãe pareceu lembrar que eu estava parada ali. — Esse é…

— Sawyer e eu já nos conhecemos — disse Lucas tranquilamente. — Eu fiz o que pude pra salvá-la do tédio do Pérolas da Sabedoria, mas fico triste em relatar que nenhuma das nossas famílias apreciou o gesto.

— Imagina só — disse minha mãe, com uma risada debochada.

— Meu pai comprou as pérolas da sua mãe. — Lucas esperou que isso fosse registrado para poder soltar a bomba. — E aí, elas foram roubadas.

— Roubaram as pérolas da Lillian? — As sobrancelhas de Ellie foram até o céu.

— Nós podemos não falar sobre as pérolas? — pedi.

Minha mãe e Lucas se viraram para mim como se tivessem acabado de lembrar que eu estava ali. Eu me perguntei se eles percebiam que o salão todo estava assistindo àquela pequena reunião com interesse.

Quantas daquelas pessoas lembravam que os dois foram amigos? Quantas desconfiavam que Lucas fosse meu pai?

Antes que eu pudesse descobrir a resposta para aquela pergunta, Davis Ames se aproximou com a mãe de Boone de um lado e a de Campbell do outro.

— Oi, Eleanor — disse Davis tranquilamente.

Lucas respondeu antes que a minha mãe pudesse falar:

— Eu só estava botando Ellie em dia sobre a fofoca local. Quem casou com quem, quem herdou o quê, todos os incêndios que foram cometidos nos últimos meses...

— Lucas. — A esposa do senador o encarou. — Por favor.

— Você está ótima, Ellie. — Isso foi a mãe de Boone. — E, claro, sua filha é um encanto.

Havia pelo menos dez respostas benignas que a minha mãe poderia ter dado sem nem piscar. *Ora, obrigada. Claro que é. Eu tenho tanto orgulho dela.* Mas o que minha mãe disse foi...

— Ela puxou o pai.

Capítulo 43

Os country clubes e bailes de debutante podiam ser a língua nativa da minha mãe, mas ela também era fluente na linguagem de bar do "cala essa boca e toma essa". O que ela tinha acabado de dizer sobre o meu *pai* certamente se enquadrava na última.

Charlotte Ames sugeriu que eu talvez quisesse ir procurar outras pessoas da minha idade. Eu a ignorei. Se a minha mãe ia dizer alguma coisa, qualquer coisa, sobre o meu pai, eu ia ficar para ouvir.

Com um leve sorriso, minha mãe pegou uma taça de champanhe de uma bandeja e a levou aos lábios.

— Eu acho que Walker e Campbell foram procurar a gemada — comentou Lucas, me levando para o canto do grupo. — Mas você não ouviu isso de mim.

— Vai — disse minha mãe com leveza na voz. — Divirta-se.

Eu me perguntei de novo por que ela tinha aparecido hoje. Ela tinha desistido do tratamento de silêncio para me fazer ir para casa? Estava com saudade de mim porque era Natal?

Ou tinha ido por outro motivo... ou outra pessoa?

— Vai, amor.

Eu queria ficar. Queria *fazer* com que ela me contasse a verdade. Mas eu também a conhecia. Eu sabia que, embora ela pudesse ter muito prazer em jogar o escândalo dela na cara deles, ela não diria mais uma palavra em minha presença.

Então, eu fui. Cruzei um quarto da distância da sala até ser abordada.

— Me esconde. — Sadie-Grace saiu de detrás de uma das cortinas enormes e segurou meu pulso.

— Esconder você de quê?

Sadie-Grace baixou a voz, apesar do burburinho de mais de cem pessoas conversando significar que eu tinha que me esforçar para ouvi-la.

— Greer.

Eu estava prestes a perguntar por que Sadie-Grace precisava ser escondida da madrasta quando, com o canto do olho, vi Greer entrar no salão e o revistar com precisão militar.

Sadie-Grace voltou na direção da cortina.

— Eu estou quase fazendo um arabesque — sussurrou ela com urgência.

Eu me virei e cheguei de lado para escondê-la. Infelizmente, Sadie-Grace era vários centímetros mais alta do que eu. Greer a viu. Ela tinha percorrido metade do caminho até nós, sorrindo pra Sadie-Grace com determinação quase letal nos olhos, quando a ajuda veio de uma fonte inesperada. Minha mãe se aproximou da madrasta de Sadie-Grace de lado e botou a mão de leve no cotovelo dela. Greer se virou, claramente com a intenção de cumprimentar com "entusiasmo" quem a tinha parado e depois seguir em frente.

Mas quando viu a minha mãe...

Mesmo do outro lado da sala eu a vi empalidecer.

— Greer está redecorando a nossa casa — disse Sadie-Grace ao meu lado, alheia a qualquer coisa, menos o fato de que tinha sido repreendida. — Ela fica dizendo que vai mandar mudar todas as fotos da minha mãe.

Eu pensei no que Lillian tinha me dito sobre a mãe de Sadie-Grace.

— Vou tentar adivinhar — falei, olhando para minha mãe e Greer. — Sua querida madrasta ainda não encontrou um conjunto de molduras de que goste.

— Greer diz que quer que sejam perfeitas — respondeu Sadie-Grace baixinho. A mão dela estava começando a subir graciosamente ao lado do corpo. Eu a impedi, e ela soltou o ar, de forma longa e elaborada. — Só tem uma foto em que meu pai não deixou que ela tocasse.

Do outro lado do salão, Greer parecia estar tentando sair da conversa com a minha mãe, mas, enquanto eu olhava, minha mãe se inclinou para a frente e sussurrou alguma coisa diretamente no ouvido dela.

Greer soltou uma risadinha em resposta. Eu não conseguia ouvir de onde estava, mas sabia exatamente como seria o som, assim como sabia que era cem por cento e sem dúvida nenhuma falsa.

— Qual é a foto que seu pai não deixa que ela tire? — perguntei a Sadie-Grace, forçando o olhar para longe do embate discreto acontecendo entre a minha mãe e a querida velha amiga.

— É uma foto de nós três. — Sadie-Grace mordeu o lábio inferior. — Minha mãe, meu pai e eu... na frente da árvore de Natal.

Eu soube sem perguntar que ela estava falando da árvore *daquela* festa, assim como sabia que Greer devia estar determinada a tirar uma foto na árvore de Natal também.

Existe tentar, dissera tia Olivia na primeira vez que mencionou Greer, *e existe tentar demais*.

Do outro lado do salão, o pai de Sadie-Grace entrou na conversa que a esposa estava tendo com a minha mãe. Os olhos da minha mãe se encontraram com os dele. Greer estendeu a mão e a apoiou de forma possessiva no peito do marido.

Eu queria ficar ali. Queria continuar olhando.

Mas eu me virei para Sadie-Grace, que estava praticamente tremendo.

— Alguma ideia de onde se esconder?

***

Fomos parar na sala em que os funcionários tinham montado algumas casinhas de biscoito de gengibre para as crianças decorarem. Mesas cobertas com toalhas de mesa ocupavam todo o ambiente. Havia centenas de pratos cheios de todos os tipos de doces imagináveis nas mesas.

Estava um caos.

— Biscoito de gengibre? — Um garçom se aproximou de nós por trás com um prato com cheiro de nozes e canela.

— Sim, por favor. — Sadie-Grace se serviu e se virou para me dizer, no mesmo tom que John David tinha usado: — É o alimento dos deuses.

Quatro biscoitos depois, eu quase tinha esquecido a reação de Greer ao ver a minha mãe. Só faltou ela colocar um adesivo escrito PROPRIEDADE DE GREER na testa do marido. Pensei no livro de memórias no sótão, em todas as fotos de Greer e minha mãe juntas.

Quais eram as chances de Greer *saber* quem era meu pai?

— Você está bem? — perguntou Sadie-Grace. Nós duas tínhamos escolhido uma posição no final de uma das mesas longas. Não tinha havido muitas casas de biscoito restantes para decorar, então estávamos dividindo uma. A metade dela parecia saída de Candy Land. A minha metade parecia ter sido feita por uma criança de quatro anos.

Provavelmente porque eu ficava comendo meu material de construção.

— Eu estou bem — falei para Sadie-Grace, colocando uma bala de limão na boca. — É que tem um tempo que eu não vejo a minha mãe.

Essa era só a ponta do iceberg. O reaparecimento da minha mãe tinha cimentado na minha mente a certeza de que, se ela quisesse voltar antes, ela poderia. Ela sempre disse que odiava tudo ali, mas não pareceu chateada de ver Lucas Ames... nem Charles Waters.

Depois de engolir os restos azedinhos do doce, eu olhei para Sadie-Grace.

— Se eu te pedisse um favor estranho, você faria?

— Envolve amarrar laços? — perguntou Sadie-Grace em tom sério.

— Não.

— Fita adesiva?

— Não — falei. — Envolve cabelo.

— Eu não sei fazer trança embutida. — Sadie-Grace admitiu isso como se fosse sua grande vergonha secreta.

— Não o meu — esclareci. — Do seu pai. Se eu pedisse a você que me arrumasse uns fios, você faria?

Sadie-Grace franziu a testa, perplexa. Eu tinha dito que era um favor estranho. Eu vi o exato momento em que ela entendeu.

— Você vai fazer bonecos vodu? — perguntou ela com desconfiança.

— Não — falei. — Eu estou fazendo testes de paternidade.

Considerando como Lily tinha reagido ao fato de que eu tinha circulado a foto do tio J.D., eu sabia que aquilo podia ir mal. O pai de Sadie-Grace tinha se casado com a mãe dela antes de eu ser concebida. Se eu estivesse no lugar dela, teria preferido acreditar que eles eram felizes.

— Você acha que o meu pai pode não ser meu pai? — Sadie--Grace ficou horrorizada com a perspectiva.

— Não. — Eu acabei com o sofrimento dela. — Eu acho que ele pode ser o meu.

Explosão em três... dois...

Sadie-Grace pulou em cima de mim e quase me derrubou. Mas não foi com agressividade. Foi um *abraço*.

— Longe de mim querer interromper um momento... — Walker Ames se sentou na cadeira ao nosso lado. — Mas Sadie--Grace devia voltar para o salão de jantar.

Sadie-Grace, os olhos cintilando, sussurrou uma coisa incompreensível no meu ouvido direito. A única palavra que consegui entender foi *irmã*.

Eu me soltei do aperto forte, agressivamente afetuoso.

— Por que a presença da Sadie-Grace é necessária no salão de jantar? — perguntei.

Eu esperava uma resposta casual, mas a resposta de Walker foi calculada.

— Porque — disse ele gentilmente, dirigindo as palavras mais para Sadie-Grace do que para mim — a madrasta dela acabou de anunciar para o salão todo que está grávida.

Capítulo 44

O momento para o anúncio de Greer não pareceu acidental. *Ela dá de cara com a minha mãe. Minha mãe troca gentilezas com o marido dela e de repente Greer Waters está fazendo um grande anúncio público de gravidez.*

Talvez fosse só eu sendo paranoica. De qualquer maneira, Sadie-Grace teve uma reação pior à notícia de Greer do que à bomba que eu tinha lançado um momento antes. Por outro lado, se eu estivesse vendo minha madrasta substituir lentamente todas as fotos da minha mãe, eu provavelmente teria encarado um anúncio de gravidez como indicação de que ela estava tentando me substituir também.

— Eu não consigo fazer isso. — Sadie-Grace parecia prestes a vomitar em cima de um arranjo de flores próximo.

Eu a guiei na direção da Lily. Minha prima podia não ter aceitado a revelação da minha lista de "Quem é o papai" muito bem, e eu podia estar evitando falar com ela desde que a minha mãe tinha aparecido na nossa porta, mas Lily era a melhor amiga da Sadie-Grace. Ela podia lidar com aquilo bem melhor do que eu.

— Respira — ordenou Lily assim que viu a cara de Sadie--Grace. — Você só precisa passar por esta noite, aí você e eu vamos comprar os porta-retratos. Uns que sejam de bom gosto, elegantes, aprovados por Lillian Taft, de prata, que nós vamos enviar para a sua casa como presente de casamento tardio. Eu vou muito à sua casa, seria falta de educação não os colocar em uso. Você vai ter as fotos da sua mãe de volta.

Sadie-Grace assentiu.

— Sawyer... — Lily afastou a atenção da amiga o suficiente para olhar para mim. — Você está bem?

— Estou ótima — falei entrecortado.

Lily olhou para as mãos por um momento.

— Pode ser que você esteja — disse ela. — Mas eu não estou. Sua mãe está *aqui*. — Como isso não gerou resposta, minha prima mudou de tática. — Preocupação causa rugas, então tenho me esforçado pra ficar calma, mas só posso concluir que não tive muito sucesso. — Ela fez uma pausa. — Walker deu uma olhada em mim e soube que eu estava chateada.

Chateada por minha causa? Ou chateada por causa daquela foto e da aparição súbita da minha mãe?

— Ele falou comigo, Sawyer. — Lily olhou para Sadie-Grace e continuou. — Falou comigo de verdade, como antigamente.

Contar isso para mim era um cachimbo da paz, o jeito da Lily de tentar voltar ao momento em que ela estava fechando meu vestido, logo depois que eu fechei o dela.

Mas eu não conseguia.

Eu sabia de forma objetiva que a reação da minha prima ao descobrir que o pai dela estava na minha lista tinha sido totalmente irracional. Eu sabia que não fazia sentido ficar com raiva dela e passar pano para a minha mãe, mas havia um motivo para eu nunca ter feito novas amizades com facilidade. Deixar as pessoas se aproximarem era um risco.

Eu tinha me esquecido disso até o momento em que minha prima viu aquela foto e surtou.

— Cuida dela — falei para Lily, indicando Sadie-Grace. — Eu preciso procurar a minha mãe. Afinal — acrescentei propositalmente —, ela é problemática.

MENTIRAS INOFENSIVAS **257**

Sem esperar resposta, eu me afastei. Eu estava quase conseguindo escapar quando Walker Ames me pegou pela mão. Eu olhei para Lily, mas ela já estava perdida na multidão.

Quando me dei conta, eu estava na pista de dança. A música era do tipo que fazia gente da idade da minha avó dançar. Frank Sinatra parecia ser o que estava nos embalando, com um toque de Elvis romântico e Nat King Cole.

— Eu não sou especialista em boas maneiras sulistas — falei para Walker —, mas você não deveria me *convidar* pra dançar?

— Acho que falamos sobre isso em dança de salão tradicional. — Walker apoiou a mão livre na minha lombar. — Mas, assim, se você tiver vontade de me insultar, sempre vai ser possível fazer isso longe de ouvidos xeretas.

— Pode ser que eu não esteja com vontade de insultar você.

Walker fingiu estar chocado.

— Isso tem alguma coisa a ver com a reaparição escandalosa da sua mãe na sociedade?

— Walker?

— O quê?

— Cala a boca.

Ele me girou e não falou mais nada até eu ter completado a volta e a minha mão estar presa na dele.

— Lily está preocupada com você — comentou ele.

— Desde quando vocês dois se falam? — respondi.

— Ela precisava de alguém.

Eu o encarei.

— Considerando seu histórico, ela provavelmente não precisava que essa pessoa fosse você.

Falei para mim mesma que eu não estava sendo protetora com a Lily. Eu só estava declarando o óbvio.

— Acho que você tem razão — admitiu Walker. — Eu demorei muito tempo e precisei de muito esforço pra convencê-la de que ela está melhor sem mim. — Ele me encarou por um momento, com uma expressão que eu não consegui ler nos olhos. — Eu odiaria desfazer isso tudo em uma noite.

— Então não desfaça.

Uma música se mesclou na seguinte, mas ele não me deu a oportunidade de sair da dança.

— Eu tive ideias soberbas de reconfortar você — informou-me Walker. — De ajudar você e Lily a fazerem as pazes. — Ele me inclinou um pouco para trás. — Mas você tem razão. A parte de mim que quer acreditar que eu posso ser *melhor*, que eu posso me intrometer e dizer todas as coisas certas e ser tudo para todo mundo... essa é a parte perigosa.

Minha mão direita estava coberta pela esquerda dele. A outra palma dele estava na minha lombar. Ele a usou para me puxar para mais perto.

— Walker — falei lentamente. — O que você está fazendo?

Não importava a briga que Lily e eu estávamos tendo. Ela não precisava ver aquilo.

— Uma parte de mim sempre vai sentir falta de ser aquele cara, de ser um cara *legal*. — O corpo do Walker estava quase tocando no meu agora. — Talvez o que eu preciso, o que Lily precisa, seja de alguém que me lembre que eu não sou. — Walker fez uma pausa. — Talvez o que *você* precise seja uma distração.

A música terminou, e com a mesma facilidade com que ele tinha me levado para a pista de dança, ele me guiou até o saguão. A luz estava mais fraca ali, mas eu vi claramente a planta pendurada no teto.

Azevinho.

— Walker, o que você...?

— Me beija.

Ele oficialmente tinha perdido a cabeça.

— Não, obrigada.

— Só uma vez — insistiu Walker, a voz baixa e rouca. — Só agora. Eu podia querer isso se me permitisse. Acho que você também. E a Lily...

Lily saberia que você não é um cara legal.

— Você está desequilibrado — falei. Eu me obriguei a dar um passo para trás. Deveria ter dado uma lição nele.

Mas não o fiz.

Com os olhos ainda nos meus, ele estremeceu, e quando eu me dei conta, nós dois não estávamos sozinhos.

— Aí está você, Walker. — A mãe o cumprimentou com um abraço que me pareceu mais territorial do que demonstração de afeto. — Seu avô quer tirar outra foto na frente da árvore, só ele e os netos agora. Seja um fofo e procure sua irmã e Boone, está bem?

O *está bem?* deixou bem claro que não era um pedido.

— Eu não vejo Campbell desde que nós chegamos — respondeu Walker.

A mãe apertou o braço dele de leve.

— Então acho melhor você procurar logo.

Houve um momento em que pareceu que Walker poderia reagir, mas ele não reagiu. Ele fez contato visual comigo uma última vez e saiu. Eu fiz uma tentativa corajosa de me afastar, mas a mãe de Walker se moveu para bloquear a minha passagem.

— Você está linda hoje, Sawyer. Simplesmente linda.

Eu não sabia o que era mais agourento: o fato de ela ter iniciado com um elogio ou o tom que usou.

— Você não é tão elegante quanto Lily, eu diria, mas você tem um certo charme. — Charlotte tocou nas pontas do meu cabelo de leve e botou uma mecha solta atrás do meu ombro. — Você é diferente. É nova. A maioria desses meninos e meninas se conhece desde a época das fraldas. Quando sua tia Olivia entrou em trabalho de parto para ter John David, seu tio deixou a Lily na minha casa. Nós fizemos uma festa do pijama improvisada, Lily, Campbell e Sadie-Grace. Nós fizemos o mesmo quando a coitada da mãe da Sadie-Grace faleceu, quando as meninas eram pequenas, e claro que eu cuidava de Walker e Boone e vários menininhos na minha casa com frequência também.

— Parece legal — falei, porque parecia e porque eu sabia que o subtexto ali não era *legal*.

— Você não fez parte disso — continuou Charlotte, como se eu precisasse do lembrete. — Sua mãe foi embora. Se Lillian tivesse criado você, as coisas poderiam ter sido diferentes, mas, no fim das contas, você é uma estranheza. Eu não estou dizendo que você é *estranha*, claro…

— Claro — falei secamente.

— Eu só estou dizendo que entendo por que meu filho pode achar você… intrigante.

— Por mais que isso esteja sendo encantador — falei, imitando o jeito dela de falar, mas não o tom —, eu preciso mesmo ir.

Tentei passar por ela, mas ela segurou meu braço… com força. As unhas feitas afundaram na minha pele e as pontas dos dedos apertaram o osso com força.

— Sua mãe não tem o direito de estar aqui hoje.

Longe de mim apontar o óbvio, pensei, *mas…*

— Eu não sou a minha mãe. Acho que você devia falar com ela.

Charlotte não afrouxou o aperto no meu braço. Ela teve meio segundo para mudar isso antes que eu a forçasse a afrouxar.

— Fica longe do meu filho. — A voz dela foi quase inaudível, mas não podia ser descrita como um *sussurro*.

— Acho que você devia dizer para o seu filho ficar longe de mim — sugeri, soltando o braço da mão dela. — É ele que está prestes a apertar o botão de autodestruição.

— Você e Walker… — Ela deu um passo na minha direção. — É errado.

Não existe Walker e eu, pensei, mas não falei, porque, de repente, minha boca ficou seca. De repente, eu não sentia o lugar onde ela tinha apertado meu braço.

Eu não sentia nada.

— Errado — repeti, lutando para ouvir a minha própria voz acima do eco nos meus ouvidos. — Walker e eu… seria *errado*.

Ela não disse nada, mas a expressão no rosto dela revelou tudo. *Você e Walker, é errado.*

Eu soube nessa hora. Soube, mas precisava ter certeza.

— Errado — repeti uma segunda vez — porque eu sou ralé? — Meu coração pulou na garganta, batendo em um ritmo incessante que me avisou para não continuar. Mas eu falei mesmo assim: — Ou errado porque seu marido é meu pai?

Capítulo 45

Charlotte Ames não respondeu à minha pergunta, e isso praticamente foi uma resposta. Quando ela se virou para se afastar de mim, eu não ouvia nada além das batidas do meu coração. A festa, o que Walker tinha acabado de tentar fazer, minha briga com a Lily... tudo parecia a mil quilômetros de distância.

Forcei minhas pernas a me levarem para o salão de baile, mas acabei correndo para a saída mais próxima.

Eu perguntei à esposa do senador se ele era meu pai e ela não negou.

Ela não negou.

Ela não negou.

Quando me dei conta, eu estava descalça olhando para o balcão do valet a uns cem metros. Eu tinha passado por uma saída lateral, mas, debaixo do arco principal, eu vi gente começando a ir embora da festa.

Pensei no fato de que, em um mundo diferente, Nick poderia estar ali estacionando carros... se Campbell não o tivesse incriminado.

Campbell. Só de pensar no nome dela foi como se eu tivesse levado um soco. Eu sabia que o pai dela estava na minha lista. Não tinha pensado de uma forma real no que ela seria em relação a mim.

No que Walker seria em relação a mim.

Eu perguntei à esposa do senador se ele era meu pai e ela não negou.

— Querida?

Eu me virei e dei de cara com a minha mãe atrás de mim no gramado. Ela deu uma olhada nos meus pés descalços e tirou os sapatos dela.

— Tem alguma coisa que você queira compartilhar com a turma?

Esse era o jeito dela de perguntar se eu estava bem. *Agora* ela queria saber.

— A Charlotte disse alguma coisa pra você? — insistiu minha mãe. — Juro por Deus, ela é uma vaca pior do que eu lembrava.

— Pode ser porque você dormiu com o marido dela. — As palavras saíram da minha boca antes que eu decidisse dizê-las.

— Sawyer! — Minha mãe me encarou. — Não é assim que nós falamos uma com a outra.

— Sterling Ames é meu pai? — perguntei. Quando a pergunta saiu, não dava mais para eu engoli-la de volta. Eu nem tentei. — A esposa dele me avisou pra ficar longe do filho dela.

— Você e o garoto Ames? — Minha mãe arregalou os olhos. — Ah, querida, você não pode…

— Eu não estou — falei com ênfase. — Mas quando eu perguntei a Charlotte Ames se o motivo pra ela estar me avisando pra ficar longe do filho dela era porque tínhamos o mesmo pai, ela não negou.

Minha mãe ficou me olhando sem dizer nada.

— Sterling Ames é meu pai? — perguntei de novo. Eu precisava ouvi-la dizer. — Ele…

— É.

Uma palavra. Só uma. Depois de tantos anos, aquilo foi tudo que eu recebi. *É.* O senador era meu pai. O ex-namorado de Lily era meu irmão. E Campbell, a manipulativa e diabólica Campbell, era minha irmã.

Meia-irmã.

— Isso é tudo que você tem a dizer? — perguntei à minha mãe. — *É?*

— O que mais você quer? — Ninguém sabia ser irreverente como a minha mãe. — Um passo a passo do nosso encontro sexual?

Ela falou como se fosse piada. Como se nada daquilo importasse.

— Eu tinha o direito de saber — falei, ouvindo naquelas palavras como minha voz estava próxima de falhar.

— E agora, você sabe — disse minha mãe. — Pode voltar pra casa.

Voltar pra casa? Isso era tudo que ela conseguia dizer?

— Ah, querida. — Minha mãe me puxou para um abraço, e eu permiti.

Eu permiti, apesar de não saber por quê.

— Que diferença teria feito se você soubesse? — perguntou minha mãe, apoiando minha bochecha no ombro dela e beijando minha cabeça. — Seu pai não nos queria.

Eu encontrei minha voz de novo.

— Você perguntou?

Ela alisou o cabelo na minha têmpora.

— Ele sabia que eu estava grávida. Quando eu saí da cidade, ele poderia ter ido atrás de mim. Poderia ter nos escolhido, mas, mesmo com dezessete anos, eu não era burra a ponto de achar que ele faria isso. Não importava. Eu não precisava dele. *Nós* não precisávamos.

Desde que eu conseguia lembrar, éramos nós duas contra o mundo. Eu cuidava dela. Ela me amava.

— Nós tínhamos uma à outra. — Minha mãe soltou o abraço e segurou meu queixo com gentileza. — Era suficiente, só você e eu. Nós não precisávamos de *ninguém.*

A ênfase que ela botou na última palavra não passou despercebida.

— De ninguém — repeti. — Como Lillian.

Como qualquer pessoa da família.

— Foi ela que me expulsou — lembrou minha mãe. — Eu não sei o que ela e minha irmã andam te contando...

Elas disseram muito pouco, considerando tudo.

— Foi isso mesmo? — perguntei. — Ela te expulsou? — Fiz uma pausa e refiz a pergunta. — Foi a Lillian que cortou o contato ou foi você?

Minha mãe me encarou.

— Eu fiz o que tinha que fazer.

— Isso não é resposta, mãe.

— Ela me expulsou. — Minha mãe se empertigou toda e me encarou de cima. — Quando eu falei pra minha mãe que eu estava grávida, a grande Lillian Taft assumiu o comando. Você mora com ela. Sabe como ela pode ser. Claro que a *Lillian Taft* tinha um plano.

A voz da minha mãe estava subindo. Eu me perguntei o quanto mais alto ela teria que falar para que as pessoas indo embora da festa ao longe ouvissem cada palavra.

— Ela ia tirar você de mim. — O corpo da minha mãe. — O grande plano dela era que Olivia e J.D. te criassem. Como se eu nem fosse sua mãe. Como se a minha irmã pudesse ser melhor pra você do que eu. — Ela baixou a voz de leve, mas a intensidade do olhar não oscilou. — Eu falei não. Você era minha, meu amor. Não do seu pai nem de ninguém. Eu falei para a Lillian...

Ela fechou os olhos por um momento.

— Eu tentei falar isso pra ela, e ela me mandou ir embora.

Eu sabia o resto da história. Minha mãe tinha dirigido até ficar sem gasolina e não chegou muito longe.

— Ela tentou pedir desculpas — continuou minha mãe. — Mas não dá pra voltar atrás depois disso.

Eu levei um segundo para absorver a declaração.

— Lillian pediu desculpas depois que te expulsou?

— Era tarde demais. Nós não precisávamos dela. Nem da Olivia. Nem de mais ninguém. — Minha mãe sorriu. — O que me diz? — perguntou ela. — Sorvete e depois casa?

Ela fez a sugestão de forma tão casual, tão leve.

— Você me disse que a sua família tinha te expulsado e nunca mais tinha falado com você — falei.

— É verdade — respondeu minha mãe enfaticamente, apesar de ter acabado de me contar uma coisa diferente. — Por que se prender ao passado, Sawyer? Você queria respostas. Você teve respostas. Agora, pode ir pra casa.

— E a Lillian? — perguntei. — Tia Olivia? Lily?

Eu quase esperava que a minha mãe observasse o que eu tinha dito no começo daquela noite: que não precisava ser uma coisa ou outra. Que, se eu voltasse com ela, elas estariam a quarenta e cinco minutos de carro.

— Elas não são sua família, meu amor. — Minha mãe me olhou intensamente. — Eu sou.

— E a faculdade? — perguntei.

Ela poderia ter me dito que eu não precisava do dinheiro da Lillian, que eu podia trabalhar mais uns dois anos, me matricular em uma faculdade comunitária, pagar meu curso.

— Você não precisa fazer faculdade — disse ela.

— O quê? — Eu não conseguia acreditar que ela tinha dito isso. Mas… conseguia. Minha mãe queria que eu deixasse tudo para trás e voltasse para casa. Nós ficaríamos juntas, e era isso que importava para ela… até a próxima vez que ela sumisse.

— Sawyer? — Minha mãe pegou minha mão, mas eu a puxei. — Querida, depois de tudo que eu fiz por você…

Isso foi a gota d'água. Não o fato de eu ter descoberto quem era meu pai ali, sendo que ela podia simplesmente ter me *contado*. Não o fato de ela ter decidido unilateralmente que nós ficávamos melhor sem família e mentido sobre isso minha vida toda. Não o jeito como ela esperava que eu fizesse exatamente o que ela queria, nem o fato de ela já ter deixado claro que era capaz de ficar sem falar comigo se eu não fizesse.

Depois de tudo que eu fiz por você...

Eu a amava. Sempre a amei. Eu nunca tive a expectativa de ela ser perfeita. Mas, por mais que tentasse não fazer isso, eu esperava mais.

— Mãe — falei, minha voz falhando. — Volta pra casa.

15 DE ABRIL, 17H57

Mackie chegou bem perto de perguntar ao tal Nick por que *ele* tinha sido preso. *Duas vezes*. Mas pareceu ruim admitir que o único oficial da lei na sala não sabia por que *ninguém* ali presente tinha sido detido.

— Há algo específico que você queira dizer para a srta. Taft? — perguntou Mackie a Nick. *Se ele ao menos pudesse direcionar um pouco essa conversa...*

Nick se virou para a garota em questão.

— Chegando.

Chegando? Mackie refletiu sobre isso. *Chegando o quê?*

— Com licença, policial.

Mackie não levou um susto. Não pulou. Ele só se virou para olhar para a pessoa que tinha falado atrás dele.

Outro garoto.

— Eu vim buscar a minha irmã — disse o garoto. Era mais uma ordem do que uma declaração.

Antes que Mackie pudesse responder, o que se chamava Nick se encostou nas grades e riu com deboche.

— Qual delas?

TRÊS MESES E MEIO ANTES
Capítulo 46

— **Eu detesto guardar os enfeites de Natal.** — Lillian estava em cima de uma escada, tirando bonequinhos do Quebra-Nozes da prateleira acima da lareira e os entregando para mim.

— Todos os anos, eu digo pra mim mesma que vou contratar alguém pra fazer a decoração, e todos os anos...

— Você percebe que não dá pra terceirizar o Natal? — digo secamente.

— Ah, silêncio. — Lillian terminou o serviço e desceu para o chão. Ela me observou por um momento. — Eu agradeço pela ajuda.

Eu ouvi o *entretanto* um quilômetro antes de ele chegar.

— Entretanto — continuou Lillian delicadamente —, eu tenho que pensar que uma garota da sua idade tem coisas melhores a fazer com a tarde.

— Não tenho.

A expressão de Lillian sugeriu que ela estava tentando ser diplomática, o que nunca era bom sinal.

— Sawyer, na noite da festa de Natal...

Não. Não. Não. Duas semanas tinham se passado e eu ainda não estava com vontade de discutir nada que tinha acontecido naquela noite. Não era segredo que a minha mãe e eu tínhamos brigado, mas Lillian não tinha a menor ideia do motivo da briga. Quando eu disse para minha mãe ir para casa, ela foi. Foi embora e não olhou para trás.

— Aconteceu alguma coisa entre você e a Lily?

Ah, pensei. *Isso.*

Minha mãe tinha me deixado descalça do lado de fora do clube. Depois de um tempo, eu encontrei meus sapatos e voltei para dentro. A primeira pessoa que eu vi foi Lily, e, por uma fração de segundo, senti alívio. Eu talvez a tivesse afastado mais cedo, mas quando eu *precisei* de alguém…

Minha prima andou até mim e disse que eu não era melhor do que a minha mãe.

Foi como se ela tivesse dado um soco no meu rosto. Eu só consegui entender o que tinha acontecido no dia seguinte, quando Sadie-Grace falou que "todo mundo" estava falando sobre a minha dança com Walker. O onipresente *todo mundo* tinha visto quando ele me puxou mais perto.

Todo mundo tinha visto quando nós fomos para o saguão.

Eu poderia ter dito para Lily que nada tinha acontecido. Podia ter tido solidariedade por ela ter me oferecido o cachimbo da paz e eu ter recusado. Podia ter me concentrado em como ela deve ter se sentido, me contando que tinha tido um momento com Walker e só para logo depois saber que nós dois saímos para uma conversinha privada, pouco iluminada e próxima a um azevinho.

Mas todo o meu capital emocional já estava gasto. Eu tinha conseguido dizer três palavras. As duas primeiras foram *Vai se,* e a terceira foi *ferrar.*

— Por que você não pergunta pra Lily? — Eu recorri ao hábito da minha avó de responder a uma pergunta com uma outra pergunta.

— Eu estou perguntando a você, Sawyer Ann. — Lillian era tão boa em usar o silêncio em vantagem própria quanto eu.

— Essa sou eu não respondendo — esclareci.

— Você parece… — Minha avó escolheu as palavras com cuidado. — Tensa. Sua mãe…

— Eu não quero falar sobre a minha mãe.

— Você não quer falar sobre a sua mãe. Não quer falar sobre a Lily. Eu só posso supor que você não quer falar sobre as outras coisas que estão te irritando. — Lillian abriu uma caixa e colocou com cuidado um dos bonecos dentro. — Infelizmente pra você, eu sou uma velha xereta, e aprendi minha lição sobre não perguntar há muito tempo.

Eu tive a sensação distinta de que aquilo era uma referência à minha mãe.

— Sawyer — disse minha avó delicadamente. — Você está infeliz aqui?

A pergunta me pegou de surpresa. Eu tinha entrado no mundo de Lillian para descobrir quem era meu pai. Eu tinha descoberto. Por tudo isso, eu já deveria estar pronta para ir embora. *Mas...*

Mas não havia nada para mim em casa. Se eu voltasse, cairia de volta nos hábitos antigos. Talvez nunca fosse embora, e um dia ficaria ressentida... ressentida da minha mãe por me segurar lá.

— Eu disse que ficaria por nove meses. — Essa não era a resposta para a pergunta da minha avó, mas era a que ela teria. — Então, eu vou ficar.

Depois do Baile Sinfônico, eu teria opções. Dinheiro. Um futuro.

— Sobre o contrato... — Minha avó começou a dizer, mas, antes que pudesse continuar, a campainha tocou. — Deve ser o Davis — disse Lillian.

— Davis — repeti. *De Davis Ames.*

Lillian foi atender à porta, e eu fui atrás. As duas semanas anteriores tinham sido tão cheias de festas e tradições que eu não tinha ficado cara a cara com nenhum membro da família Ames. Tia Olivia tinha mencionado casualmente que eles costumavam passar as férias de inverno nas montanhas. Eu tinha ficado convenientemente *sem* precisar pensar no que minha paternidade significava.

Até agora.

— Lill. — Meu avô paterno cumprimentou minha avó materna com um aceno de cabeça assim que ela abriu a porta.

— Davis — respondeu Lillian. — Eu te convidaria para entrar, mas a casa está uma bagunça. Você entende.

— Como poderia não entender?

Em qualquer outra circunstância, eu poderia ter ficado impressionada de eles conseguirem transformar uma conversa tão trivial em uma sutil disputa de poder, mas isso nem ficou registrado porque me vi observando o rosto do meu avô em busca de qualquer semelhança, por mais efêmera que fosse, com o meu.

— Vou pegar os papéis pra você — disse Lillian. Quando eu tinha terminado de processar essa declaração, ela tinha ido embora, me deixando sozinha com o patriarca Ames no saguão.

— Papéis? — consegui dizer. Pareceu uma coisa boa e neutra para eu dizer. Como bônus, não foi *Seu filho engravidou minha mãe quando ela tinha dezessete anos.*

— Papéis da avaliação — esclareceu Davis. — Das malditas pérolas. O seguro está enchendo o saco por causa do valor que eu declarei.

— Então você pediu os da Lillian? — Fiquei impressionada apesar de tudo. Ele tinha comprado uma herança familiar preciosas dela, tinha perdido essa herança e nem pensou duas vezes para ir falar com ela e pedir que ela fornecesse a prova do valor.

O homem tinha uma coragem e tanto.

— Você tem uma festa hoje, não tem? — perguntou Davis abruptamente. — Uma daquelas coisas do Baile Sinfônico. Campbell não parou de tagarelar sobre isso a semana toda.

Aquela escolha de palavras não parecia afetuosa, mas o tom que usou para falar sobre Campbell era. Não pude deixar de me perguntar se ele sabia ou sequer suspeitava que eu era neta dele também.

— Você não é do tipo que tagarela, é? — perguntou Davis Ames em resposta ao meu silêncio.

Eu falei a primeira coisa que me veio à mente:

— É um jeito meio machista de falar sobre como alguém fala. Ele piscou.

— Você não descreveria seus netos como pessoas que ficam tagarelando — expliquei.

Davis pareceu achar isso engraçado.

— Walker não fala mais do que uma ou duas palavras comigo há meses — disse ele. — Boone *tagarela* sobre *Star Wars* o tempo todo.

O afeto não foi tão puro na voz dele quando ele falou sobre os garotos, mas me atingiu mesmo assim. *Campbell. Walker. Boone. E eu.*

—Aqui está. — Lillian reapareceu e ofereceu uma pasta para Davis. — Eu fiz cópias, mas aí está o original. Tente não perder.

Assim como tinha *perdido* as pérolas.

— Sawyer — disse Lillian, claramente satisfeita com a piada —, por que você não vai se arrumar pra hoje? Sua... *roupa* está pendurada no closet.

Davis Ames ficou olhando para ela por mais um momento e se virou para mim.

— Planejando usar algo que vá erguer sobrancelhas hoje, é? — perguntou ele.

Eu sou sua neta. Seu filho é meu pai.

Em voz alta, decidi só responder à pergunta dele:

— Podemos dizer que sim.

Capítulo 47

— **Você só pode estar brincando.**

Eu me virei para Lily, que estava na porta do meu quarto. A expressão no rosto dela não seria mais horrorizada nem se eu me declarasse membro de seita religiosa que não acreditava em usar roupa, só cobras.

— Gostou? — perguntei, sabendo muito bem que ela não tinha gostado.

— Você *não pode* usar isso na Noite do Cassino.

Essa foi a conversa mais longa que eu tive com ela desde a festa de Natal. Eu não sabia se ela me dava um gelo ou o contrário.

— Você está *querendo* fazer uma cena? — perguntou Lily, ainda chocada.

— É um smoking, não uma declaração de guerra — falei, sabendo muito bem que, para a minha prima, era como se fosse.

— Além do mais, Lillian aprovou.

— Mim *nunca*…

— Ela mandou fazer. — Isso fez Lily calar a boca… temporariamente. Em circunstâncias normais, nossa avó provavelmente teria ficado tão horrorizada quanto Lily, mas Lillian tinha afrouxado as rédeas depois da visita da minha mãe.

Ela queria que eu fosse feliz ali.

— Sadie-Grace me contou que você pediu uma amostra do cabelo do pai dela. — Lily recuperou a voz, mas não voltou ao tema da minha roupa. Nossa avó era o maior coringa e Lily sabia.

MENTIRAS INOFENSIVAS **275**

— Tem alguém no nosso círculo social imediato que você *não* pretende arrastar para a lama?

Eu não tinha contado a Lily a minha conversa com a esposa do senador. Não tinha contado que minha mãe tinha confirmado o que Charlotte Ames tinha deixado subentendido. Até onde minha prima sabia, eu ainda estava pesquisando os homens que eu tinha circulado na fotografia, pronta para estragar a vida deles.

Assim como eu estou pronta para entrar entre você e seu verdadeiro amor, não é, Lil?

— Não aconteceu nada entre mim e Walker. — Eu sabia que Lily encararia a menção do nome dele como um tapa, mas eu nunca tinha sido o tipo de pessoa que "oferece a outra face". — Não importa o que as pessoas dizem que viram, não importa o que você ouviu. Não aconteceu nada.

— Nós não vamos falar sobre isso. — Lily falou com uma calma admirável para alguém cujos olhos castanhos profundos prometiam um homicídio sanguinolento.

Duvidando que ela acreditaria em mim, eu tentei uma última vez.

— Eu não tenho interesse nenhum, *nenhum*, no seu ex-namorado, Lily.

— Eu acho isso tão improvável quanto as chances de você ter desenvolvido de repente um senso apurado de decoro.

O fato de a minha prima poder transformar uma frase sobre decoro em um insulto era a coisa mais a cara da Lily que eu já tinha ouvido. Também foi a gota d'água.

— Walker é meu irmão. — Eu achei que isso acabaria com o ímpeto dela.

Ela abriu a boca para responder, mas piscou. E piscou. E usou a linguagem menos polida que eu já tinha ouvido. Foi simplesmente *baixíssima*, e organizada de forma bem mais criativa (sem mencionar anatomicamente impossível) que eu poderia ter previsto.

— Você tem a boca suja de um marinheiro — falei, impressionada. — Quem poderia imaginar?

— Sawyer Ann Taft. — Lily canalizou nossa avó e a mãe dela e toda uma geração de mulheres sulistas antes delas. — Você poderia fazer a gentileza de repetir o que acabou de dizer?

Eu não consegui me segurar.

— Sobre suas escolhas de linguagem?

— Sawyer!

Eu senti um puxão no estômago, como se os músculos estivessem se retorcendo, as fibras trançadas em uma corda. Eu estava com saudade dela. Não queria admitir isso nem para mim mesma.

Mas estava.

— Eu descobri na noite da festa. — Eu não era o tipo de pessoa que falava ou seguia com suavidade, mas minha voz se recusava a subir acima de um sussurro. — A esposa do senador deixou escapar quando me viu com Walker embaixo do azevinho. Não aconteceu nada. Não ia acontecer nada, mas ela não acreditou.

Nem você, acrescentei em silêncio, mas essa não era a questão.

— Eu perguntei à minha mãe e ela confirmou. — Eu engoli em seco, surpresa com o tamanho do nó na minha garganta. — Sterling Ames foi quem a engravidou.

— O senador é seu pai. — Lily pareceu estar com dificuldade de processar. Ela tinha contado a si mesma uma história sobre aquela noite, sobre mim. Se *ela* tivesse tido uma obsessão infantil com novelas, aquela história poderia ter tido mais algumas viradas bizarras, mas, como não era o caso, ela não tinha previsto aquilo.

— O senador é meu pai — repeti —, e como eu não sou lá muito fã de *incesto*...

— Para. — Lily chegou a botar as mãos sobre os ouvidos. — Só... para.

Esperei até ela estar com as mãos abaixadas para responder.

— Eu nunca fui uma ameaça, Lily. Nunca fui sua corrente. Para o Walker, sempre foi você.

— Eu não quero falar sobre o Walker. — Ela inclinou o queixo para cima.

Longe de mim lutar contra o queixo erguido.

— Está tudo bem entre nós? — perguntei.

— Bem? — repetiu Lily, incrédula. — Você não pode simplesmente me contar uma coisa assim e...

— E esperar que você siga como se a vida estivesse normal? —Até ali, era o que eu estava tentando fazer. Tinha conseguido de certa forma, até que vi Daves Ames lá embaixo.

— Você disse alguma coisa para o senador? — perguntou Lily. — Vai dizer alguma coisa para ele?

Não sei. Eu não sabia se confrontaria o homem responsável por metade do meu DNA. Não sabia se diria alguma coisa para Walker ou...

— Campbell vem aqui hoje. — Lily tentou olhar nos meus olhos. — Você poderia contar pra ela.

Porque isso *sim iria dar supercerto.*

— Sawyer — disse Lily.

— Eu poderia contar pra ela — repeti. — Ou... — Eu puxei e passei a mão pela lapela do meu smoking, depois ergui o queixo. — Eu posso ir para a Noite do Cassino, ignorar Campbell Ames e dar uma surra em todo mundo no pôquer.

Capítulo 48

Meu smoking fez o sucesso que eu esperava. Por insistência da minha avó, a camisa por baixo era de seda preta, o lenço no meu bolso era um vermelho vivo. Eu estava usando saltos de mais de sete centímetros, outra concessão para Lillian, e, no pescoço, uma gargantilha de diamante emprestada.

— Amei sua roupa. É tão *excêntrica*! — A garota ao meu lado era melhor em blefar do que qualquer dos garotos à mesa. Se ela quisesse que um elogio falso parecesse real, teria parecido.

Não pareceu.

Tirar as fichas de pôquer que restavam a ela foi bom. Considerando que ali era um evento do Baile Sinfônico, as fichas não tinham valor monetário de verdade. As mesas de pôquer, as roletas e os crupiês de blackjack só estavam ali para dar o clima. Todo o glamour de Monte Carlo, mas sem o vício.

Ou pelo menos era o que as mães do Baile Sinfônico pretendiam. Para meus colegas Debutantes e Fidalgos, era um segundo Ano-Novo: todo o glamour, todo o vício.

Eu tinha contado doze garrafinhas desde que entrei pela porta.

— Não olha agora — uma voz fingiu sussurrar ao meu lado. — Mas eu estou meio tontinha.

Eu me virei e vi Sadie-Grace sorrir com adoração para mim. O cabelo dela estava preso na nuca, mas uma parte já tinha se soltado, provavelmente porque ela parecia não conseguir as ocasionais *piruetas*.

— Está tudo bem? — perguntei. Eu nunca a tinha visto ansiosa a nível de fazer piruetas antes.

— A Lily disse que você não é minha irmã. — Sadie-Grace projetou o lábio inferior. Pela graça de Deus, ela tinha conseguido sussurrar dessa vez em vez de fingir que estava sussurrando. — Sadie-Grace não tem irmãzinhas — continuou ela, aborrecida. — Só bebês falsos para uma falsa menina bonita…

Eu nem tentei acompanhar o que ela estava dizendo. Eu desconfiava que tinha a ver com um drinque — ou uns quatro. Ela precisava de ar fresco… e provavelmente de água.

Eu me levantei e mostrei as cartas: um flush. Vários gemidos, umas cinco ou seis caras feias e uma quantidade impressionante de fichas depois, eu acompanhei Sadie-Grace para a lateral do salão.

— Está tudo bem? — perguntei a ela de novo.

Sadie-Grace soltou um suspiro delicado. Olhou pela janela. Depois da confusão da festa à fantasia, o comitê do Baile Sinfônico tinha tomado a decisão de procurar outros locais que não fossem o country clube. Naquela noite, estávamos no terraço da Torre Eton-Crane, o prédio mais alto da cidade. Tinha o formato de um octógono, com janelas panorâmicas com vista para as luzes do centro e tudo que seguia ao longe.

— Eu sei de uma coisa que não devia — declarou Sadie--Grace.

Eu olhei para ela.

— Por favor, me diz que isso não termina com a revelação de que tem alguém amarrado na sua casa de hóspedes.

— Nós não temos mais uma casa de hóspedes — respondeu Sadie-Grace automaticamente. — É uma suíte da sogra agora. Greer redecorou tudo para os pais, pra eles poderem vir de Dubai e ficar quando o bebê nascer.

— Certo — falei, esperando. Concluí que não precisaria de muito silêncio para incentivá-la a continuar.

Eu tinha razão.

Sadie-Grace encostou a bochecha na janela fria, o cabelo ainda mais torto do que estava antes.

— Não tem bebê.

Esperei que ela fizesse a declaração fazer sentido.

— Eu encontrei um teste de gravidez que Greer fez. Deu negativo.

— Ela ainda pode estar...

— Eu a vi experimentando barrigas. — Sadie-Grace cutucou o próprio umbigo através do vestido.

— Quem finge uma gravidez? — perguntei, mas aí me lembrei das circunstâncias em que Greer tinha anunciado a condição delicada.

Minha mãe estava lá... e Greer não estava feliz com isso.

Charles Waters não era meu pai. Que ameaça minha mãe oferecia a essa mulher recém-casada?

— Você acha o Boone fofo? — perguntou Sadie-Grace de repente, afastando a bochecha do vidro e sorrindo. — Eu acho ele fofo.

Ah, caramba...

— Vamos pegar água.

Sadie-Grace colaborou. Depois que a deixei ao lado de Lily, decidi que *eu* precisava de ar fresco. Parei à mesa da roleta o suficiente para apostar todas as minhas fichas em uma aposta improvável. Eu estava me afastando quando a cor e o número vencedores foram anunciados.

Um ruído de surpresa coletivo me informou que minha aposta improvável tinha sido certeira.

— Eu... hã... não tenho fichas suficientes pra te pagar. — O homem na roleta estava usando um smoking que parecia quase tão caro quanto o meu. Eu me perguntei com que frequência ele trabalhava em festas como aquela. — Se nós estivéssemos jogando por dinheiro, eu pagaria em espécie, mas... bem...

Nós não estávamos jogando por dinheiro. Não havia nada em jogo ali.

— Tudo bem — falei. Era a lei da natureza que ganhar era mais fácil quando você queria perder.

Quando saí por uma porta lateral, eu me vi voltando à pergunta que Lily tinha feito antes. *Eu vou contar para Walker? Ou Campbell?* Eu quase tinha conseguido tirar a ideia da mente quando pisei na escada e vi que não estava sozinha.

Era só falar ou pensar no diabo que ela aparece.

Campbell Ames estava parada no patamar abaixo. Eu estava no quadragésimo nono andar. Ela estava no quadragésimo oitavo… e não estava sozinha.

— Eu não devia ter vindo.

Eu reconheci a voz de Nick, apesar de não conseguir ver o rosto dele. O cabelo castanho-avermelhado da Campbell estava preso no alto da cabeça. O vestido era vermelho, justo e sob medida. Ia até o chão, mas tinha uma fenda na lateral.

Até o alto.

Ela estava de pé com uma das pernas para a frente, a mão na nuca do Nick.

— Eu só preciso que você confie em mim mais um pouco.

— Confiar em você? — Nick se afastou do toque dela. — Mesmo quando nós estávamos nos divertindo, eu nunca confiei em você, Campbell.

— Estão investigando novamente o roubo, Nick. Meu pai está botando pressão no promotor pra fazer outra prisão… uma que seja pra valer agora.

Eu contei o tempo de silêncio entre eles com as batidas do meu coração: *um, dois…*

— Eu não ligo para o que o seu pai está fazendo — disse Nick friamente.

— Você não conhece o meu pai — insistiu Campbell. — Eu não sei por que ele quer esse caso no noticiário de novo. Não sei *de que* ele quer desviar a atenção, mas o senador Sterling Ames sempre consegue o que quer.

Eu engoli em seco, a garganta arranhando de repente. Eu tinha uma teoria, e das boas, sobre por que o senador podia querer controlar as notícias agora.

A esposa dele tinha me confrontado. Teria feito a mesma coisa com ele? Se ele soubesse que *eu* sabia que ele era meu pai, talvez ele tenha passado as duas semanas anteriores esperando para ver qual seria meu próximo passo.

Para ver se eu falaria em público.

Ele não tinha nem tentado me abordar, mas, ao que parecia, não tinha o menor problema em jogar Nick na fogueira por garantia.

— Pode ser que me prendam de novo, pode ser que não. Seja como for, não é da sua conta, *srta. Ames.*

— Você precisa me ouvir — insistiu Campbell.

Ele já estava passando por ela.

— Eu sei por que você está aqui — disse Campbell para as costas dele.

Nick se virou, irritado.

— Eu estou aqui porque você me mandou um bilhete sugerindo que o cuidado contínuo do meu irmão dependia da minha vinda.

Essa foi a primeira confirmação que eu tive de que Campbell era a doadora anônima pagando pelo tratamento de Colt Ryan. *Você vendeu as pérolas para pagar? Ou só tagarelou no ouvido do seu avô e pediu um favor?*

Do *nosso* avô.

— Eu não estou falando sobre o motivo de você estar aqui *hoje* — disse Campbell, minha *irmã*, ali embaixo. — Eu sei por que você tem um emprego no clube, por que tentou um relacionamento comigo.

Houve um momento de silêncio pesado.

— Você não sabe de nada.

— Eu sei que a polícia não encontrou o carro que atropelou seu irmão. Eu sei que houve um evento em Northern Ridge naquela noite. Eu sei que muita gente não estava em condição de dirigir.

As implicações do que Campbell estava dizendo foram ficando claras de repente. *Ela está dando a entender que a pessoa que deixou o irmão do Nick em coma estava vindo de Northern Ridge.*

— Eu sei — continuou Campbell suavemente — que o seu irmão tinha uma cachorrinha chamada Sophie.

15 DE ABRIL, 17H58

— **Qual delas o quê?** — Mackie se sentiu ridículo só de dizer as palavras, mas perseverou, empertigou os ombros e lançou um olhar duro para os garotos.

— Qual irmã — esclareceu Nick, prestativo. — Soube que Walker tem duas.

O recém-chegado supostamente chamado Walker ignorou Nick e Mackie e se virou para a cela. Seu olhar percorreu brevemente três das garotas e permaneceu na quarta. A com boas maneiras.

— Eu recebi seu bilhete, Lily.

— Que bilhete? — questionou Mackie no silêncio que veio em seguida.

— Vocês mandaram um bilhete pra ele também? — A pergunta, vinda de Nick, foi dirigida à que ele tinha ido ver. *Sawyer.*

— Eu vou precisar desses bilhetes — insistiu Mackie.

Walker se virou para Mackie, que percebeu pela primeira vez que um dos olhos do garoto estava roxo. Parecia que ele tinha se esforçado para cobrir o hematoma, mas estava visível se você olhasse bem.

Os instintos de Mackie vibraram. *Bilhetes. Hematomas.* Uma das garotas não tinha dito alguma coisa antes sobre cúmplices?

— Eu vou precisar de documentos — disse Mackie para os visitantes com mau humor.

— E eu — respondeu Walker — vou precisar fazer uma ligação para o advogado da família.

DOIS MESES E MEIO ANTES
Capítulo 49

Sem prisões. *Sem notícias. Sem descobertas súbitas.* No mês desde a Noite do Cassino, todas as manhãs tinham começado exatamente do mesmo jeito. Eu verificava o noticiário em busca de alguma menção ao nome de Nick e aos nomes de qualquer pessoa da família Ames.

Menos o meu.

Eu não tinha voltado ao voluntariado quando o gabinete do senador reabriu no ano novo. Eu mal tinha visto Walker ou Campbell. Na maioria dos dias, em vez de pensar neles, eu me via pensando em Nick, no que a família Ames, a *minha* família, tinha feito a ele.

Campbell o tinha incriminado. O senador tinha pressionado o promotor a reabrir o caso. Isso era tudo?

Aí entrava minha nova obsessão. Além de repassar mil vezes a conversa entre Campbell e Nick, eu tinha começado um novo trabalho de voluntariado. Três dias na semana, eu trabalhava na última casa de repouso que nós tínhamos visitados no Comida, Casacos, Conforto e Companhia.

Colt Ryan ainda era paciente lá. Se o irmão tinha ido visitá-lo, não foi a no meu horário de voluntariado. *Ainda.*

— O que você trouxe pra mim? — Estelle, a que gostava de *coisa boa* nos livros de romance, tinhas se autoindicado como a pessoa iria me receber sempre que eu chegasse. — O dia de São Valentim está se aproximando. Chocolate?

Eu fiz que não. Eu tinha ido de mãos vazias naquele dia. Estelle achou aquilo motivo para preocupação.

— Uma garota bonita como você — disse ela —, você devia ter garotos batendo na sua porta e soterrando você de chocolate. Um ou dois namoradinhos nunca fizeram mal a ninguém.

Tentei decidir qual era a melhor maneira de dizer *descobrir exatamente que tipo de homem meu pai biológico é só confirmou minha crença de que qualquer pessoa interessada em ficar com uma garota adolescente não vale a pena. Além disso, a última pessoa que tentou me beijar era meu meio-irmão.*

Mas preferi apenas dizer:

— Acho que eu preciso me mostrar mais.

Estelle riu com alegria, como eu sabia que riria. Eu tinha quase certeza de que ela tinha feito o jogo da alta sociedade com os melhores na época dela, mas ela tinha claramente abandonado o comportamento casto alguns anos antes.

— Eu vou cobrar — prometeu ela. — A partir de agora. — Para uma mulher idosa, ela se movia com uma rapidez surpreendente.

Em um segundo eu estava de frente para Estelle, no seguinte ela tinha me virado 45 graus, colocado as duas mãos na minha lombar e me empurrado. Dei de cara com uma camiseta cinza e logo me dei conta de que a pessoa a usando era Nick.

Ele estendeu a mão para me segurar de forma automática, e minha mente foi imediatamente para o dia em que nos conhecemos, quando eu o acertei com a porta do carro e estendi a mão para firmá-lo.

Eu estava usando minhas próprias roupas hoje, roupas não aprovadas pela Lillian, e ele precisou de um segundo para me reconhecer.

Se você soubesse quem eu era, de quem eu sou parente, você me jogaria por aquela porta.

Ele abaixou as mãos e eu limpei a garganta.

— A gente pode conversar?

— *Conversar*. Era assim que a gente fazia na minha época também — disse Estelle com entendimento. — Trate-a bem, meu jovem. — Ela balançou o dedo para Nick. — E, da próxima vez — gritou ela na nossa direção —, eu quero chocolate!

Eu supus que nós dois iríamos para o quarto do irmão dele, mas Nick me levou lá para fora, para o jardim de pedras.

— O quê? — disse ele com simplicidade.

Na última vez que eu o tinha visto, ele tinha me pedido para ficar de boca calada. Eu fiquei. Ele não sabia que eu tinha ouvido a conversa dele com a Campbell. Da perspectiva dele, nós éramos essencialmente estranhos. O que eu poderia ter para falar com ele?

— Encarar silenciosamente é o que se passa por conversa pra vocês, gente da alta sociedade? — perguntou Nick.

Respondi tirando do bolso um objeto que eu carregava comigo havia um mês: uma plaquinha em formato de coração que dizia *Sophie*.

— Onde você conseguiu isso? — A voz de Nick não estava mais neutra. Nem o rosto. — Campbell mandou você fazer isso?

— Campbell nem sabe que eu estou aqui. Ela também não sabe que eu sou meia-irmã ilegítima dela. — Eu não tinha planejado contar a ele esse segredinho, assim como não tinha contado para Walker ou Campbell, mas eu precisava que ele ouvisse. *Na dúvida, pegue-os desprevenidos.* — E, em resposta à sua pergunta: eu roubei a plaquinha do armário da Campbell no clube uns meses atrás. Eu não tinha ideia do que significava.

— Mas sabe agora?

Não. Eu sabia que tinha a ver com o irmão dele. Sabia que, quando Campbell tinha mencionado o nome de Sophie um mês antes, ele tinha reagido com choque e, depois de superar o choque, tinha chegado mais perto e exigido que ela "contasse para ele".

Ele não tinha especificado *o quê*.

— Eu sei que é importante — falei. Deu para ver os músculos do ombro dele se contraindo.

— Por que sua família não consegue me deixar em paz?

Eu jamais me acostumaria com a família Ames ser chamada de *minha*.

— Eu sou o motivo para o senador querer abrir o caso de novo, Nick. — Supostamente, confessar era bom para a alma. — Eu sou o motivo pra ele estar desesperado pra controlar a narrativa na imprensa. Se você já se perguntou como é um escândalo em forma humana, sou eu.

Eu não era só produto de um caso extraconjugal. Eu era o produto de um caso de um homem adulto com uma garota adolescente. Depois de seis semanas de silêncio da minha parte, o senador devia desconfiar que eu planejava ficar de boca calada, mas ele não tinha como ter certeza.

Eu ainda não tinha certeza.

— Eu não sei o que está acontecendo entre você e Campbell — admiti, observando o rosto do Nick —, mas eu sei que tem alguma coisa a ver com o que deixou seu irmão em coma.

Nick deu um passo na minha direção e hesitou. Eu esperei, sabendo que ele não me devia nada. Na verdade, talvez eu quem devesse algo a ele.

— Não *o que* deixou meu irmão em coma, srta. Escândalo — disse Nick por fim, a voz baixa. — *Quem.*

Capítulo 50

Quando voltei para a casa de Lillian, fiz uma coisa que não fazia desde a noite da festa à fantasia. Eu abri o site do *Segredos na minha pele*. A postagem mais recente, da Campbell, me encarou.

Ele me obrigou a machucar você.

Ele era o senador? *Você* era Nick? Com a história que esse último tinha me contado fresca na mente, voltei para a primeira postagem do *Segredos* e olhei a data.

— Ninguém quer questionar suas escolhas de vida — disse Lily atrás de mim. — *No entanto…*

— No entanto — sugeri — essa envolve você?

Na foto que eu tinha acabado de abrir, minha prima estava usando só uma toalha puída. As palavras escritas no peito dela, debaixo da clavícula e acima da beirada da toalha, eram: *Eu estou quebrada por dentro.*

— Você postou isso quanto tempo depois de Walker terminar com você? — perguntei. Eu tinha uma teoria sobre o motivo de Lily ter iniciado o blog… por que tinha *precisado.*

Lily passou um dedo de leve na foto.

— Uma semana.

Eu calculei a linha do tempo ao contrário na minha mente: uma semana antes de Lily ter feito aquela postagem, Walker Ames tinha terminado com ela. Ele tinha largado a faculdade. Tinha começado a se esforçar para as pessoas não o verem como um garoto perfeito quando olhavam para ele.

Dois dias antes *disso*, um carro não identificado atropelou Colt Ryan.

Os detalhes que Nick tinha me dado eram básicos: o irmão tinha ficado doente e saído do trabalho mais cedo. Tinha tido que andar do clube até o ponto de ônibus.

Quase todo o caminho de três quilômetros era de propriedade de Northern Ridge.

Eu sei que houve um evento em Northern Ridge naquela noite, dissera Campbell. *Eu sei que muita gente não estava em condição de dirigir.*

Nick tinha assumido o emprego do irmão porque acreditara que a pessoa responsável pelo acidente estava vindo daquela festa. Ele queria encontrar o FDP que tinha deixado o irmão dele atropelado caído na rua.

Ele acreditava que não dava para confiar na polícia para fazer isso.

Quando Campbell flertou com ele, ele retribuiu com a esperança de obter informações sobre a festa daquela noite.

— Dois dias antes do Walker terminar com você... — Eu me obriguei a me concentrar no aqui e agora, na Lily. — Você foi a um evento no clube?

— O que está acontecendo com você? — Lily franziu a testa.

— Só pensa — falei. — Dois dias antes do Walker terminar com você.

Lily não precisou pensar muito.

— O casamento.

— Que casamento? — Eu senti minha pulsação começar a acelerar.

— Do pai da Sadie-Grace — disse Lily.

Da Greer, minha mente consertou. Tentei encaixar essa informação com o que eu já sabia... e com o que não sabia.

— Walker foi ao casamento? — perguntei. — Campbell foi?

As perguntas devem ter parecido aleatórias para Lily, mas ela respondeu... afirmando.

Muita gente estava lá naquela noite, falei para mim mesma... mas muita gente não tinha entrado em uma espiral de decadência quase imediatamente depois. Muita gente não tinha pulado em um relacionamento com o irmão da vítima de atropelamento e fuga... para depois incriminá-lo por roubo.

Muita gente não estava pagando pelo cuidado médico de Colt Ryan.

— Me conta o que você está pensando, Sawyer Ann.

Eu encarei os olhos castanhos da minha prima. Contei a ela o que Nick tinha me contado... e expliquei *exatamente* o que eu estava pensando.

— Eu acho que Campbell ou Walker estava dirigindo aquele carro.

— Você está tirando conclusões — disse Lily imediatamente.

— Colt Ryan tem um cachorro chamado Sophie — respondi. — Nick disse que a coleira dela tinha quebrado naquela manhã. E Colt a levou para o trabalho pra consertar. — Eu sustentei o olhar da Lily. — Depois do atropelamento e fuga, a coleira não foi encontrada, mas a plaquinha acabou indo parar no armário da Campbell.

Podia ser coincidência. A decadência de Walker podia ser só uma crise pré-faculdade.

— Sawyer. — Lily olhou para as próprias mãos.

— O quê?

Lily demorou tanto para responder que eu não sabia se ela falaria.

— Quando Campbell começou a me chantagear — disse ela com voz baixa —, eu me perguntei como ela soube que era eu por trás do *Segredos*. Por que ela se importava com quem estava postando.

— O que isso tem a ver... — eu comecei a perguntar, mas parei quando Lily saiu do quarto.

Quando voltou, estava segurando o tablet que tinha usado para o *Segredos* nas duas mãos, com força. Ela se sentou ao meu lado e abriu com calma a fila, as postagens que ela *não tinha* chegado a publicar.

— E se o motivo para a Campbell querer descobrir quem estava por trás do *Segredos* era por haver um segredo que ela não queria que fosse divulgado? — Lily apertou os lábios. — Eu me lembro de tudo que me enviaram. Tudo. — Ela abriu uma foto da fila e virou o tablet para mim.

Nessa imagem específica, ela estava de bruços, as costas arqueadas e as mãos enfiadas no que parecia ser areia. A cabeça estava para trás, cortada da imagem. A mensagem estava na vertical, começando em um braço e continuando no outro.

Eu estava dirigindo.

De forma isolada, a frase parecia inofensiva. Mas sabendo o que nós sabíamos...

— Você acha que a Campbell enviou esse segredo e depois se arrependeu? — perguntei a Lily. — Ou acha...

Ou acha que foi o Walker?

— Eu não sei — disse Lily baixinho. Ela se empertigou, o queixo projetado. — Eu sei que nós não podemos ficar sentadas aqui o dia todo fazendo perguntas que não temos como responder.

— Quer apostar?

— Eu tenho certeza de que você não esqueceu que dia é hoje — respondeu Lily, que, claro, significava que ela tinha certeza que eu tinha esquecido. — Nós temos nosso penúltimo evento de Debutantes.

Meu primeiro instinto foi dizer que ela podia enfiar o lembrete e o evento naquele lugar, mas meu instinto seguinte foi mais matemático. *Evento de Debutantes = presença obrigatória. Presença obrigatória = presença da Campbell.*

Presença da Campbell = respostas.

— Eu posso dizer com sinceridade — falei para Lily — que eu nunca me vi tão motivada pra ir a uma festa na vida.

— Não é uma festa. — Lily não era uma pessoa que abria sorrisinhos debochados, mas ela chegou bem perto disso.

Eu não confiei naquela expressão.

— O que nós vamos fazer?

Ela se levantou e se virou antes de responder. Eu só consegui entender uma palavra, e essa palavra...

Foi SPA.

Capítulo 51

Se havia uma expressão mais perfeitamente elaborada para encher meu coração de pavor do que *Dia de* SPA, eu ainda não tinha ouvido. Depois de quinze minutos lá dentro, eu não sabia o que era mais horrível: o fato de aquele evento estar planejado para durar toda a tarde e adentrar pela noite ou o fato de que eu passaria uma quantidade perturbadora desse tempo sem roupa.

— Relaxa o rosto. — A ordem veio acompanhada de pressão dos polegares da "especialista" embaixo dos meus dois olhos. — Você está carregando estresse demais.

Eu estava nua, minhas pernas estavam enroladas em algas marinhas e a mistura que aquela mulher estava prestes a aplicar no meu rosto estava borbulhando. Eu estaria estressada sem ter expressões como *atropelamento e fuga, encobrimento* e *coma* pulando dentro da minha cabeça.

Eu estava dirigindo.

— Pisca!

O ponto de exclamação no final dessa ordem pareceu sugerir que eu tinha que piscar com ira.

— Abre!

Eu abri os olhos. Quando me dei conta, mãos firmes estavam trabalhando como aranhas de cinco patas nas minhas bochechas. Outra garota talvez achasse a experiência relaxante.

— Fecha!

— Você já ouviu falar — perguntei à especialista por entredentes — de um dispositivo de tortura medieval conhecido como pera da angústia?

Meu encantador talento para conversa não me permitiu escapar do tratamento facial. Também não me ajudou a recuperar a roupa. Mas eu ganhei uma ida à sauna de pedras quentes. Como era para ser uma atividade de aproximação, um "dia das meninas" só para Debutantes antes do nosso "grande dia", a sauna não era particular.

Reconheci as Debutantes sentadas lá quando eu cheguei, mas não as conhecia muito bem para considerar tirar a toalha. Fiquei com meio ouvido ligado na conversa delas quando me obriguei a me sentar e permiti que meu cérebro voltasse às informações brincando na minha memória em repetição contínua.

Alguém estava dirigindo o carro que acertou Colt Ryan. Alguém enviou esse segredo. Alguém, muito provavelmente Campbell, a menos que ela tenha mentido para fazer Nick se encontrar com ela, está pagando pela internação do Colt. Campbell conseguiu a plaquinha da Sophie em algum lugar. Ela a guardou por algum motivo.

Assim como Campbell tinha roubado o colar da minha avó por algum motivo. Assim como ela tinha chantageado Lily e incriminado Nick por algum motivo…

A porta da sauna se abriu. Por pouco eu esperava que fosse minha Irmã Queridinha em pessoa, mas foi Sadie-Grace que botou a cabeça para dentro. Ela sorriu quando me viu, entrou e se sentou ao meu lado.

— Eu fico nervosa na sauna.

Olhei de lado para as outras garotas. Eu podia ficar sentada ali, esperando que as respostas chegassem a mim… ou podia procurá-las eu mesma.

— Que tal sair em uma missão? — perguntei a Sadie-Grace.

Ela franziu a testa.

— Do tipo em que se converte pessoas?

— Não exatamente.

Havia seis saunas semiprivadas no Omega Wellness and Spa. Nós encontramos Campbell na quinta. Lily já estava lá dentro com ela. Lancei um olhar rápido para a minha prima e ela fez um movimento negativo sutil com a cabeça.

Ela ainda não tinha começado o interrogatório.

Havia duas outras Debutantes sentadas ali perto.

— Tem espaço pra vocês na sauna dois — falei para elas.

— Você não pode expulsar a gente — protestou uma. — Campbell...

Eu me sentei. Campbell se levantou, deixou a toalha cair no chão e se virou para as outras garotas.

— Vão. — Campbell balançou a mão para elas, que nem se mexeram. Ela repetiu o gesto com um arqueio aristocrático de sobrancelha.

Depois de um breve momento em que elas pareceram um cervo prestes a ser atropelado, as outras Debutantes foram embora. Campbell esperou a porta ter se fechado e se voltou para nós.

— Estamos modestas hoje, é? — perguntou ela, olhando para as nossas toalhas e não parecendo nem um pouco incomodada de estar exposta como veio ao mundo.

— Eu tenho como regra geral não ficar nua perto de pessoas com histórico de chantagem — respondi.

— Eu recebi uma ligação do Nick. — Campbell não parecia estar com humor para brincadeira. — Ele disse que vocês conversaram.

— Ele mencionou que eu dei a ele a plaquinha de cachorro do seu armário?

Campbell desviou o olhar para Lily e Sadie-Grace.

MENTIRAS INOFENSIVAS **297**

— Não se importe com a gente — disse Lily em tom doce. — Nós vamos ficar aqui cuidando da nossa vida e ouvindo cada palavra que você disser.

— O que quer que você ache que sabe... — disse Campbell secamente, os olhos indo de Lily para os meus. — Deixa pra lá. Nick não precisa da sua ajuda.

— Porque ele tem você? — perguntei com uma dose carregada de sarcasmo.

Campbell não respondeu. O chiado suave de vapor entrando na salinha pontuou o silêncio.

— Sabe de uma coisa — disse Lily em tom reticente —, eu andei olhando tudo que recebi de pedido de postagem no *Segredos*. — Ela fez uma pausa. — Teve um envio específico...

Minha prima era melhor nisso do que eu tinha previsto.

— Você está meio corada, Lillian. — Campbell a encarou. — Acho que sua pele é um tantinho delicada para o calor. E, se eu estivesse na sua situação, não falaria sobre o *Segredos* por aí.

Isso poderia continuar... e continuar e continuar.

— Sadie-Grace — falei, decidindo acelerar o processo —, quer ouvir uma história?

— Contar histórias é meu segundo maior talento — disse Sadie-Grace com seriedade. — Depois de reverências.

Eu alterei minha sugestão.

— Que tal eu contar uma história, e aí você pode me dizer como melhorá-la?

Sadie-Grace pareceu animada com a perspectiva. Enquanto contava a história, mantive o olhar no dela, esperando para sentir o de Campbell se voltar para mim.

— Era uma vez um atropelamento seguido de fuga.

Sadie-Grace me encarou.

— Esse não é um bom jeito de começar uma história.

— Anotado. — Eu continuei, diminuindo ao máximo a enrolação. — A polícia não se dedicou muito a encontrar o criminoso, e ele nunca foi encontrado. — Eu fiz uma pausa. — Ou ela.

Lily manteve o olhar grudado em Campbell para eu não precisar fazer isso.

— Em algum momento depois do acidente, um indivíduo tomado de culpa enviou um segredo pra um blog anônimo.

Sadie-Grace levantou a mão com hesitação.

— Se isso é uma história, quem é o protagonista?

Boa pergunta.

— Nós estamos lidando mais com um anti-herói aqui. — Agora eu estava dando tiros no escuro. — Uma pessoa que não *pretendia* machucar ninguém.

— Sadie-Grace tem razão. — Campbell provavelmente nunca tinha dito essas palavras na vida. — Não é uma história muito interessante.

— Eu te ouvi conversando com o Nick na Noite do Cassino — retruquei.

Como isso não gerou reação, eu falei a única coisa que garantiria uma resposta.

— Agora seria uma boa hora pra uma reviravolta? — perguntei a Sadie-Grace.

— Sempre é uma boa hora pra uma reviravolta!

— Alerta de spoiler. — Eu me levantei e me virei para encarar Campbell de frente. — Essa envolve a minha mãe e o seu pai.

Uma emoção real não disfarçada surgiu nas feições calmas de Campbell. Primeiro confusão, depois curiosidade, depois…

— Eu nunca diria isso abertamente, Sawyer, mas a sua mãe… Bom, dá pra ver que ela teve uma vida difícil, né? A essa altura, ela é um touro mecânico, e o senador? Ele prefere gente de sangue puro.

Demorei um segundo para superar o insulto e perceber que ela achava que eu estava sugerindo que o pai dela estava traindo a mãe dela com a minha *agora*.

— Reviravolta dentro da reviravolta, então — falei. — Minha mãe tinha dezessete anos na época.

MENTIRAS INOFENSIVAS **299**

Campbell ficou boquiaberta, a resposta que ela vinha construindo morreu na língua.

— Essa é a parte em que você me pergunta se seu pai era o único com quem ela dormia? — perguntei em tom inocente. — Porque a resposta a essa pergunta é sim.

Lily fez questão de exagerar no olhar que deu de uma para a outra.

— Estou vendo semelhança.

— Lily! — Sadie-Grace estava perplexa. — As auras delas não são *nem um pouco* parecidas.

Campbell recuperou a voz, mas a emoção nela foi impossível de interpretar.

— Vocês podem nos dar licença?

Campbell se referia a mim e a ela. Lily pareceu estar quase recusando, mas, no último segundo, lançou um olhar longo de entendimento para mim... e puxou Sadie-Grace pela porta.

— Então — disse Campbell. — De alguma forma, você passou a acreditar que o meu pai é seu pai.

— *De alguma forma* tem nome — esclareci. — O nome dela é Charlotte "Você não pode se envolver de jeito nenhum com meu filho porque seria *errado*".

Campbell inclinou a cabeça para o lado.

— Você está dizendo que a minha mãe contou pra você que você é a filha bastarda do meu pai?

Falando assim, parecia meio improvável.

— A minha mãe confirmou — falei. — Então, *maninha*... — Eu dei um passo na direção dela. — Aqui entre nós, eu preciso saber: qual de vocês estava dirigindo o carro naquela noite, você ou o Walker?

Capítulo 52

— **Era uma vez uma garota.** — Campbell tinha a cadência de uma contadora de histórias, o tom oscilante e o ritmo meio musical. — Ela tinha um coração de vidro e, dentro do vidro, um coração de pedra, e sabia em que não devia gostar de ninguém.

Eu tinha quase certeza de que Sadie-Grace teria aprovado *aquela* história, assim como tinha certeza de que Campbell poderia nos poupar de muita coisa se fosse direto para a verdade.

— Houve um baile uma noite, um baile de casamento, e a garota com o coração de vidro e de pedra dentro tinha bebido demais. O irmão dela tinha bebido demais. — Ela deu de ombros. — Todo mundo tinha bebido demais.

Ela deixou de lado o jeito afetado de falar de forma tão abrupta que eu me perguntei se tinha sido por mim... ou por ela.

— Vou tentar adivinhar — falei. — A próxima parte envolve uma carruagem puxada por cavalos e condução embriagada de conto de fadas.

— Eu não preciso te contar nada disso. — Campbell pegou a toalha. Isso, mais do que as explosões pontuais de emoção contida no tom dela, me disse que ela estava se sentindo vulnerável.

— Você estava dirigindo o carro? — perguntei de novo. — Ou era Walker?

Ela não respondeu.

— E o seu pai? — perguntei. *Nosso pai*, corrigi-me silenciosamente. — Você ligou pra ele depois que vocês atropelaram Colt? Ele cuidou do problema?

Sterling Ames era quem estava forçando a prisão no roubo das pérolas. Era o motivo para Campbell ter sentido a necessidade de avisar um garoto que ela mesma tinha incriminado, de forma ativa e intencional.

Quais eram as chances do meu pai biológico ter pressionado as autoridades para *não* investigarem muito o atropelamento seguido de fuga?

— O papai ligou pra uma pessoa e essa pessoa cuidou de tudo. — Campbell jogou o cabelo por cima do ombro, mas estava tão quente na sauna que algumas mechas ficaram grudadas nas bochechas, ombros e pescoço — É isso que ele faz, Sawyer. Ele faz ligações. Ele não fala comigo, nem me escuta. Ele não me vê como vê Walker. Mas, se eu me meter em confusão, *isso* chama a atenção dele. Ele gosta de assumir o comando e fazer as coisas acontecerem. Sinceramente, se o que você diz sobre o relacionamento dele com a sua mãe for verdade, eu estou surpresa de ele não ter cuidado de você.

Ora, isso não parecia ameaçador?

Eu me concentrei no que importava.

— Você disse que ele não te vê como vê Walker, que ele só presta atenção quando você está com problemas. Quando você é um problema. — Deixei que as palavras pairassem no ar por um instante. — Era você dirigindo naquela noite?

— Tem alguma importância? — perguntou Campbell. Se quisesse, ela poderia ter negado. Poderia ter jogado a culpa no irmão. Se tivesse um coração de pedra dentro de um de vidro, ela teria feito isso.

Ela só teria se importado com ela. Mas Campbell tinha dito para mim uma vez que ela amava o irmão.

Todo mundo ama.

— Era o Walker, não era? — perguntei baixinho. Houve algo na expressão dela, algo vulnerável e brutal por baixo do suor e do rubor. — Você está protegendo ele.

Apesar de ele ser o favorito do pai. Apesar de ele ser o único que o pai *via* quando olhava.

— Era eu. — Campbell foi ríspida. — Está feliz agora? Não era o Walker. Eu.

— Você está mentindo. — Eu podia estar encarnando os detetives de televisão mais do que deveria. — Você está protegendo seu irmão, assim como precisou descobrir quem estava por trás do *Segredos* quando percebeu que ele tinha confessado.

— *Walker... não... estava... dirigindo.* — Campbell apertou a toalha que tinha na mão. Virou as costas para mim e a enrolou no corpo.

— Se Walker não estava dirigindo — insisti —, por que exatamente ele pulou no carrossel da autodestruição dois dias depois?

— Porque — disse Campbell, a voz baixa e feroz e estranhamente vazia — ele *acha* que estava.

15 DE ABRIL, 18H01

Depois que Mackie tinha obtido as carteiras de habilitação dos garotos, passou pela cabeça dele fazer o mesmo com as garotas. Com as seis na mão, ele foi para o computador mais próximo e passou todas pelo sistema.

Sawyer Ann Taft, Lillian Taft Easterling, Campbell Caroline Ames, Sadie-Grace Waters. Nenhum dos nomes das meninas deu resultado. Mas uma pequena investigação on-line revelou que o que *Nick Ryan* tinha dito antes estava correto: o quarteto na cela era uma tempestade de conexões sociais. *Senador Sterling Ames. Magnata do petróleo Charles Waters.* Mackie se obrigou a parar bem ali. Ele não precisava de um mecanismo de busca para saber que Lillian Taft era, entre outras coisas, a maior doadora do Departamento de Polícia do Condado de Magnolia.

Com desânimo, Mackie voltou a atenção para a identidade dos garotos. Nick Ryan apareceu em vários resultados no sistema: os registros juvenis estavam protegidos, mas o mais recente deu *muito* para Mackie pensar.

— Pérolas de cinquenta mil dólares — murmurou ele. Seus batimentos aceleraram um pouco. *As garotas mencionaram pérolas.*

Ele verificou a última identidade.

Walker Ames.

Mackie ficou olhando para a tela. Apareceu um registro, mas todas as linhas dele, todinhas fora o nome, estavam em branco.

DOIS MESES E MEIO ANTES
Capítulo 53

Walker não estava dirigindo, _mas acha que estava._ Eu fiquei olhando para Campbell.

— Você estava dirigindo. — Minha mente estava girando. — Mas Walker não sabe disso. Ele acha... — Eu estava tão horrorizada que nem consegui proferir as palavras. — Você _deixou_ que seu irmão pensasse que foi ele que atropelou Colt?

Não houve resposta da Campbell.

— Como isso aconteceu? — Eu dei um passo e depois outro, até estar parada na frente da Campbell em vez de atrás. — Vocês dois estavam bêbados, mas ele estava bêbado demais pra lembrar? Você botou o corpo dele no banco do motorista? Ou só mentiu depois?

Campbell saiu correndo. Em um vislumbre de toalha branca e pele bronzeada, ela saiu pela porta. Eu fui logo atrás. Só conseguia pensar que Walker era meu meio-irmão. Ele era o tipo de pessoa que levava uma garota para a pista de dança e a convidava a insultá-lo. Ele sentia falta de ser _um cara legal_. Ele afastava as pessoas porque, lá no fundo, acreditava que merecia ficar sozinho.

— Como você pôde? — comecei a dizer, mas, antes que eu pudesse terminar, Campbell chegou para o lado. Eu continuei indo em frente. Acabei saindo pela porta e ela voltou para dentro. Antes que eu pudesse reagir, ela bateu a porta da sauna.

Eu não sabia que tinha tranca até eu tentar entrar de novo.

— Campbell! — Eu bati na porta com o punho. — Abre essa porta!

Acabei me resignando de que ela não tinha intenção de abrir e me virei para voltar para o vestiário. *Seja qual for meu próximo passo, não vai acontecer enquanto eu estiver usando apenas uma toalha.*

Infelizmente, esse pensamento acabou sendo profético. Dei meio passo para longe da sauna e percebi que, quando Campbell bateu a porta, ela prendeu a minha toalha. A ponta estava presa entre a porta e o batente.

Eu estava presa, sem conseguir me soltar.

Olhei para o corredor, para a esquerda, para a direita, mas não havia ninguém lá. Nem Lily, nem Sadie-Grace, nem funcionários do SPA.

Seja qual for meu próximo passo, percebi, firmando a mandíbula, *não vai acontecer enquanto eu estiver usando apenas uma toalha.*

A menos que eu pretendesse ficar ali parada indefinidamente, teria que acontecer enquanto eu não estivesse usando nadinha.

Não vamos falar do restante do Dia do SPA.

Basta dizer que eu acabei conseguindo obter as minhas roupas e também fui convidada a me retirar do local. Foi assim que fui parar na casa da Lillian várias horas antes do combinado. Enfiei a chave na porta de entrada e tentei me preparar para a Inquisição Sulista.

Abri a porta uns cinco centímetros, mas percebi que eu não precisava ter me incomodado. Tia Olivia e tio J.D. estavam brigando alto demais para me ouvirem.

— Tem certeza de que não tem nada que você queira me contar? — Tia Olivia elaborou a espetada como uma pergunta.

— Você sabe de tudo, Olivia. Você seria a primeira a me lembrar disso. — Tio J.D. era tranquilo. Tio J.D. era um brincalhão, noventa por cento John David e só dez por cento Lily. Mas agora, ele parecia... não exatamente zangado.

Amargo.

— Me permita elaborar de outro jeito, querido: há alguma questão *financeira* da qual eu precise saber?

— Fica de fora disso, Liv.

— Não me chama assim. — O tom da tia Olivia não foi exatamente zangado também. *Frio.* — Eu liguei pra verificar o prazo da reforma. É um absurdo demorar tanto. Imagine a minha surpresa quando me disseram que o projeto foi pausado em dezembro.

— Eu ia resolver...

— Pausado por falta de *fundos.*

Ela acabou de mencionar dinheiro, pensei estupidamente. *Tia Olivia não fala de dinheiro.*

Eu pensei no leilão, no momento em que Davis Ames deu o lance maior do que o do tio J.D. pelas pérolas da família. O coroa tinha mencionado alguma coisa sobre boatos.

Antes que o tio J.D. pudesse responder à acusação da tia Olivia, antes que ela pudesse insistir por uma resposta, uma porta bateu.

— Se vocês receberem uma ligação dos vizinhos — ouvi John David gritar —, quero que saibam que o pato tinha sido infectado com o vírus zumbi e mereceu.

A discussão na cozinha evaporou em um instante.

— Vem aqui — chamou o tio J.D. — e nos conta sobre esse pato zumbi.

Ouvi John David suspirar.

— Eu talvez tenha dado um susto nele. E ele talvez tenha cagado no carro *todo* do vizinho.

Concluindo que era a melhor distração que eu teria, eu abri e fechei a porta... alto.

— Cheguei — gritei.

MENTIRAS INOFENSIVAS **307**

Antes que pudessem responder, eu corri para a escada. *Obrigada, John David, santo padroeiro de garotas superando o efeito de uma nudez acidental.*

Eu tinha subido um terço da escadaria quando ouvi o som distinto de um pigarro atrás de mim. Eu me virei e vi minha avó no pé da escada.

— Sawyer — disse ela. — Uma palavrinha?

Capítulo 54

Lillian esperou até ter servido uma xícara de café para cada uma para falar.

— Não quero você preocupada com sua tia e seu tio.

— Tudo bem. — Eu tomei um longo gole de café para evitar dizer mais, e ela me levou para a varanda. Tinha um banco de balanço lá. Lillian se sentou e, com um arqueio de sobrancelha, ordenou que eu fizesse o mesmo.

— Olivia sempre consegue cair de pé. Eu devia ter me preocupado menos com ela quando nova. — Lillian tomou um gole da bebida. — E mais com a sua mãe.

Desde o Natal, Lillian só tinha tentado mencionar a minha mãe uma ou duas vezes.

— Eu não pretendo cometer o mesmo erro com você.

Eu percebi nessa hora que era uma emboscada. Ou possivelmente uma intervenção. Eu me perguntei se a minha avó tinha sido informada sobre "o incidente de nudez".

— Você e Lily fizeram as pazes, evidentemente — comentou Lillian, me fazendo pensar que a resposta a essa pergunta era não. — Eu fico feliz de ver... mas também vejo *você*. Você não está dormindo, Sawyer. Você anda pela casa como um gato enjaulado. Tem alguma coisa te incomodando. Agora seria uma hora apropriada pra você compartilhar o que é.

Ah, sabe como é. Meu pai biológico pode ou não estar pressionando o promotor a prender um garoto que foi incriminado por

MENTIRAS INOFENSIVAS **309**

minha meia-irmã diabólica, que também acabou convencendo o irmão, que tentou me beijar, de que foi ele que botou o irmão do outro garoto em coma.

— Está tudo bem — falei.

— Sawyer. — Lillian fixou o olhar em mim. — *Esplêndido* é bom, *bom* é mais ou menos e *bem* é terrível.

Não pela primeira vez, tive a sensação distinta de que Lillian seria letal no pôquer. E no xadrez.

— O que você pode me contar sobre a família Ames? — perguntei. Eu queria que a pergunta a distraísse, mas isso não me impediu de me inclinar para a frente para ouvir a resposta.

— Por que você pergunta? — Lillian cobriu os lábios com a caneca de café, só por tempo suficiente para obscurecer qualquer emoção fugidia que minha pergunta pudesse ter provocado.

Eu sempre acreditei em sinceridade absoluta: diga o que quer dizer, seja sincera no que diz e não pergunte se não quiser saber a resposta.

E aí, eu virei uma Debutante Sinfônica.

— Eu tenho tido problemas com Campbell Ames. — Eu poderia ter contado para ela o que a minha mãe tinha me contado seis semanas antes. Mas não contei, e nem sabia direito por quê. — E, no Natal, Walker tentou me beijar.

Lillian nem piscou ao ouvir essas coisas.

— Nunca confie em um garoto Ames — disse ela. — Eles são bonitos demais até para o bem deles mesmos e ambiciosos demais para o bem de qualquer outra pessoa.

Ambicioso não era uma palavra que eu teria usado para descrever Walker. Já o senador...

— Você está falando por experiência pessoal? — perguntei. Eu não esperava que a minha avó respondesse. Lillian Taft era capaz de fugir de perguntas com tanto talento quanto as usava como armas.

Mas, desta vez, ela me surpreendeu.

— Davis Ames e eu passamos a infância juntos. — Houve uma longa pausa, e ela esclareceu: — Não aqui.

Ela não quis dizer *aqui* no sentido de localização geográfica. Ela quis dizer aquele mundo. Aquela estratosfera social.

Aquele lugar doente e vibrante.

— Davis sempre foi ambicioso — refletiu minha avó. — Ele dizia que tínhamos isso em comum. — Outra pausa, outro movimento discreto de levar a caneca de café aos lábios. — O lugar de onde viemos... era o tipo de lugar onde eu morria de medo de Ellie ir parar.

Lillian raramente se referia à minha mãe por nome. Era sempre *sua mãe, minha filha*.

— Eu não fiz o suficiente para manter esta família unida. — Lillian olhou para a rua. Eu me perguntei se ela percebia que tinha mudado de assunto ou se na mente dela estava tudo conectado: o passado dela com Davis Ames, o jeito como ela tinha afastado a minha mãe, o escândalo, o fato de eu ainda estar ali, sentada na varanda com ela agora.

Você fez o que pôde. Era isso que eu deveria dizer, mas ainda havia o suficiente da antiga Sawyer em mim para isso. Eu não mentiria para ela.

Ou pelo menos não mentiria para ela sobre *isso*.

— Você o beijou? — perguntou Lillian subitamente. — Beijou Walker Ames?

— Eu não faria isso com a Lily. — Passou pela minha cabeça nessa hora que o que a Campbell tinha me contado, o que ela tinha feito com o Walker, atingiria minha prima com mil vezes mais força do que tinha me atingido. A mentira da Campbell tinha destruído completamente a vida da Lily.

— Eu não recomendo beijar garotos Ames. — A voz de Lillian me levou de volta ao presente. — Se você puder evitar.

Capítulo 55

Quando Lily chegou em casa, eu pretendia lhe contar tudo. A verdade estava na ponta da minha língua, mas acabei contando o que tinha acontecido *depois* que Campbell tinha me trancado do lado de fora da sauna.

— Foi Greer Waters quem me pegou. — Eu estremeci.

— Como veio ao mundo — esclareceu Lily. — A madrasta da Sadie-Grace te pegou correndo pelos corredores do SPA pelada.

— Essa é uma avaliação bem precisa da situação.

Lily apertou os lábios. Eu achei que ela estivesse fazendo cara feia, mas aí os ombros dela tremeram e eu percebi que ela estava se esforçando muito para não rir.

— O que você disse? — perguntou ela, uma risadinha escapando.

Eu não queria muito reviver aquilo, mas queria que Lily continuasse sorrindo. Queria entender o que *fazer* em relação a Walker antes de destruir o mundo que a minha prima conhecia.

— Eu me cobri com meus braços — disse, dando de ombros. — E olhei pra barriga dela e falei "Está começando a aparecer".

Lily levou vários minutos para se recuperar. Ela riu tanto que chegou a chorar, e quando me perguntou se eu tinha conseguido tirar alguma informação de Campbell, eu falei que não.

Eu não queria ser quem ia contar o que tinha acabado com o Walker. Queria ser quem consertaria.

Mais tarde, eu vi um carro que reconheci dirigindo pela rua sem saída. Parou na entrada da casa de Davis Ames e ficou esperando do lado de fora do portão. De longe, não dava para ver quem estava dirigindo, nem se havia algum passageiro, mas na última vez que eu tinha visto aquele veículo tinha sido na maratona de organizar cestas do Comida, Casacos, Conforto e Companhia.

Os dois motoristas mais prováveis eram Walker e Campbell.

Enquanto eu olhava, o portão da propriedade Ames se abriu e o carro entrou.

A decisão de acrescentar *invasão de propriedade particular* na minha lista de crimes recentes (sequestro, cúmplice de roubo, atentado ao pudor) foi surpreendentemente fácil. Se Walker fosse quem estava visitando o avô deles, o *meu* avô, ele merecia saber a verdade, e, se fosse Campbell, eu tinha um rolo de fita adesiva com o nome dela escrito.

Prender minha meia-irmã maligna com fita adesiva a uma cadeira talvez não fosse vantajoso de um ponto de vista prático àquelas alturas, mas eu tinha certeza de que seria muito, muito satisfatório.

Escalar o portão não foi problema. Passar da parte de "me esgueirar do lado de fora da casa" acabou sendo significativamente mais difícil. Eu estava pesando os benefícios de ir até os fundos quando senti alguma coisa (ou *alguém*) roçar na minha perna.

Ou, mais especificamente, na minha coxa.

Dei um pulo para trás e me virei. No escuro, eu não consegui identificar nada de cara, mas ouvi o som de uma respiração pesada.

A coisa mais próxima de uma arma que eu tenho é fita adesiva. Esse pensamento se formou na minha mente um instante antes de eu conseguir localizar quem tinha me abordado.

— William Faulkner! — sussurrei em tom de repreensão.

A cadela me olhou com o que, no escuro, só pude supor que era uma expressão de adoração.

— Como foi que você passou pelo portão? — perguntei.

William Faulkner não era direta com respostas. Das 199 raças que podiam competir no Westminster Dog Show, havia um grupo seleto que eu teria classificado como capaz de ser sorrateira e passar por aquele portão.

A bernese de mais de cinquenta quilos não era uma delas.

Como se sentindo que a noite não estava se desenrolando ao meu favor, William Faulkner tentou me consolar... e, com isso, eu quero dizer que ela bateu com o corpo no meu e quase me jogou estatelada no chão, depois jogou a cabeça para trás e começou a latir.

Eu tentei convencê-la de parar, mas parecia que ela tinha esperado a vida toda pela chance de ser a atriz principal de uma ópera canina.

Eu quase não ouvi a porta da frente da casa dos Ames se abrir. Tentei recuar mais para as sombras, mas Davis Ames passou os olhos pelo gramado com precisão militar e o olhar pousou primeiro no cachorro imenso e depois em mim.

— Sawyer?

— Você deve ter uma visão noturna impressionante — respondi. Ao perceber que eu deveria fazer pelo menos uma tentativa de explicar, eu procurei alguma coisa na mente.

— William Faulkner fugiu de novo? — perguntou ele.

Eu me agarrei a essa explicação como um salva-vidas.

— Eu não tenho ideia de como ela passou pelo portão.

Isso o fez hesitar por um momento.

— Como *você* passou pelo portão?

— Vou recorrer ao meu direito de não produzir provas contra mim.

Com a luz fraca da casa, eu não via a expressão dele, mas tive a sensação clara de que a resposta tinha gerado ou um sorriso divertido ou um afetado.

— Sua avó sempre gostou de subir em árvores — comentou ele.

— Walker está aqui? — perguntei. Agora que não dava mais para ser sorrateira, a abordagem direta parecia ser minha melhor aposta.

— Você está ciente que passa da meia-noite.

— Claro que estou — respondi.

Eu o ouvi rir com deboche desta vez.

— Eu detesto te decepcionar, mocinha, mas Walker não está aqui. O garoto não me visita há semanas.

Davis Ames devia ter notado a transformação dramática pela qual o neto tinha passado depois do acidente. Esperei um segundo para poder ranger os dentes e outro para esconder o rolo de fita adesiva nas costas e dei alguns passos na direção da porta.

— Walker não está — repeti. — Campbell está?

Davis Ames balançou as moedas que tinha no bolso e assentiu na direção da casa.

— Por que você não entra?

Eu me perguntei de repente se ele sabia que o filho dele era meu pai. Foi por isso que ele se intrometeu quando Lucas deu o lance em mim no Pérolas da Sabedoria? Para impedir que as pessoas supusessem que eu era uma Ames bastarda?

Lucas não se importa com as aparências, mas o irmão dele sim. O pai deles sim.

— Melhor eu ficar aqui — falei. — Com William Faulkner.

Minha companheira latiu de novo. Eu botei uma das mãos na coleira dela.

Daves Ames não respondeu... não de primeira.

— Tudo bem, mocinha. — Quando ele falou, não pareceu que ele estava capitulando. — Vou trazer Campbell aqui pra fora.

Capítulo 56

Campbell estava de pijama. Daqueles felpudos. Dizer que ela não ficou feliz em me ver teria sido eufemismo.

— O que você quer? — Campbell acendeu a luz da varanda. Ela parecia mais jovem do que mais cedo… e com mais probabilidade de morder alguém.

— Eu *quero* — falei, enfatizando a palavra — contar a verdade para o seu irmão.

— E você acha que eu não quero?

Eu a fuzilei com o olhar.

— Se você quisesse, poderia ter contado.

— Certo. — Campbell me ofereceu um sorriso mordaz. — Porque é simples assim.

— *Oi, Walker* — falei como sugestão —, *você não foi o responsável por aquele atropelamento e, além disso, eu sou uma pessoa horrível*. Parece bem simples.

Campbell me encarou.

— Você sabe resolver tudo.

Eu dei de ombros.

— Você não é exatamente um enigma.

— E você não é membro desta família. — As palavras saíram pela boca da Campbell como o estalo de um chicote. — Então pode parar de fingir que sabe como é ser uma Ames.

Eu não estava esperando uma reunião familiar. Eu tinha ido em busca do meu pai biológico sabendo que não era provável que eu fosse recebida de braços abertos. A declaração da Campbell sobre ser uma Ames não deveria ter magoado.

— Como você pôde fazer isso com o Walker? — Eu não me permiti ficar pensando no ataque dela. — Como pôde...

— Ele é *meu* irmão. — Campbell me fuzilou com o olhar, me desafiando a sequer *pensar* em alegar que ele também era meu. — Walker é a única pessoa no mundo que me ama aconteça o que acontecer.

— E isso te dá o direito de ferrar com ele assim? — perguntei rispidamente. — Sorte dele. E o Nick? — Eu dei um passo na direção dela. — Você sabia quem ele era quando ele começou a trabalhar no clube? Foi atrás dele de propósito?

A resposta da Campbell demorou, mas só um pouco.

— Eu sou uma vaca de coração gelado — disse ela secamente. — O que mais eu teria feito, né?

Pela primeira vez, ouvi na voz dela um toque da autodepreciação que às vezes surgia em Walker.

— Você não é de sentir pena de si mesma — falei. — Você *incriminou* o Nick...

— Fala baixo. — Campbell baixou a voz.

Eu me recusei a fazer o mesmo. Se alguém nos ouvisse, paciência.

— Você incriminou o Nick pelo roubo do colar e deixou Walker pensar...

— Eu não estou incriminando o *Nick*. — Campbell desceu da varanda e veio na minha direção. Ela parou quando chegou na grama, mas só por um momento.

Eu estava prestes a argumentar que ela *tinha* incriminado Nick quando assimilei exatamente o que ela tinha dito.

— Incriminando — repeti. — No presente.

Ela não tinha negado que *tinha incriminado* Nick. Ela tinha dito claramente *incriminando*. Ação em andamento.

O que significava que, fosse qual fosse o jogo dela, não tinha acabado.

— Você já não fez o suficiente? — falei com incredulidade.

Campbell parou de andar quando tinha ultrapassado o limite do meu espaço pessoal. O rosto dela estava a centímetros do meu.

— O *Nick* — disse ela, enunciando o nome — não é quem eu estou incriminando.

O que isso queria dizer?

— Vai pra casa, Sawyer.

Um músculo na minha mandíbula se contraiu.

— Você me meteu nisso na noite da gincana.

Campbell fechou os olhos.

— Por que ninguém pode simplesmente *confiar* em mim?

Eu soltei uma risada única, que William Faulkner pareceu achar bem empolgante.

— Essa pergunta saiu mesmo da sua boca? — No verdadeiro estilo de mulher Taft, eu tornei minha pergunta quase imediatamente em retórica. — Você deixou Walker se torturar por uma coisa que *você* fez. E Nick...

— Eu estou fazendo isso *pelo* Nick — disse Campbell com veemência. — Por Walker.

Eu assenti.

— Certo. E chantageou a Lily para o bem dela.

William Faulkner se adiantou o suficiente para encostar a cabeça enorme na mão de Campbell. Eu esperava que Campbell puxasse a mão de volta ou ignorasse a cadela, mas ela se ajoelhou e fez carinho na cabeça de William Faulkner.

— Eu só preciso de mais algumas semanas — disse Campbell baixinho. — Depois disso, você pode fazer o que você quiser.

Ajoelhada, a formidável e implacável Campbell Ames era menor do que a cadela.

— Mais algumas semanas pra quê? — Eu não queria perguntar. Até onde eu sabia, eu estava sendo manipulada por ela, mas nada naquele confronto tinha sido como eu achei que seria.

Eu ainda não tinha usado a fita adesiva.

— Você quer que eu confie em você? — falei para Campbell.
— Me dá um motivo.

Ela se levantou, mas manteve o olhar na cadela quando falou:

— Não era eu dirigindo o carro.

Tive dificuldade de ouvir e, quando entendi as palavras, meu instinto foi reagir. Eu estava cansada dos joguinhos dela. Logo antes de me trancar do lado de fora da sauna e me deixar pelada, ela tinha insistido que a culpa era dela. Não do Walker.

— Se *você* não estava dirigindo — falei em tom direto — nem Walker, quem estava?

Ela esperou tanto tempo para responder que eu não sabia se haveria resposta. Mas houve.

— Nosso pai.

15 DE ABRIL, 18H02

Mackie não sabia como interpretar o registro em branco que tinha encontrado como sendo de Walker Ames. O fato de não haver registro de prisão para as garotas, no entanto, não foi surpresa nenhuma.

Rodriguez e O'Connell não deviam cadastrado no sistema antes de o jogar no covil de lobas.

Falando neles... Mackie se virou para voltar para a área das celas. As garotas já deviam ter conseguido arrombar a fechadura. Até onde Mackie sabia, ele voltaria e encontraria jovens altivos de famílias proeminentes dançando uma valsa.

Ou executando uma conspiração do tipo que aquela delegacia nunca tinha visto.

Ele estava na metade do caminho para a cela quando ouviu a porta da delegacia ranger. Mackie achou que havia duas opções: ou Rodriguez e O'Connell tinham *finalmente* ficado com pena dele e voltado...

Ou o advogado da família Ames tinha chegado.

Mackie se preparou e se virou para a porta. A figura parada lá ajeitou a gravata. Ou, mais especificamente, a gravata-borboleta. Ele não era mais velho do que o grupo lá dentro... e havia um corte curvo acima do olho dele.

— Boone Mason — disse o garoto. — Sem parentesco com Perry. Não se engane pela minha aparência juvenil.

Mackie fechou os olhos e contou lentamente até dez.

— Eu não sou adolescente — declarou o garoto de smoking, a mentira mais alegre que Mackie já tinha ouvido. — Eu sou advogado. Me leve até minhas clientes.

QUATRO SEMANAS ANTES
Capítulo 57

Com um mês faltando para nossa apresentação oficial à sociedade, flagrei Lily encolhida no assento da janela do patamar do segundo andar, o tablet no colo. Depois que Campbell tinha revelado a verdade, a verdade *verdadeira*, sobre quem tinha atropelado Colt Ryan, eu tinha contado tudo para a minha prima sobre os eventos que tinham jogado o ex dela em uma espiral de decadência.

Um mês e meio depois, Lily ainda estava atordoada. Não era a primeira vez que eu a pegava olhando furtivamente para uma das postagens antigas do *Segredos*. Mas era a primeira vez que eu a encontrava fixada na última postagem, a foto solitária da Campbell.

— "Ele me obrigou a machucar você." — Lily ergueu o olhar do tablet, os olhos castanhos observando os meus. — *Ele é o senador, você é Walker.*

"Eu não tenho orgulho do que eu fiz com o meu irmão." A conversa que eu tinha tido com a Campbell na noite em que pulei o portão da propriedade Ames voltou à minha cabeça. Foi a primeira de muitas, e todas se resumiam a um único ponto claríssimo: *"Mas eu vou ter muito orgulho em derrubar meu pai."*

— *Ele* é o senador — repeti as palavras da Lily. — *Você* é Walker. Essa é uma interpretação possível.

"Talvez eu estivesse falando sobre o Walker quando escrevi essas palavras." Eu ainda via o sorriso sutil e sinuoso surgindo

primeiro de um lado e depois do outro dos lábios de Campbell. *"Mas pra um júri? Vai parecer que eu estava falando do Nick."*

Campbell tinha dito naquela noite no gramado que não estava incriminando Nick. Lentamente, eu fui entendendo o verdadeiro plano: incriminar o papaizinho querido *por* incriminar Nick. Peça a peça e passo a passo, ela estava montando uma armadilha, uma que resultaria na verdade sobre o atropelamento com fuga se revelando de uma forma que nem um senador poderoso poderia neutralizar.

"Eu estou fazendo isso pelo Walker", dissera Campbell. *"Estou fazendo isso porque o papai nunca esperaria isso de* mim.*"*

Campbell não sabia para quem nosso pai tinha ligado para resolver com a polícia naquela noite, nem o que a pessoa do outro lado da linha tinha feito para cuidar do "problema". Ela sabia que, se procurasse as autoridades agora, ela poderia ser dispensada como uma adolescente mimada inventando mentiras, uma garotinha boba, desesperada pela atenção do papai.

Mas, se Campbell pudesse fazer parecer que o senador tinha roubado as pérolas com o *objetivo* de incriminar Nick porque Nick estava fazendo perguntas e chegando muito perto da verdade? Se ela esperasse até as provas contra o nosso pai serem incontestáveis e *aí* admitisse que tinha sido ele a atropelar o irmão do Nick?

De repente, a filha escandalosa do senador poderia começar a parecer mais crível do que o pai.

"Quero ajudar." Foi isso que eu falei para Campbell. Ela respondeu mais de uma vez que não precisava nem queria a minha ajuda.

Mas ali estávamos nós.

— Meninas! — chamou tia Olivia do andar de baixo.

Lily fechou a capa do tablet.

— Já vamos! — Ela se virou para mim, e eu soube o que ela ia dizer antes que ela falasse. — Eu ainda acho que nós devíamos contar a verdade ao Walker.

MENTIRAS INOFENSIVAS **323**

Eu também achava.

Campbell também achava.

— Ainda não.

Campbell estava no banco de trás naquela noite. A nova sra. Waters não tinha economizado no casamento — e isso significou bebida à vontade. Não estavam verificando as identidades, então Campbell se aproveitou disso. Walker também.

E quase todo mundo que estava presente.

Enquanto Lily e eu estávamos no banco de trás do carro da tia Olivia, eu revirei a história na mente, como já tinha feito incontáveis vezes, adicionando os novos detalhes conforme os arrancava de Campbell. Eu não sabia por que tinha necessidade de visualizar tudo, de repetidamente imaginar o acontecimento em imagens.

Talvez porque, em uma outra vida, com uma pequena mudança dezoito anos antes, poderia ter sido eu no banco de trás daquele carro... ou poderíamos ter sido nós duas.

Campbell estava deitada, meio inconsciente, no banco. Walker estava igualmente apagado no banco do passageiro. O pai deles estava falando, dando sermão. Falando de honra familiar e autocontrole e blá-blá-blá. O senador esperava mais de Walker. Qualquer homem digno conhecia seus limites.

Só que o senador não conhecia. Não de verdade, porque, em algum momento do trajeto, ele permitiu que o carro fosse para a outra pista.

Tráfego na contramão. Campbell viu os faróis e, quando se deu conta, o pai estava jogando o volante para a direita.

Muito para a direita.

O som que o carro fez ao bater em alguma coisa não foi de um baque. Não foi um estalo. Campbell fechou os olhos de novo quando o pai abriu a porta do motorista. Que o sr. Altivo Metido a Superior, que esperava mais do Walker, resolvesse aquilo.

Ela não sabia, naquele momento, que a coisa que eles tinham acertado era uma pessoa.

— Vocês duas estão animadas? — perguntou tia Olivia quando entrou no estacionamento. — Claro que estão. Depois de tanto tempo e tantas provas, vocês vão finalmente poder experimentar os vestidos!

O Baile Sinfônico estava se aproximando rapidamente. Cada cópia do vestido escolhido tinha sido encomendada, alterada, costurada à mão seguindo especificações exatas. Aquela era a última prova, quando finalmente veríamos os resultados de todas as outras.

— Eu estou tão animada — falei sarcasticamente — que nem consigo me segurar.

— Ah, pare com isso. — O entusiasmo da tia Olivia permaneceu intacto. — E lembrem-se: se vocês virem Charlotte Ames, digam o quanto *amaram* os vestidos.

— É bom ver vocês três se dando bem. — Charlotte Ames estava de fato presente na loja. Até ali, a esposa do senador tinha chamado os vestidos do Baile Sinfônico de "meio volumosos" e "clássicos de um jeito revigorante e comum". Agora, ela tinha mudado de leves cutucadas na tia Olivia para se concentrar em Campbell, Sadie-Grace e Lily... fazendo questão de me ignorar.

— Como antigamente — continuou ela com animação.

Algo me diz que você não ficaria feliz de vê-las agindo como tão boas amigas se soubesse o motivo.

Lily não guardava segredos de Sadie-Grace, e isso significava que a melhor amiga de Lily sabia o que nós sabíamos, e ela estava tão determinada quanto nós a ajudar Walker e Nick, mesmo que isso significasse ajudar Campbell também.

— Esse vestido cai muito bem em você, Sadie-Grace, querida. — Charlotte Ames balançou a cabeça com carinho e se virou para as outras mães. — Por outro lado — disse ela, para incomodar tia Olivia —, qual vestido não cairia?

Ao meu lado, Campbell olhou com intensidade para Sadie-Grace, que estava claramente nervosa por causa do elogio.

— Seja gentil — falei para Campbell.

— E eu não sou sempre?

Lily parou ao nosso lado. Com mãos hábeis, ela passou os dedos pelo cabelo de Campbell e o prendeu num coque elegante. Campbell relaxou de leve sob o toque, mas logo se deu conta.

— Não ouse sentir pena de mim, Lily Taft.

Lily tinha deixado bem claro que ela estava naquilo por Walker, mas havia momentos como aquele em que os resquícios da amizade dela com Campbell ficavam evidentes também.

— Você devia prender o cabelo para o baile. — Lily soltou as madeixas ruivas da garota para caírem delicadamente sobre os ombros e passou por ela para ir até o espelho. — E não se preocupe. Eu nem sonharia em sentir pena de você.

— Nós precisamos delas — lembrei a Campbell. Ela tinha ficado relutante em aceitar a minha ajuda, mais ainda a de outra pessoa. Mas aquilo não era um serviço para duas pessoas.

"Isso não é um conto de fadas, irmãzinha querida." Campbell tinha me dito depois de ter me contado os detalhes, contrariada. *"É uma história de vingança, e vai ser épica."*

Do outro lado do salão, Charlotte Ames apertou os olhos para nós duas. Parte do motivo de eu ter conseguido convencer Campbell de que precisávamos da Lily foi que a esposa do senador teria criado o maior caso por Campbell passar todo o tempo livre *comigo*.

Campbell se virou de costas para mim e andou na direção do espelho de três partes. Ela esperou até nós quatro estarmos na frente dele (e longe da mãe dela, da tia Olivia e de Greer) para ir direto ao assunto.

— Fizeram a prisão hoje. Meu pai anda pressionando. Nick está preso agorinha mesmo.

A ideia de Nick atrás das grades deixou meu estômago pesado.

— Isso é uma coisa boa, Sawyer. — A sobrancelha elevada da Campbell me desafiou a argumentar. — Você sabe.

Eu sabia que o plano original de Campbell envolvia Nick ser solto. Quando o senador se intrometeu para mandar reabrir o caso, ela decidiu tirar vantagem disso. Objetivamente, eu entendia que o jeito como o senador estava pressionando pessoas para fazer aquela prisão funcionaria a nosso favor. Eu sabia tão bem quanto Campbell a imagem que essa interferência teria quando fosse do conhecimento público.

O senador Ames cometeu o roubo para incriminar Nick, que estava chegando perto demais da verdade sobre os crimes anteriores dele. Como isso não deu certo, ele usou sua força política para engendrar uma prisão.

Era essa a história que nós queríamos contar.

— Quanto tempo até podermos puxar o gatilho? — perguntei, passando as mãos pela frente do vestido e tentando parecer que me importava se ele era capaz ou não de fazer eu parecer ter peitos.

— Sawyer! Não ouse sujar o tecido.

Tia Olivia tinha olhos de águia. Abaixei as mãos para as laterais e esperei que Campbell respondesse.

— Pode levar semanas — murmurou Campbell, se virando de leve para um lado e depois para o outro, para inspecionar o vestido de todos os ângulos. — Nós só vamos ter uma chance.

O fato de ela ter dito *nós* foi um milagre, e não foi pequeno. Para a minha surpresa, Campbell logo em seguida passou os dedos pelo cabelo da Sadie-Grace, como Lily tinha feito no dela, parar arrumá-lo em volta do rosto da garota sobressaltada.

— Quanto mais perto chegarmos de um julgamento — murmurei —, mais corda damos ao senador pra ele se enforcar.

— Eu sabia disso. Isso não significava que eu precisava gostar.

— E por acaso nós temos que nos sentar e esperar? — Lily se levantou nas pontas dos pés. — Saltos? — gritou ela para a mãe.

MENTIRAS INOFENSIVAS **327**

— Cinco centímetros.

Lily ajustou a postura. Eu desliguei tia Olivia e me concentrei em Campbell. Minha mente voltou para aquela noite, a que ela tinha descrito para mim, a que eu não conseguia tirar da cabeça.

Campbell estava de olhos fechados. Ela só os abriu quando ouviu o pai no lado do passageiro do carro. Ele arrastou Walker do banco até o lado do motorista.

Quando Campbell percebeu o que estava acontecendo, ela abriu a porta do lado dela, se curvou e vomitou.

E foi nessa hora que ela viu o corpo de Colt.

— Vocês três vão ter que cuidar de Nick — murmurou Campbell.

— Cuidar? — perguntou Sadie-Grace, os olhos arregalados e cautelosos quando Campbell parou de brincar com o cabelo dela. — Tipo... uma gangue?

Campbell botou a mão de leve no ombro da Lily e o outro no da Sadie-Grace e se curvou para a frente em tom conspirador, como se as três fossem melhores amigas.

— Arrumem um advogado pra ele. Um bom.

— Como uma adolescente contrataria um advogado? — perguntei, vendo nós quatro no espelho: um quarteto de meninas de vestidos brancos, puras como a neve.

Campbell se afastou de nós.

— Vocês vão pensar em alguma coisa — murmurou ela. — E *eu* vou cuidar do resto.

Capítulo 58

No fim das contas, encontrar um advogado para Nick não foi a parte difícil. Foi pagar o adiantamento. Lily se ofereceu para pedir aos pais, mas, considerando o que eu tinha ouvido semanas antes sobre a situação financeira deles, eu não sabia se era a melhor ideia.

Não que a ideia que eu tinha tido fosse muito melhor.

Eu limpei a garganta.

— Posso falar com você?

Minha avó estava sentada à escrivaninha do escritório em casa. Ela ergueu o olhar dos papéis que estava examinando.

— Claro que pode — confirmou ela —, embora talvez você devesse também perguntar se tem permissão.

Precisei de todo autocontrole do mundo para resistir e não revirar os olhos. Eu refiz minha pergunta.

— Tem um segundo?

Com um revirar de olhos, Lillian inclinou a cabeça na direção da cadeira do outro lado da escrivaninha. Não havia jeito fácil de tratar daquilo, então eu fui com tudo de uma vez.

— Eu preciso de um adiantamento do meu fundo.

— O fundo educacional pertencente a você quando tiver cumprido sua parte do contrato? — Lillian sabia a resposta àquela pergunta, mas, para variar, fez com que eu falasse mesmo assim.

— Sim.

MENTIRAS INOFENSIVAS **329**

— Devo perguntar pra que você precisa desse adiantamento?

Para obter acompanhamento legal para um suposto criminoso. Mas não se preocupe, não foi ele.

— Eu prefiro não dizer.

— Entendo. — Lillian inclinou a cabeça para o lado. Ela parecia mais velha do que no dia em que eu a conheci; menos polida, mais real.

Ou talvez eu só a conhecesse um pouco melhor.

Eu certamente a conhecia bem o bastante para saber que meu pedido teria um preço.

— De quanto do adiantamento estamos falando?

Ela era a encarregada das finanças desde a morte do marido. Pelo que pude entender em meu tempo ali, o dinheiro tinha crescido exponencialmente com os cuidados dela.

— Um número aproximado? — Eu estava enrolando para ganhar tempo.

Lillian não acreditava em enrolação. Ela pegou uma caneta e se voltou para os papéis. Eu falei um número.

Muito lentamente, Lillian botou a caneta na mesa.

— Você se meteu em algum problema, Sawyer?

Você considera violar inúmeras leis federais na tentativa de derrubar o pai biológico como "problema"?

— Eu estou bem — falei.

Ela me encarou longamente. Depois de um momento, sorriu.

— Acho que um arranjo pode ser providenciado.

Eu não tinha previsto que seria tão fácil.

— Vou pedir aos meus advogados para prepararem os papéis.

Eu já estava me levantando da cadeira quando algo no jeito como Lillian falou aquelas palavras gerou um arrepio na minha espinha.

— Que papéis?

— Nós vamos ter que alterar o contrato, claro — disse Lillian, estendendo a mão para dar um tapinha na minha. — Com o adiantamento... e com as minhas novas condições a partir de agora.

15 DE ABRIL, 18H07

Mackie não tinha ideia de como as coisas tinham dado tão errado. Em retrospecto, deixar os garotos irem até a área das celas provavelmente foi um erro. Principalmente o terceiro garoto.

O que alegou ser advogado.

O que *não* parava de falar.

No começo, Mackie ouviu o adolescente falador de smoking, torcendo para entender alguma coisa que se parecesse vagamente com fala humana. Mas ele só captou o fato de que o "advogado" também tinha recebido um bilhete.

Mackie não confiava naqueles bilhetes.

— Eu achei que você tivesse chamado seu advogado. — Mackie direcionou a declaração a Walker Ames, o do registro policial curiosamente vazio, mas existente. — Ou você só ligou pra *ele*?

Mackie apontou com a cabeça com severidade, ele esperava, na direção do garoto de smoking.

— Nenhum dos dois, policial. — A resposta não veio de Walker Ames. Não veio dos outros garotos, nem de nenhuma das quatro garotas.

Veio de um ponto atrás de Mackie.

Com uma sensação de mau agouro, Mackie se virou e se viu olhando para uma mulher majestosa e apavorante. Como as garotas, ela estava usando um vestido longo. Diferentemente das garotas, o vestido dela era preto. Brilhava e cintilava até o chão. O casaco que ela usava por cima era de contas. Caro.

Foram os olhos dela que mais preocuparam Mackie. Ela parecia ter cinquenta e muitos anos, talvez mais, e os olhos eram azuis como aço.

— Walker me ligou.

— E quem seria a senhora? — De alguma forma, Mackie tinha conseguido formar palavras inteligíveis.

— Meu nome — respondeu a mulher graciosamente — é Lillian Taft. — Ela abriu um sorriso para ele. — E nós dois vamos ter uma conversinha.

DUAS SEMANAS ANTES
Capítulo 59

— **O almoço da luva** é uma das tradições mais antigas do Baile Sinfônico. Na noite da sua apresentação oficial à sociedade, seus pais vão acompanhá-las até o final da passarela. Eles vão estar na sua primeira dança como adultas, como jovens mulheres elegantes, fortes e caridosas.

Greer Waters estava com o cabelo ruivo preso em um rabo de cavalo comportado na nuca. A "barriguinha" estava aparecendo bem pouco embaixo do vestido azul-claro. O discurso claramente tinha sido ensaiado.

Minha mente estava em outras coisas.

— Mas a tarde de hoje — disse Greer com um sorriso — não é relacionada aos seus pais. É relacionada às mulheres que vieram antes de vocês, às mulheres que criaram vocês. Mães e avós, tias e irmãs e mais. Então, mães... — Greer ergueu uma taça. — Apreciem suas mimosas. Vocês merecem! E, garotas?

Cintilaram lágrimas não derramadas...

— Nós temos muito orgulho de vocês.

Pessoalmente, eu pensei que a minha mãe, que obviamente não estava presente no evento, teria ficado *muito* orgulhosa do jeito como eu paguei fiança de um garoto que eu mal conhecia, contratei um advogado afiado e aprendi um pouco sobre sedativos naturais nas duas semanas anteriores.

Toda dama sulista, pensei, imitando o tom e a cadência de Greer, *deveria saber drogar e incriminar um patife que precise muito ser drogado e incriminado.*

— Eu me lembro da Lily experimentando essas luvas quando ela tinha quatro anos. — Tia Olivia olhou para as luvas entre o prato dela e o de Lily e deu um sorriso carinhoso. — Uma coisinha tão pequena e tão cheia de atitude.

Essa *coisinha tão pequena* tinha passado as duas semanas anteriores trabalhando em logística. Lily era todinha filha da mãe dela, personalidade tipo A ao extremo, principalmente quando o assunto era crimes *premeditados*.

— Espero que não seja presunção demais. — Greer se sentou na cadeira vazia na nossa mesa redonda de dez lugares, ao lado de Sadie-Grace. — Mas eu tenho uma coisa pra você, querida.

O objetivo todo do almoço, pelo que eu tinha entendido, era cada Debutante ser presenteada com um par de luvas brancas, daquelas até os cotovelos, elegantes e preferivelmente com história familiar.

O Baile Sinfônico não era feito para debutantes de primeira geração.

— Meu ano de Debutante foi algo que eu nunca vou esquecer. — Greer deu um tapinha na mão da Sadie-Grace, e Sadie-Grace, que Deus a abençoe, não conseguiu deixar de olhar ostensivamente para a barriga ligeiramente projetada da madrasta.

— Eu sei que a sua mãe não era daqui — continuou Greer em tom magnânimo —, então eu ficaria honrada se você quiser usar minhas luvas.

Tia Olivia levou o guardanapo ao rosto e bateu delicadamente nos lábios... o equivalente, essencialmente, a tossir as palavras *tentando demais* baixinho.

— Eu só espero que um dia você tenha uma irmãzinha pra quem passá-las. — Greer apoiou a mão na barriga. — Se bem que meu instinto materno me diz que este aqui é menino.

Se eu não estivesse preocupada com minhas próprias empreitadas criminais, eu teria ficado seriamente preocupada de a madrasta da Sadie-Grace estar planejando comprar um bebê no mercado clandestino.

— Sawyer. — Lillian falou baixinho. Primeiro, pensei que eu tinha cometido alguma gafe imperdoável com o garfo de salada, mas aí minha avó pegou um par de luvas embrulhado em plástico no colo. — Estas eram para a sua mãe.

Minha mãe não chegou a participar do almoço das luvas.

Eu aceitei o presente que Lillian tinha oferecido e abaixei a cabeça.

— Com licença. — Pareceu um momento tão bom quanto qualquer outro para escapulir. Eu me levantei e permiti que Lillian pensasse que o momento e a importância dele tinham tido impacto em mim. — Eu preciso usar o gabinete.

Lily levou exatamente três minutos para entender.

— O gabinete?

— Exagerei? — perguntei.

— Depende — disse Lily. — Você estava tentando atingir elegância de debutante ou de recepção por volta do ano 1884?

Eu dei de ombros.

— Eu sou flexível.

Eu verifiquei as cabines enquanto Lily ficava de olho na porta. Quando eu tinha terminado de olhar tudo, o terceiro e o quarto membro do nosso grupinho tinham se juntado a nós.

— Como o Nick está? — As primeiras palavras de Campbell foram mais reveladoras do que ela teria desejado.

— Irritado — falei. — E meio confuso pelo motivo de estarmos ajudando. Mas, mais do que tudo, ele entendeu que tem alguma coisa rolando aqui e ele quer participar.

— A gente pode contar pra ele — sugeriu Sadie-Grace com hesitação. — E para Walker. — Era meio óbvio que ela estava dando a sugestão para Lily não precisar fazer isso.

— Se nós contarmos para o Walker, ele vai confrontar meu pai. — Campbell olhou de Sadie-Grace para Lily e apertou os olhos. — Nós não queremos isso. Ainda não.

Esconder tudo de Walker estava acabando com a minha prima. Eu estava vendo como ele estava tanto quanto eu conseguia, mas Lily evitava estar no mesmo ambiente que ele desde que descobrimos a verdade.

— Walker está bem — falei. — Ou tanto quanto Walker pode estar bem. E Nick...

— Nick não entende como o nosso mundo funciona. — Campbell andou até a pia mais próxima e pegou um frasco de creme para as mãos. — Ele é imprevisível.

Semanas planejando lado a lado não tinham me informado o que Campbell sentia pelo sujeito que tinha incriminado, nem se sentia alguma coisa. Ela o tinha usado. Ele a tinha usado. Eu não tinha a menor ideia se havia algo mais do que isso.

— Nós vamos contar para os garotos daqui a pouco — disse Campbell, passando creme nas mãos. — Walker e Nick vão saber o que precisam saber quando precisarem. Mas agora? Eu já examinei os cenários diferentes que Lily apresentou e tem um que parece bem... dramático.

— O dia do baile? — tentei adivinhar.

Bingo. Campbell não precisou dar uma confirmação verbal. Estava nos olhos dela.

— Isso nos dá duas semanas. — Eu pensei em voz alta. — De que ainda precisamos?

— Do áudio — respondeu Campbell na mesma hora. — E das pérolas.

— Como assim, nós precisamos das pérolas? — disse Lily. — Estão com você.

— Na verdade...

— Campbell! — gritou Sadie-Grace. — O que aconteceu com o colar?

Nosso plano não daria certo sem ele. Para revelar que Sterling Ames tinha incriminado Nick, ele precisava ser pego com as pérolas. *Em um determinado lugar. Em um determinado momento. Em certas circunstâncias.*

— Campbell — falei em tom baixo. — Espero que você esteja brincando.

Nem um pouco impressionada com o olhar mortal que lancei na direção dela, minha meia-irmã me entregou o frasco de creme. Avaliei se deveria usá-lo como projétil.

— Depois que Nick foi preso da primeira vez, eu levei as pérolas para o meu pai. — A explicação da Campbell foi simples e direta. — Eu confessei. Se ele quisesse fazer a coisa certa, ele poderia ter feito.

— O senador está com as pérolas? — Lily estava horrorizada. — Você ao menos sabe onde estão?

Campbell deu de ombros.

— Tem um número limitado de possibilidades.

Nesse momento, eu joguei o creme para mãos nela. Ela desviou.

— Isso tem cheiro de madressilva? — perguntou Sadie--Grace de repente. Ela foi buscar o frasco. — Madressilva é meu aroma favorito.

— Você quer mesmo fazer isso? — perguntei a Campbell. Era ela quem estava jogando no longo prazo havia meses. O plano era *dela*. Mas ela tinha nos levado a acreditar que as pérolas estavam com ela, e não estavam. No fim das contas, era a reputação da família *dela* em jogo. O emprego do pai dela. O status social da mãe dela. Para mim, o senador era só o babaca que tinha engravidado a minha mãe e a largado para aguentar o escândalo sozinha. Mas para Campbell?

Aquilo era a família dela... e a vida dela.

— Quando era criança, Walker jogava futebol americano. — Campbell pareceu quase contemplativa. — Eu dançava. Era pra ele ser o inteligente. Era pra eu ser a bonita. Ele era o orgulho e alegria do papai e eu era a desgraça da vida da mamãe. Dele e dela.

— Cam... — Lily começou a dizer alguma coisa, mas Campbell a interrompeu.

— Infelizmente para o papai, não foi Walker que herdou a moralidade dele. Walker não é o filho maquiavélico. Walker não é o político nato. — Ela viu Sadie-Grace cheirar o creme e continuou. — Eu soube quando dei as pérolas para o senador que o desejo dele de que o *meu* envolvimento no roubo ficasse em segredo o faria encorajar a polícia a se concentrar em qualquer outro suspeito, principalmente se o suspeito fosse Nick. Eu também sabia que ajudaria ter as digitais do senador nas pérolas. Eu usei luvas quando mexi nelas. Como meu pai não pretende que as pérolas sejam encontradas, ele não tomou esse cuidado. Então, respondendo à sua pergunta, Sawyer... — Ela jogou o cabelo por cima do ombro. — Sim, eu tenho certeza de que eu quero fazer isso. Eu devo a Walker... e ao meu pai.

Eu nunca tinha ficado tão feliz de a minha mãe ter saído da cidade e me criado a um mundo de distância de Sterling Ames.

— Você tem alguma ideia de onde seu pai está guardando as pérolas? — perguntou Lily. Como eu, ela devia desconfiar de que Campbell tinha chegado ao limite do que ia compartilhar.

— Ou em casa ou no gabinete ou em um local que eu consigo que um amigo especial ache no GPS do meu pai. — A expressão da Campbell nos desafiava a perguntar sobre o "amigo especial".

Silenciosamente, Sadie-Grace entregou o frasco de creme para Lily.

— Então o que nós precisamos — concluiu Campbell — é ter a certeza que o papai querido vai estar ocupado quando nós procurarmos.

Lily e Campbell se viraram para mim.

— O quê? — perguntou Sadie-Grace para elas. — Por que estamos olhando para a Sawyer?

— Porque — falei — não há distração melhor do que uma filha bastarda.

Capítulo 60

A coisa mais conveniente sobre ter seios muito pequenos é que sempre havia espaço para enchimento. Desde que fui morar na casa de Lillian, meus *bens* tinham sido incrementados com tudo, desde sutiãs com gel a espuma presa com fita adesiva.

Fita adesiva específica para seios.

Mas aquele dia foi a primeira vez que eu o enchimento do meu peito foi um dispositivo de gravação. Sadie-Grace tinha adquirido o aparelho. Eu não perguntei como nem onde e, em troca, ela só tentou afofar meu peito uma vez. Quando estendi a mão para tocar a campainha, eu admiti para mim mesma que provavelmente poderia só ter usado a função de gravação do celular.

Mas que graça havia nisso?

Esperei cinco segundos para tocar a campainha uma segunda vez. Campbell tinha garantido que a mãe dela não estaria em casa... e que, pelo menos por alguns minutos, o pai estaria.

Eu ouvi passos chegando. Avaliei-os: pesados demais para serem de Charlotte, secos demais para ser de Walker.

Valendo.

— Sawyer. — O senador fez um trabalho impressionante de parecer ao mesmo tempo feliz e nem um pouco surpreso de me ver. — Sempre um prazer encontrar uma das adoráveis damas Taft na minha varanda. Infelizmente, tenho que dizer que Campbell não está em casa.

Ela está observando a casa, esperando para dar o ok para Lily e Sadie-Grace revistarem seu escritório enquanto ela faz a mesma coisa aqui.

— Eu não vim ver a Campbell — falei educadamente.

O senador fez uma expressão um pouco mais perturbada, mas carinhosa mesmo assim.

— Infelizmente, Walker não está em condição de receber visita.

Interpretei isso como significando que Walker estava se automedicando de novo. Um Walker "estável" não necessariamente estava sóbrio. O fato de Sterling Ames poder ficar ali agindo como se ele não tivesse parte nisso me fez querer bater em alguma coisa.

Com força.

Mas tentei parecer solidária.

— Deve ser difícil pra você. — Tentei imaginar como o senador se referiria à decadência longa e dolorosa de Walker. — Essa... *fase* dele.

O senador conseguiu sorrir.

— Ele está vivendo as loucuras da juventude. — Essa era a história, a aceitável. — Garotos são só garotos, imagino.

E cobras são só cobras.

— Eu digo pra ele que você passou aqui. — O senador estava fechando a porta quando eu me adiantei e enfiei o pé no vão.

— Na verdade, eu não vim ver Walker nem Campbell. — Permiti um toque de algo que não era alegre nem educado no meu tom. — Eu vim ver você.

Eu tinha que dar crédito àquele homem: ele sabia fazer uma excelente cara de paisagem. Talvez eu tivesse puxado isso dele.

— Eu sempre fico feliz de dedicar um tempo para os meus eleitores — disse Sterling Ames. — Você vai precisar marcar um horário com a Leah, claro.

A Leah de saltos vermelhos. A assistente.

— Eu andei conversando com a minha mãe. — Eu não esperava reação visível e não obtive nenhuma... mas a porta permaneceu aberta. — Sobre o ano dela de Debutante.

O senador era um homem que entendia subtexto. Melhor ainda, ele sabia muito bem que podia ser usado como ameaça.

— Sobre o que aconteceu naquela época — continuei, sem especificar que o que *tinha acontecido* era que aquele homem tinha engravidado a minha mãe.

Houve um pequeno tremor na mandíbula do meu pai biológico. Foi só isso, a única admissão que eu teria.

— Tenho certeza de que conversar com a sua mãe foi muito terapêutico.

Eu precisava tirá-lo de casa. Precisava impedir que ele fechasse a porta. O subtexto não estava funcionando, então eu respondi à declaração dele com um movimento de ombros.

— Não tão terapêutico quanto falar com a imprensa.

Houve um momento de silêncio. *Reação esperada em três... dois...*

O senador saiu para a varanda e fechou a porta. Ele nem me olhou quando falou.

— Vamos dar uma volta.

No silêncio que acompanhou nossa caminhada rápida para longe da casa, precisei de todas as minhas forças para não utilizar meu banco mental de citações de filmes famosos e murmurar uma mensagem para Campbell. *Houston, estamos no ar.*

— Sawyer. — O senador tinha recuperado a pouca calma que tinha perdido. — Quais são seus planos para o ano que vem?

Não era assim que eu esperava que ele respondesse à minha ameaça, mas o objetivo daquela empreitada, além do áudio que eu estava gravando, era distrair o homem, então eu dei corda.

— Meus planos?

— Para o futuro — esclareceu o senador.

Eu tenho um plano muito elaborado, muito detalhado. Eu estou no meio da execução dele agorinha.

— Faculdade — falei. — Eu sempre gostei de história.

— Não é a carreira mais prática.

Eu dei de ombros.

— Eu posso ganhar mais como encanadora do que poderia na maioria das profissões de colarinho-branco saindo direto da faculdade.

— Você tem aspirações de consertar canos?

A pergunta foi uma cutucada, mas havia também humor suficiente para contrair meu estômago. O senador Sterling Ames era um homem fácil de gostar.

Só faz com que ele continue falando. Deixa ele longe de casa e longe do escritório.

— Eu não sou uma pessoa que já teve muitas aspirações. — Eu decidi levar a conversa em frente, o suficiente para ele não esquecer que havia mais coisa em jogo ali do que os prós e os contras de um diploma da área de humanas. — Eu só queria conseguir pagar as contas. Queria ter certeza de que teria dinheiro para o mercado. E estava muito dedicada ao objetivo de não sofrer assédio sexual mais de duas vezes por dia.

Senti uma pontada de algo que se parecia com culpa, porém mais intenso e mais frio. A sensação permaneceu, pois o que eu tinha acabado de dizer? Essa não era uma avaliação justa da minha infância. Por mais que eu tivesse cuidado da minha mãe muitas vezes, nunca me faltou nada.

Principalmente um pai.

Principalmente um como ele.

— O que eu posso fazer? — perguntou o senador. — Por você?

Isso era só uma distração, parte do plano, uma engrenagem em uma máquina muito complicada. Mas eu não podia ignorar o fato de que também era eu andando lado a lado do homem que era responsável por metade do meu DNA. Ali estava ele, perguntando sobre o meu bem-estar.

— Pense, Sawyer — disse o senador baixinho. — O que você quer?

Eu entendi nessa hora. Deveria ter ficado claro desde o começo. Se eu tivesse feito uma abordagem objetiva, teria entendido logo.

— Você quer me subornar.

Isso me fez ganhar uma dose de silêncio em resposta. Ninguém *dizia* abertamente que estavam oferecendo suborno... a menos, claro, que se quisesse pegar o doador de esperma dizendo algo incriminador em gravação.

Quanto mais ameaçador, melhor.

— Tem uma coisa... — Deixei que a frase ficasse no ar por alguns momentos. — Tem um garoto. O nome dele é Nick Ryan, e você mandou que ele fosse preso por um roubo.

Atiçar um incêndio não era inteligente, mas às vezes *era* divertido.

— Seja inteligente, Sawyer. Não se queime por um fracassado como esse aí.

— Você me perguntou o que eu queria — insisti. — Eu não quero dinheiro. Eu não quero conselhos sobre o meu futuro. Eu não quero nada de você, só que a sua família retire a queixa.

Ou, sabe como é, que você fale tudo sobre o Nick, as pérolas e as suas intenções. Uma coisa ou outra.

— Infelizmente agora já está fora do meu alcance. Você teria que levar suas preocupações para o promotor.

— Você conhece o promotor — falei. — Foi você quem o pressionou pra levar em frente a queixa contra o Nick.

Eu não obtive confirmação. Não obtive negação. Só obtive um monte de conselhos paternais.

— Sua mãe fez umas escolhas bem ruins quando tinha a sua idade, Sawyer. Eu odiaria ver a história se repetir.

A raiva enfiada no fundo das minhas entranhas se afrouxou. Eu a sentia subindo, e, pela primeira vez em meses, tive empatia pela minha mãe. Tive pena da garota burra de dezessete anos que ela foi e da dose fria de realidade que ela enfrentou quando acabou grávida de um homem assim.

— Eu odiaria — respondi, imitando a estrutura usada pelo senador — que alguém descobrisse que você engravidou uma adolescente quando você já era adulto. — Eu provavelmente deveria ter parado aí, mas não consegui me segurar. — Um adulto casado. Um adulto estudante de direito, a caminho de uma carreira política promissora.

Em um segundo nós dois estávamos andando, no seguinte tínhamos parado. A mão dele estava no meu ombro. Ele não apertou, não espremeu, não usou força... mas todos os meus instintos de sobrevivência disseram que ele queria que eu soubesse que ele podia.

Aquele era o meu pai.

Aquela era a resposta ao ponto de interrogação gigantesco que tinha me acompanhado por toda a vida.

— Seria muito inconveniente se você continuasse essa linha de pensamento.

Inconveniente. Eu engoli em seco, me ajustando ao golpe. Eu era isso para ele, só isso. Eu teria preferido uma ameaça.

— Eu não gostaria de ser inconveniente pra você. — Não havia motivo para eu parecer tão arrasada. Era eu que o estava manipulando ali. Era eu que estava gravando a conversa. Era eu que tinha a vantagem.

Então por que eu me sentia como uma garotinha de seis anos sozinha?

— Garota inteligente. — O senador afastou a mão do meu ombro. — Porque, se você se tornar um inconveniente, sabe o que acontece? — O tom dele ficou quase carinhoso. — Eu vou te matar, querida.

Capítulo 61

Consegui manter o senador fora de casa por mais vinte minutos. Esse era o lado positivo de andar e conversar: depois de fazer a ameaça, ele tinha que andar de volta. Enquanto ele fazia isso, eu mandei uma mensagem de texto para Lily, Sadie-Grace e Campbell para dar o aviso.

Estou com a música.

No que dizia respeito a mensagens de texto entre adolescentes, aquela era bem comum. Bem menos suspeita do que dizer que eu tinha o trecho de áudio de que precisávamos.

Levou quase um minuto para uma resposta chegar... de Campbell. *Estou com os vestidos.*

De que mais nós estaríamos falando duas semanas antes do nosso baile de Debutante? Que conversa perfeitamente *normal*.

Eu sorri enquanto fazia a tradução mental. *Ela está com as pérolas.*

15 DE ABRIL, 18H08

— **Essas quatro moças** e o rapaz de smoking vão ser apresentados à sociedade em menos de cinquenta e dois minutos. Seja o que for que essa *situação* infeliz envolva, policial, eu sei que pode esperar até amanhã.

TRÊS DIAS ANTES
Capítulo 62

— **_Agora_ podemos contar para o Walker?**

— Sim, Lily — respondeu Campbell. — *Agora* nós podemos.

— *Você* pode — corrigi. Campbell tinha me dito que ela não queria ser quem contaria a Walker o tanto que ele foi traído.

— Eu vou ligar pra ele — disse Lily baixinho.

Ele era o garoto que ela já tinha amado.

— De que mais precisamos? — perguntei uma hora depois.

Campbell olhou pela janela. Primeiro, eu achei que ela estivesse observando a conversa acontecendo entre o irmão dela e Lily lá embaixo, mas aí percebi que ela estava pensando sobre a minha pergunta.

— De muita sorte. — Campbell olhou para a rua na direção da casa de Sadie-Grace. — E de uma contorcionista.

15 DE ABRIL, 18H09

Ter um grupo de Debutantes em uma cela era ruim. Mas ter *Lillian Taft* exigindo que você soltasse as Debutantes?

Até um novato sabia que isso era bem pior.

— Não fique aí parado com a boca aberta, meu jovem. Destranque aquela cela.

Mackie fechou a boca. Aquilo era coisa séria. Ele tinha feito um juramento.

— Infelizmente eu não posso soltá-las, senhora. Só depois de resolvermos isso.

DEZ HORAS E 48 MINUTOS ANTES
Capítulo 63

O dia do nosso baile de Debutantes começou com uma ida obrigatória à manicure. Não para todas as Debutantes. Para Lily e para mim. Àquela altura eu já devia estar acostumada a ser polida, lixada, depilada, condicionada, coagida e...

— Ai!

A manicure que tinha acabado de me livrar de uma parte da minha cutícula submergiu meus pés em água borbulhante. *Quente.*

— Ah, para — disse Lily. — É bom. Beleza é dor.

— Dor — falei por entredentes — também é dor.

Quando a manicure botou uma ferramenta de tortura de lado e pegou outra, a porta do salão se abriu. Eu já estava esperando, mas ver Walker Ames parado ali ainda foi perturbador.

Havia um hematoma no olho direito dele, provavelmente feito pelo gancho direito de alguém. Mas os olhos dele em si estavam límpidos. Não vermelhos. Não vazios. Aquele não era o Walker que se afogava em álcool e exibia os defeitos para o mundo.

Aquele era um cara que tinha recuperado algum rastro de fé de que era, de que *podia ser*, uma boa pessoa.

Sempre cavalheiro, ele se sentou e esperou que Lily tivesse terminado com a manicure. Quando isso se mostrou um processo longo, ele permitiu que uma das manicures olhasse as mãos dele.

— Muito masculino da sua parte — comentei.

Walker me olhou com expressão austera.

— Eu tento.

— Existe tentar — falei, imitando tia Olivia — e existe tentar demais.

Eu tinha me acostumado a pegar no pé dele. Além do mais, parecia o tipo de coisa que uma irmã faria.

Mesmo ele não sabendo ainda que eu era irmã dele.

Eu ia contar, mas queria esperar até aquilo tudo ter ficado para trás. Lily já tinha abalado as estruturas dele uma vez quando contou o que tinha acontecido de verdade na noite em que um motorista bêbado deixou Colt Ryan em coma. Campbell tinha sido convencida de que, assim que Walker soubesse a verdade, ele confrontaria o pai. Com base no hematoma que ele tinha no olho, eu tinha que me perguntar se ela tinha razão.

Em pouco tempo, Lily pediu licença para falar com ele em particular. Eu fiquei na porta do salão para garantir que ninguém ouvisse o que eles estavam dizendo. Walker não estava ali só para fazer companhia para Lily. Ele não estava ali só para permitir que ela apoiasse a mão gentil no rosto machucado.

— Vamos manter a censura livre — gritei.

Não era um momento grandioso, romântico. Era um momento *criminoso*. Ou, pelo menos, era para ser. A criminalidade esperada, entretanto, estava demorando a acontecer.

Ele encostou os lábios nos dela.

Depois de desviar o olhar por cinco segundos inteiros, decidi que Walker e Lily tinham tido tempo suficiente sozinhos. Eu estava pronta para começar a festa.

Walker tinha ido entregar um pacote da Campbell. *As pérolas.*

Quando me aproximei deles, Walker se afastou do beijo e entregou uma caixa para Lily.

É isso. Só que…

— Essa caixa é pequena demais — falei secamente.

Quando Lily abriu a caixa e encontrou um par de brincos, Walker se virou para mim. A expressão no rosto dele era quase de desculpas.

— Minha irmã mandou dizer que o plano mudou.

Em consolo, ele me entregou uma caixa idêntica à que tinha dado a Lily. Outro par de brincos.

— Ela tinha que enviar o colar pra podermos colocar no carro do seu pai — falei, a voz baixa.

Walker deu de ombros.

— Tenta dizer pra Campbell o que fazer.

Capítulo 64

Nós tínhamos um plano. Um plano detalhado, meticulosamente pensado que Campbell não hesitou em alterar de forma unilateral no último minuto.

Eu a mataria.

Nem um pouco incomodada com a minha ira, ela sugeriu que devíamos nos encontrar pessoalmente... na casa dos pais da Lily, onde não seríamos ouvidas.

— O que em nome de toda criação divina você está fazendo? — perguntei quando Lily e eu chegamos e encontramos Campbell deitada de bruços em uma espreguiçadeira branca imaculada ao lado da piscina.

Campbell respondeu sem nem precisar rolar:

— Parece o primeiro dia de verão, não parece?

— Nós estamos em meados de abril — disse Lily secamente.

— Ainda assim — continuou Campbell —, este lugar está praticamente abandonado, e eu não podia me deitar na beira da *minha* piscina. Se minha mãe soubesse que eu estava correndo o risco de ter uma queimadura de sol logo hoje, ela me esfolaria viva.

Eu praticamente via minha prima contando de dez até um para controlar a raiva.

— Você tinha que mandar as pérolas pelo Walker pra nós podermos plantá-las no carro do seu pai pra polícia encontrar.

— Não. — Campbell finalmente se virou e se sentou para nos olhar. — *Sadie-Grace* ia plantar as pérolas no precioso carro esporte do meu pai, junto com alguns outros itens especiais, depois que Sawyer fizesse o trabalho dela e alterasse umas coisinhas no motor. — Ela deu de ombros. — Mas as coisas mudam.

— Eu passei a manhã sendo torturada com alicates de cutícula — falei para ela sem humor nenhum. — E agora estou considerando seriamente os méritos de amarrar você na casa da piscina.

Campbell teve a audácia de sorrir. Nós tínhamos planejado cada aspecto daquele dia, cada detalhe, e ela estava de biquíni *sorrindo* para as minhas ameaças.

— Bons tempos. — Campbell bocejou e se levantou, esticando as pernas com a graça de um gato predador. — Relaxem, meninas. Eu abandonei o plano original porque tenho um melhor. As pérolas estão exatamente onde devem estar.

Agora era eu contando até dez.

— E onde é isso?

Campbell tirou o prendedor do rabo de cavalo e sacudiu as madeixas pelas costas.

— Ora — disse ela —, a caminho da casa da amante do meu pai.

15 DE ABRIL, 18H10

— **Só depois de resolvermos isso.** — Lillian Taft estava agressivamente nada impressionada quando repetiu as palavras de Mack para ele. — E me diga, por gentileza, o que é *isso*?

NOVE HORAS ANTES
Capítulo 65

— **Amante do seu pai?** — Eu repeti o que Campbell tinha acabado de dizer. — Como se a história toda já não parecesse uma novela.

Campbell deu de ombros.

— Eu conheço meu pai, e isso significa que eu estou ciente de que, por melhor que seja nosso plano, tem uma chance de ele usar um advogado ou subornar ou escorregar pra escapar de qualquer consequência real. Se nós quisermos que ele pague, nós precisamos de um plano B. Nós temos que atingi-lo onde dói.

— A reputação dele. — Foi Lily quem preencheu a lacuna.

— Não é tanto por *ter* uma amante — disse Campbell —, mas por ser flagrado.

Eu pensei no que Campbell tinha dito quando me explicou como o *Segredos* seria prejudicial para Lily. Algumas coisas não eram tanto questão de pureza, mas de discrição.

— E como a polícia vai descobrir que a amante do seu pai está com as pérolas? — perguntei.

Campbell pegou uma coisa no chão ao lado da espreguiçadeira. Ela ofereceu tal coisa para Lily.

— Uma câmera — declarou minha prima. — Com lente teleobjetiva.

— Você tem um talento concedido por Deus de tirar fotos imorais. — Campbell sorriu docemente para Lily. — Que tal fazer bom uso disso?

Por mais que eu odiasse admitir, eu via a lógica por trás da alteração de Campbell no nosso plano. Se a história que queríamos divulgar era que o senador tinha incriminado Nick para impedi-lo de investigar mais o atropelamento com fuga, as pessoas iam questionar por que Sterling Ames não tinha plantado as pérolas nas coisas de Nick. O fato de o senador estar guardando as pérolas poderia ter sido verdade. Mas a ideia de que ele tinha roubado as pérolas e dado para a amante?

Isso era indecente.

Burrice e quase implausível? Talvez. Mas, no fim das contas, o indecente vende.

— Você teria morrido se nos contasse sobre essa parte do plano antes? — perguntei a Campbell.

Ela deu de ombros.

— Eu descobri sobre a Leah na semana passada.

Leah. Eu registrei o nome e meu cérebro juntou os pontos.

— A assistente?

A Leah dos saltos vermelhos. A Leah, que era poucos anos mais velha do que nós.

Certas coisas nunca mudam.

— Eu tenho massagem em quinze minutos. — Lily ainda não tinha aceitado tirar as fotos comprometedoras da amante do senador. Ela olhou para a câmera.

— Maquiagem às duas e cabelo às 14h30.

— Que sorte, né — respondeu Campbell em tom agradável —, que eu mandei uma mensagem pra Leah do telefone do meu pai pedindo pra ela se encontrar com ele no quarto de hotel de sempre ao meio-dia. Você não ouviu de mim, mas eu desconfio que ela vai estar despida. — Ela abriu um sorrisinho. — Apenas com as pérolas.

Capítulo 66

Meus horários de cabelo e maquiagem eram logo antes dos da Lily. Depois do fiasco no dia do SPA, a tia Olivia tinha decidido que era melhor eu pular a massagem.

A alteração de último minuto do nosso plano que Campbell fez me deixou tensa, mas fiquei repetindo para mim mesma que fazia sentido. Nós queríamos que o senador fosse preso. Queríamos que a verdade sobre o atropelamento e fuga fosse revelada. Nós queríamos uma condenação... pelo acidente *ou* pelo roubo. Mas, se isso fosse complicado demais, o maior escândalo que pudéssemos gerar teria que servir.

— Fique parada, meu anjo. — O homem amarrando meu cabelo num coque que só Deus sabia como era tinha dado a mesma ordem oito vezes. Cada vez, ele arrastava um pouco mais o termo carinhoso.

Eu tentei me virar para olhar para ele, mas ele estava segurando meu cabelo com tanta força que o esforço foi inútil. Eu fiquei imóvel.

Neste momento, Sterling Ames está chegando no clube... Ao explicar o plano de hoje, uma tradição específica do Baile Sinfônico tinha se mostrado bem útil. Ao que parecia, o único conselho sábio que tinha sido passado entre gerações de Fidalgos era que, se você fosse o pai e fosse a vez da *sua* filha ser Debutante, era melhor não ficar em casa nas últimas horas de preparativos.

Embora não fosse um evento oficial, um grande número de pais estava se reunindo naquele momento no bar só para homens no Northern Ridge.

— Pronto.

O sorriso foi audível na voz do meu cabeleireiro, mas só quando ele girou minha cadeira para o lado e virou meu corpo na direção do espelho que eu vi o motivo. Uma maquiadora já tinha cuidado do meu rosto. Meus olhos estavam maiores, meus cílios impossivelmente longos. Meu cabelo tinha sido penteado para trás, alisado, cacheado e puxado para o alto da cabeça. Uma única mecha, mais próxima de mogno do que da cor sem graça de sempre, pendia de cada lado, emoldurando as maçãs do meu rosto.

Eu parecia a minha mãe. Pela primeira vez em meses, considerei encerrar nosso impasse silencioso e ligar para ela.

Depois, falei para mim mesma.

O que falei para o cabeleireiro foi:

— Vou tomar um pouco de ar.

Tomar um pouco de ar, sabotar um carro que custa tanto quanto estudar em uma faculdade de alto nível... dá tudo no mesmo. Campbell tinha feito uma alteração no nosso plano, mas meu papel continuava o mesmo.

Usar jeans e uma camisa de botão (uma necessidade, Lily garantira, para eu poder me vestir depois sem estragar maquiagem e cabelo) poderia ter sido mais discreto se o resto de mim não estivesse pronto para o baile. Fosse o que fosse que a maquiadora tinha passado nos meus lábios, eu já tinha certeza que aguentaria uma bomba nuclear.

Sadie-Grace, que ainda não tinha feito maquiagem, mas estava dez vezes mais linda do que nós simples humanas poderíamos ficar, me encontrou atrás do pórtico. Nós duas podíamos não ser as pessoas ideais para andar de forma discreta, mas por acaso eu tinha um informante lá dentro.

Um que já tinha sido manobrista.

Campbell tinha me garantido que o senador estaria dirigindo o Lamborghini Huracán de 602 cavalos. Nick tinha garantido que sempre que um sócio aparecia com um carro daqueles, os manobristas sabiam que não deviam estacionar na frente.

Eles estacionavam onde eles pudessem apreciá-lo livremente.

Infelizmente para eles, o grande número de pais de Debutantes descendo para o bar na esperança de escapar dos preparativos para o baile significava que não havia muito tempo para olhar.

E isso significava que Sadie-Grace e eu tínhamos o carro só para nós. Temporariamente.

Pareceu errado mexer em um motor que poderia se passar por uma obra de arte, mas tempos de desespero pediam medidas desesperadas. Eu tinha quase acabado de fazer o que eu precisava fazer quando deu tudo errado. Eu ouvi passos, mas não a tempo de me afastar da parte interna do Lamborghini.

Tem alguém aqui. Pensa numa história. Eu pensei, mas antes que pudesse dizer qualquer coisa, a pessoa que tinha se aproximado falou.

— Hã... oi, pessoal.

Eu dei um suspiro interno de alívio. Aquilo era ruim, mas poderia ter sido bem pior.

— Oi, Boone — falei, tentando agir como se não tivesse sido pega com a boca na botija.

— Você está bonita — disse Boone. — E possivelmente criminosa. Criminalista?

— Criminosa — disse Sadie-Grace rapidamente. — Eu acho. E ela não está. Nem eu. — Ela parou para respirar... pela primeira vez. — Oi. — Sadie-Grace voltou a força total do sorriso para Boone.

Nos nove meses anteriores, o mais perto que Boone tinha chegado de chamar Sadie-Grace para sair tinha sido na Noite do Cassino. Ela tinha vomitado nos sapatos dele.

MENTIRAS INOFENSIVAS **359**

— Oi pra você também — disse Boone. Houve uma longa pausa e ele se encostou no carro. — Precisa de outro vigia?

Graças a Deus, pensei, *pelo romance desajeitado.*

Mais quatro minutos e eu acabei. Sadie-Grace e Boone estavam... ocupados.

Sério?, pensei. *Agora?* Depois de todas as vezes que ele tinha conseguido flertar (mal) com todas as garotas próximas, mas não conseguiu fazer isso com ela, e de todas as vezes que ela não tinha percebido nadinha (ou talvez tivesse ficado ansiosa) o interesse dele, eles estavam se pegando *agora*?

Eu pigarreei. O pé esquerdo de Sadie-Grace, que fazia pequenos círculos de êxtase no chão, prendeu no pé direito do Boone na hora que ele tentava mudar de posição. Em um segundo os dois estavam de pé e no seguinte ele estava no chão, com o rosto sangrando.

—Aff! — Sadie-Grace se virou para mim. — Eu te falei! Eu quebro os garotos!

Mais passos. Entrei atrás do carro... e puxei a resmungona da Sadie-Grace para fazer o mesmo. Boone, que eu só podia supor que ainda estava sangrando, ficou de pé quando um dos manobristas se aproximou.

— Fico feliz de ver que vocês estão cuidando do carro do meu tio — ouvi-o dizer. — Mas tem uma amiga minha vindo aqui pra vê-lo.

Eu quase o *ouvi* piscar.

— De homem pra homem, você pode olhar para o outro lado? Eu pretendo fazer minha magia e vou precisar de um momento.

O "momento" do Boone nos fez ganhar tempo de entregar três bilhetes: um para ele, um para Walker e um para Nick.

— Não entrega ainda — falei. — E não abre o seu.

Boone me olhou com atenção.

— Devo perguntar que tipo de coisa vocês estão aprontando?

— Eu não recomendaria — falei.

Sadie-Grace deu um beijo casto na bochecha e pousou a mão no peito dele.

— Nem eu.

15 DE ABRIL, 18H11

— **Sinto muito,** senhora, mas eu não consegui verificar por que as garotas foram detidas. — Mackie parabenizou a si mesmo por ter atingido o tom perfeito entre respeitoso e merecedor de respeito. —Acredito que a senhora mesma vai ter que perguntar.

Para a surpresa de Mackie, Lillian Taft reagiu a essa declaração se virando para as quatro garotas.

— Podem esclarecer, crianças?

DUAS HORAS E SETE MINUTOS MAIS CEDO
Capítulo 67

O porta-malas de um Lamborghini Huracán não era algo que poderia ser chamado de espaçoso.

— Tem certeza de que vai ficar bem? — perguntei a Sadie-Grace.

Ela se encolheu como se fosse uma bolinha e arqueou o pescoço em um ângulo que não parecia possível.

— Lembra que eu contei que era muito boa em amarrar laços e contar histórias?

Eu assenti.

— E eu sou *incrível* em andar em porta-malas.

Com o passar dos minutos, eu tentei fazer uma contagem aproximada de tudo que podia dar errado e do número de leis que já tínhamos violado.

— Sadie-Grace está posicionada? — Campbell parou ao meu lado. O baile de hoje estava chegando tão perto agora que ninguém questionaria nossa presença no local. Que, para nossa sorte, era Northern Ridge.

A única coisa que alguém *poderia* questionar era por que nós não estávamos lá dentro, colocando os vestidos.

— Se ela se machucar... — falei.

— Desde que você tenha feito seu trabalho direito, isso não vai acontecer. — Sem se dar ao trabalho de gastar mais uma palavra comigo, Campbell tirou o celular do bolso.

MENTIRAS INOFENSIVAS **363**

Hora do show.

— Papai? — Campbell deixou a voz trêmula. — Eu falei com o Walker agora. Ele está tão zangado. Acho que andou bebendo. Ele ficou falando sem parar sobre procurar a imprensa.

Eu conseguia imaginar o senador xingando do outro lado da linha… mas não. Ele estava no bar. Não ia querer fazer cena.

— Eu fiz o que você me mandou — continuou Campbell. — Falei que ele estava enganado sobre o que tinha acontecido naquela noite. Falei que tinha sido ele… — Ela parou de falar.

Só uma garotinha boba, fácil de intimidar.

— Eu acho que o Walker vai fazer uma besteira. Alguma coisa grande. Ele disse que vai voltar pra onde tudo começou. — Campbell conseguiu fungar de um jeito impressionante, ao mesmo tempo que um sorriso maligno se abria no rosto dela. — O local do acidente.

O senador foi até o carro, como planejado. Campbell e eu estávamos na sala de estar das damas, como planejado.

Lily chegou com o meu vestido e nós três tiramos a roupa. Eu tinha quase certeza de que nenhuma Debutante tinha colocado o vestido e as luvas com tanta rapidez.

Nós fizemos questão de sermos vistas no caminho de volta pelo clube. Greer perguntou se tínhamos visto Sadie-Grace. Depois que dissemos que não, Campbell pegou uma garrafa de champanhe. Nós saímos do local, rindo. Se alguém fosse nos procurar, os funcionários muito discretos mencionariam de um jeito muito discreto que nós estávamos por aí adiantadas na comemoração do baile.

Melhor sermos vistas violando pequenas regras do que suspeitas de algo pior.

15 DE ABRIL, 18H12

Mackie se virou com expectativa para a cela. Finalmente teria respostas.

A afetada e certinha falou primeiro.

— De verdade, Mim — disse ela. — Nós não sabemos.

Mackie a encarou.

— Vocês não *sabem* por que foram presas? — Ele tentou não gaguejar. — Mas e a chantagem? As pérolas? O atentado ao pudor...

— Espera aí. Eles têm que dizer pra gente o motivo de nos estarem prendendo antes de nos prenderem? — A herdeira bonita com tendência ao choro conseguiu parecer ao mesmo tempo surpresa e insultada.

— Olha só... — Mackie começou a dizer, mas antes que pudesse falar mais do que isso, a porta da delegacia se abriu.

Aff, pensou ele. *O que é agora?*

Mas, para seu total e absoluto alívio, não era outra adolescente. Não era outro titã da sociedade.

Eram O'Connell e Rodriguez.

UMA HORA E 32 MINUTOS ANTES

Capítulo 68

Olhei para o meu punho, apesar de estar usando luvas brancas e não estar de relógio. Nós três tínhamos deixado os celulares na sala de estar.

— Ela está atrasada — disse Lily. — Não está?

Sadie-Grace já devia ter chegado. A parte dela no plano era bem simples. Quando meus "ajustes" no motor entrassem em ação e o senador fizesse o que Campbell tinha garantido que ele faria em seguida, Sadie-Grace só precisava sair do porta-malas, plantar uma certa coisa — que *não era* o colar de pérolas — no senador, fazer uma pequena troca e...

— Aqui! — Sadie-Grace surgiu na esquina saltitando. — Estou aqui!

E ali estávamos nós: quatro Debutantes na lateral da estrada, a um quilômetro e meio de toda a ação.

— Você precisa se vestir — disse Campbell. — Corre.

Enquanto pegava o vestido no local da floresta em que o tinha escondido, embrulhado em plástico, Sadie-Grace nos contou tudo.

O senador tinha ido encontrar Walker.

Walker não estava lá.

O carro não ligava mais.

— E aí? — incentivou Campbell enquanto virava Sadie-Grace e fechava o zíper.

366 JENNIFER LYNN BARNES

— E ele bebeu o uísque do porta-luvas! — disse Sadie-Grace com euforia.

Era um uísque forte e caro, forte a ponto de esconder o sabor de... outras coisas. Depois de um único gole, ele apagaria. De acordo com o plano, Sadie-Grace saiu do porta-malas, trocou o uísque batizado por uma garrafa normal, ajudou o senador a ingerir mais algumas doses *desse* e o deixou com um presente de despedida. Quando ele fosse encontrado, o nível de álcool no sangue seria suficiente para explicar aquela... condição.

Campbell me olhou.

— Por quanto tempo ele vai ficar apagado?

— Bastante.

— Quanto tempo você acha que temos até que alguém veja o carro?

Até chegarmos mais perto do baile, haveria bem pouco trânsito na estrada e, nada surpreendentemente, considerando o desejo dele de ser discreto, o senador não tinha estacionado muito à vista.

— Se tivermos sorte? — falei. — Uma hora. Talvez duas.

15 DE ABRIL, 18H13

— **Rodriguez! O'Connell!** — Mackie sentiu uma onda de alívio percorrer o corpo. — Esta é *Lillian Taft*. — Ele fez uma pausa para que isso fosse absorvido. E aí, sentindo-se vingativo, cruzou os braços sobre o peito. — Ela gostaria de saber por que vocês prenderam as netas dela.

Ora, Deus abençoe vocês, pensou Mackie. *Deus abençoe seus preciosos coraçõezinhos.*

Em vez do horror que Mackie esperava ver no rosto deles, Rodriguez e O'Connell só deram de ombros.

— Nós não as prendemos — disse Rodriguez.

O'Connell pigarreou.

— Elas estavam lá dentro quando nós voltamos da patrulha.

Esse anúncio foi recebido com o silêncio mais apavorante que Mackie já tinha ouvido na vida. Lillian Taft olhou de um policial para outro e seu olhar finalmente pousou em Mackie.

— Se nenhum de vocês prendeu as minhas netas — disse ela, enfatizando cada palavra —, então quem foi?

UMA HORA E DEZOITO MINUTOS ANTES

Capítulo 69

Prendi a língua entre os dentes enquanto trabalhava para arrombar a fechadura.

— Nós temos *certeza* de que isso é necessário? — Lily nunca tinha ficado animada com essa parte do plano.

Eu olhei por cima do ombro para o corredor vazio. As provas tinham sido plantadas. A cena tinha sido montada. Alguém acabaria chamando a polícia por causa do carro na lateral da estrada... se já não tivessem feito isso.

Tudo estava encaminhado.

— É necessário — confirmei. Senti a fechadura ceder e a porta da cela se abriu. Quando nós quatro estávamos dentro, eu fechei a porta.

Nós ouvimos a fechadura ser ativada... e silêncio.

— Ao sucesso — disse Campbell por fim. — E a alianças profanas.

— À amizade — corrigiu Sadie-Grace. Ela olhou para Campbell. — Ou algo vagamente parecido.

— Sadie-Grace, nós não temos *amigos*. — Eu roubei a fala da Campbell, me perguntando quanto tempo levaria para sermos descobertas na cela... e quanto tempo conseguiríamos manter um policial ocupado quando fôssemos. — Nós temos álibis.

15 DE ABRIL, 18H17

— **Cavalheiros,** até onde eu percebo, não tem uma única pessoa nesta delegacia inteira que queira admitir ter prendido as minhas netas e as deixado em uma cela por mais de uma hora.

Mackie estava estupefato.

— E eles? — perguntou Rodriguez, indicando os três rapazes presentes. — O que eles estão fazendo aqui?

— Eu imagino — disse Lillian Taft — que tenham vindo proteger as meninas.

Proteção, pensou Mackie. *Elas não precisam de proteção!* Ele tinha certeza, simplesmente certeza, de que ele foi o único que viu, mas uma das garotas piscou para ele.

Ela olhou diretamente para ele e piscou.

— Vocês têm três segundos para destrancar essa cela. — Lillian Taft não chegou nem a erguer a voz doce e sulista. — Eu odiaria que a situação ficasse feia.

DEZ MINUTOS DEPOIS
Capítulo 70

Eu quase me senti mal pelo policial novato que tinha ficado com a gente por uma hora e meia, mas faltava meia hora para o começo do baile, e eu tinha quase certeza de que se nos atrasássemos um segundo que fosse, Lillian mataria todas nós.

— Vamos, meninas.

Tinha demorado um pouco mais do que eu esperava para resolver tudo, mas quando ficou claro que não havia registro da nossa prisão, eles não tiveram alternativa a não ser nos soltar.

Livres e sem acusações.

Nós estávamos saindo pela porta quando a polícia levou outra pessoa para dentro. Como Boone, ele estava de smoking com paletó de cauda. Os olhos estavam vidrados e a fala estava enrolada.

— Vocês... alguma ideia... quem... eu sou?

Minha avó levou um susto.

— Sterling Ames! — Ela olhou para ele e para os policiais que o seguravam. — Qual é o significado disso?

— Nós o encontramos na lateral da estrada Blue River — disse um dos policiais. — Caso claro de dirigir embriagado. A garrafa de uísque estava aberta ao lado dele.

Obrigada, Sadie-Grace.

— Ele estava com *isto* na mão. — O outro policial mostrou um saco plástico. Dentro havia uma plaquinha de animal de estimação. — Não conseguimos encontrar nada aqui ainda.

Nick ficou imóvel ao nosso lado. Ele sabia que nós estávamos tramando alguma coisa. Nós o levamos para lá para ele poder ter um álibi. O fato de ele estar presente para dizer para os policiais exatamente o que havia naquele saquinho de provas?

Isso foi um bônus inesperado.

— Isso era do meu irmão — disse Nick, a voz rouca e baixa. Como ninguém respondeu, ele ergueu o rosto. — Atropelamento e fuga — disse ele para os policiais. — Em maio.

— Eu me lembro disso — disse um dos policiais. — Foi na... — Ele parou de falar e arregalou os olhos.

Nick concluiu a frase para ele.

— Estrada Blue River.

O senador Ames escolheu aquele momento para tentar focar o olhar na filha.

— Campbell? — disse ele, beligerante e perplexo.

Ela se inclinou para ele e murmurou a resposta:

— Está me vendo agora, papai?

15 DE ABRIL, 18H34

Mackie olhou para o homem bêbado na cela. Aquele caso não era dele. Depois do último, ele não sabia se trabalharia em algum caso sozinho por um tempo. Mas ficou ali, porque havia algo muito familiar no rosto do homem.

— Eu estou dizendo, eu sou senador!

Isso fez Mackie hesitar. *Senador. O mesmo senador cuja filha estava naquela cela?*

— Não me interessa se você é o papa — disse um dos outros policiais. — Nós só podemos soltar você quando estiver sóbrio.

— Sem mencionar as acusações...

— Acusações? — Para um homem que ainda não conseguia ficar de pé, o senador fez um trabalho impressionante de parecer furioso. — Não fui eu. Foram as garotas! Minha filha. Sawyer Taft...

— Taft — repetiu Rodriguez. — Ei, novato. Ela era uma das...?

Mackie limpou a garganta.

— Sawyer Taft estava comigo na última hora e meia.

VINTE E TRÊS MINUTOS DEPOIS

Capítulo 71

Nós voltamos para os bastidores só três minutos antes da hora. Greer Waters estava segurando uma prancheta, o corpo todo praticamente vibrando de intensidade. Os olhos dela grudaram em nós.

— Aí estão vocês quatro — disse ela, ao mesmo tempo em alívio e acusação. — Vocês têm *alguma* ideia…

Ao perceber tardiamente que Lillian estava logo atrás de nós, Greer recuperou a compostura.

— Você e eu — disse ela para Sadie-Grace, agradavelmente furiosa — vamos ter uma conversinha.

Antes que Sadie-Grace pudesse estremecer por causa disso, eu murmurei no ouvido dela:

— Talvez vocês possam ter uma *conversinha* sobre a gravidez que ela está fingindo.

Greer não podia ter me ouvido, mas ela apertou os olhos mesmo assim.

— Bem — disse ela com animação —, não há o que fazer além de seguir adiante. Garotas, vocês serão acompanhadas pelos pais… em ordem alfabética, por favor. Lembrem-se: quando chegarem ao fim da passarela, o pai de vocês vai oferecer sua *mão esquerda* para seu Fidalgo acompanhante. A *esquerda*.

Ela parou só por um instante, até os olhos quase maníacos pousarem em mim.

— Sawyer, acho que um dos amigos da sua avó fez a gentileza de se oferecer para...

Uma voz vinda de trás a interrompeu:

— Isso não vai ser necessário.

Eu me virei e dei de cara com a minha mãe. Na última vez que eu a tinha visto, ela foi embora... porque eu mandei que fosse. Eu estava magoada e incrédula e zangada porque ela não conseguiu nem registrar o efeito que as coisas que ela estava dizendo ou fazendo tinham sobre mim.

— Eu vou acompanhar Sawyer — disse minha mãe para Greer, calmamente. — Se ela quiser.

O fato de ela estar ali tinha um significado. Mas depois do Natal, eu não queria ler demais nas entrelinhas.

Minha mãe deve ter visto parte disso em meu rosto, porque baixou a voz.

— Sua avó foi me visitar.

Eu olhei para Lillian e me perguntei o que ela tinha dito para levar minha mãe até ali.

— Desculpe — disse Greer rigidamente para a minha mãe. — Mas você *não pode*...

— Claro que pode — disse Lillian com simplicidade. — Se for o que Sawyer quer.

De alguma forma, nos nove meses que tinham se passado, Lillian conseguiu me conhecer bem o suficiente para saber que aquilo *era* o que eu queria. Eu queria a minha mãe... e a minha avó e Lily e o resto da minha família, sem precisar escolher.

— Certamente — falei, imitando uma miss de verdade, apreciando a expressão contrariada no rosto de Greer mais do que deveria —, eu acho que seria adorável.

— Está acertado, então — declarou Lillian.

Greer parecia que tinha tentado engolir um sapo e a pobre criatura tinha acabado entalada na garganta dela. Ela queria discutir, mas não se discutia com Lillian Taft.

Ela voltou a atenção para outro alvo.

— Campbell. Parece que seu pai está atrasado.

Com sorte, algum dos policiais já teria encontrado o pen-drive que eu tinha deixado no balcão quando saímos. Nele, encontrariam uma foto da amante do senador usando as pérolas roubadas... e quase mais nada.

Eles também encontrariam alguns trechos da gravação que eu tinha feito da conversa do senador comigo.

"Você conhece o promotor. Foi você quem o pressionou pra levar em frente a queixa contra o Nick."

"Seria muito inconveniente se você continuasse essa linha de pensamento."

E o golpe final: *"Se você se tornar inconveniente, eu vou te matar."*

Em um ou dois dias, Campbell se apresentaria e ofereceria o testemunho dela sobre o atropelamento com fuga *e* o fato de o pai dela a ter obrigado a ajudá-lo a incriminar Nick. Esse testemunho seria sustentado por um diário digital que ela faz, com a conveniência de uma marca de data, há nove meses, onde ela desabafou sobre a forma como o pai dela a *obrigou* a contar mentiras sobre Nick, fez com que ela ficasse calada sobre o atropelamento e fuga.

— Perdão. — Davis Ames veio na nossa direção. — Meu filho teve um imprevisto. Se Campbell não se importar... — Ele olhou para a neta, a expressão inescrutável. — Eu vou acompanhá-la hoje.

O show deve continuar, e continuou.

— Campbell Caroline Ames. — Mesmo dos bastidores, o sotaque sulista do apresentador foi perfeitamente audível. — Filha de Charlotte e do senador Sterling Ames, acompanhada pelo avô, Davis Ames.

Eu soube o momento exato em que o avô a entregou solenemente para o Fidalgo, porque o apresentador passou a anunciar o nome dele, os laços familiares e tudo mais.

— Você não precisava vir. — Eu olhei para a minha mãe. Nosso sobrenome nos deixava quase no final do alfabeto.

— Precisava sim, meu amor. — Minha mãe se inclinou em minha direção e bateu o ombro no meu de leve. Foi um gesto familiar.

Significava *eu estou aqui*.

— Eu deveria ter lidado com tudo isso melhor. Eu sei disso, Sawyer. Como poderia não saber? Mas eu passei tantos anos tentando provar pra mim e pra você que eu era capaz. Que eu podia ser tudo de que você precisasse. — Ela olhou para o chão, os dedos brincando com as mangas transparentes e cintilantes. — Eu morria de medo da sua avó arrumar um jeito de tirar você de mim quando você era pequena.

E aí, assim que fiz dezoito anos, eu decidi vir por vontade própria.

— Ninguém está me tirando de ninguém — falei.

— Sua avó disse a mesma coisa — murmurou minha mãe. — Lillian me procurou, admitiu os erros dela e teceu um rosário de elogios a você... teceu um rosário de elogios a *mim* por ter criado uma jovem tão forte e independente.

Houve outra pausa e ouvi o apresentador começar a apresentar outra Debutante.

— Ela disse que você tem uma boa cabeça, que é gentil mesmo preferindo que as pessoas não notem.

Meu protesto estava na ponta da língua, mas eu tive a lucidez de perceber que isso só provaria o que Lillian tinha dito.

— Ela pediu pra você vir — falei.

A indomável Ellie Taft ficou calada por um momento.

— Ela não deveria ter precisado pedir.

Minha mãe ouviu quando anunciaram o nome de Lily:

MENTIRAS INOFENSIVAS **377**

— Lillian Taft Easterling, filha de John e Olivia Easterling, acompanhada pelo pai, John Easterling.

— Não tem problema — disse minha mãe — você querer ter sua própria vida. E não tem problema precisar de pessoas. De família.

— Você é minha família. — Essas palavras não eram menos verdade do que seriam nove meses antes. Ela era minha mãe. Ela me amava.

E só desta vez: ela tinha me surpreendido.

Conforme nossa vez foi chegando, minha mãe soltou o ar longamente.

— Não tropeça. Não cai. Só anda.

Eu não sabia se ela estava falando comigo... ou com ela mesma.

Quando me dei conta, o apresentador me chamou:

— Sawyer Ann Taft.

Nós subimos no palco. As luzes estavam fortes. Quando passei o braço pelo da minha mãe e nós seguimos pela passarela, eu me lembrei do leilão.

Nossa, como as coisas mudaram.

— Filha de Eleanor Taft. — O apresentador fez uma pausa de um momento e percebeu que não havia nome de pai para ler. — Neta — continuou ele tranquilamente — de Lillian Taft, acompanhada pela mãe, Eleanor Taft.

Minha mãe apertou a minha mão. Eu apertei a dela. E ela me entregou para meu acompanhante Fidalgo.

— Boone Davis Mason, filho de Julia e Thomas Mason...

Capítulo 72

Boone e eu tínhamos que dançar juntos. Eu esperava que ele me perguntasse exatamente de que ele tinha sido parte naquela tarde: o carro, os bilhetes, nossa "prisão". Mas ele adotou uma expressão bem séria.

— O corte acima do meu olho está impressionante, não está? — perguntou ele.

Eu revirei os olhos.

— Sadie-Grace acha que quebrou você.

Ele deu um suspiro alegre.

— É.

Eu decidi deixar que ele tivesse o momento dele.

— Não olha agora — disse Boone quando nossa valsa estava chegando ao fim —, mas acho que você tem um visitante.

Olhei para trás esperando ver algum outro pobre Fidalgo que tinha recebido a ordem de dançar comigo, mas só vi uma das enormes janelas do salão de baile com vista para a piscina de Northern Ridge abaixo.

Ao lado da piscina estava Nick.

Sair escondido do próprio baile de Debutante acabou sendo mais difícil do que deveria para uma gênia do crime como eu. Mas eu acabei conseguindo ir lá para fora.

— Que surpresa encontrar você aqui — falei para Nick.

— É só isso que você tem pra dizer? — perguntou ele, incrédulo.

Da perspectiva dele, a noite toda deveria mesmo precisar de explicação.

— O promotor já retirou todas as acusações contra mim. Você e Campbell — disse ele. — Vocês...

— Formam um time e tanto? — sugeri.

Ele me encarou.

— Como você... — ele começou a perguntar.

Considerando que eu tinha gravado as palavras condenadoras de outra pessoa, eu o interrompi.

— Eu vou recorrer ao meu direito de não produzir provas contra mim mesma pra essa pergunta — falei. — Mas, só pra deixar registrado, quando era criança, eu via muitas séries policiais e novelas.

Eu gostaria de dizer que a dança foi ideia de Nick, mas seria mentira.

Eu sempre tinha acreditado em total sinceridade. Eu acreditava que as pessoas eram previsíveis por natureza. Eu acreditava que ninguém que quisesse flertar com uma adolescente era alguém que merecesse um flerte.

Por muito tempo, eu tinha acreditado que deveria ser autossuficiente e independente e, com exceção da minha mãe, sozinha. Mas aí, eu fui para lá.

Por motivos que não conseguia identificar, eu me vi estendendo a mão para Nick, um garoto que eu nem conhecia direito, que eu acertei com uma porta de carro e que tinha incriminado e desincriminado.

— Me dá a honra dessa dança?

Ele podia ter recusado. Provavelmente, devia ter recusado.

Ele não recusou.

***

Desta vez, a dança realmente foi interrompida. Com base na voz, primeiro eu achei que tinha sido Walker a me seguir lá para fora, mas, quando me virei, dei de cara com Davis Ames.

Nick tinha sumido antes que eu pudesse me despedir. Eu esperava que Davis me levasse para dentro, mas ele não fez isso. Ele segurou a minha mão.

— Eu não deveria ter que dizer isso a você — afirmou ele quando começamos a dançar —, mas eu conduzo.

Eu esperei que ele fosse direto ao ponto. Eu não tinha ideia do quanto ele sabia sobre o que tinha acontecido naquela noite ou o que ele sabia a meu respeito, isso se soubesse alguma coisa. Mas eu sabia por meio de Lillian que ele era ambicioso.

Eu sabia que ele valorizava a família.

E eu tinha acabado de ajudar a botar o filho dele na cadeia.

— Continua mais pra caladona, pelo que estou vendo. — O homem mais velho abriu um sorrisinho satisfeito. — Repare que eu bani todas as formas da palavra *tagarelar* do meu vocabulário.

— Parabéns.

— Língua de chicote — murmurou ele. — Como a sua avó.

Por um segundo, eu achei que tinha sido por isso que ele tinha me convidado para dançar. Talvez eu me parecesse com Lillian na época que ele a conheceu. Talvez não tivesse a ver com minha conexão com a família dele, nem com os eventos das vinte e quatro horas anteriores.

— Você por acaso não sabe nada a respeito da série de ligações desesperadas que recebi do advogado do meu filho, sabe?

Aí está.

— Não posso afirmar — menti com alegria.

Houve outro momento prolongado de silêncio.

— Eu já ajudei meu filho a sair de uma ou outra encrenca na vida. — Davis Ames parecia estar quase refletindo. — Ele deu a entender que talvez você fosse um problema pra esta família.

Problema. Considerando tudo, isso foi uma pérola.

— Ele deu a entender que eu sou sua neta?

Considerando o tempo que eu tinha passado evitando dizer isso, as palavras saíram de forma surpreendentemente suave. Em resposta, o patriarca da família Ames riu e depois tossiu.

— Minha querida — disse ele depois de se recuperar —, quem dera que fosse.

— Não adianta fingir. — Eu parei de dançar e dei um passo para trás para me soltar dele. — Sua nora praticamente me contou. Minha mãe confirmou. E o seu filho? Ele está absurdamente dedicado a me manter calada pra alguém que *não* engravidou uma adolescente dezoito anos atrás.

Houve silêncio de novo, desta vez reflexivo.

— Eu não estou negando que meu filho teve uma falha de julgamento.

— Estou pensando em mudar meu nome — falei. — Você acha que eu deveria escolher Falha ou Julgamento?

— Ele engravidou uma garota. — A voz do homem estava bem mais gentil do que eu teria esperado. — Ele era adulto. Ela era adolescente. Eu dei um jeito.

Eu dei um jeito. As palavras me atingiram com força. *Assim como "deu um jeito" no atropelamento com fuga que deixou o irmão do Nick em coma?*

Campbell tinha dito que o pai dela tinha ligado para alguém naquela noite. *Alguém* tinha feito o probleminha dele sumir. *Alguém* tinha bloqueado a investigação. *Alguém*, eu pensei, *tinha precisado ser convencido de que era Walker dirigindo o carro.*

— Campbell me contou algumas coisas mais cedo — disse Davis Ames, sinistramente ciente no que dizia respeito à minha linha de pensamento. — Eu acredito que, depois de hoje, meu filho vai ter que cuidar das coisas sozinho.

Eu duvidava que Campbell tivesse contado tudo. Mesmo que tivesse, eu não conseguia persuadir meu cérebro a se concentrar nisso. Eu finalmente tinha contado a Davis Ames que eu era sangue do sangue dele e ele tinha negado.

Negado a mim.

— Quer saber — falei baixinho. — Não se preocupe de eu contar pra alguém que seu filho é o meu pai. Eu não tenho intenção de me tornar um problema.

Eu me virei e fui andando na direção da festa. Eu estava na metade da escada quando percebi que ele estava me seguindo. Quando estendi a mão para a porta do salão, ele colocou uma das mãos dele nela para me impedir de abri-la.

— Srta. Taft — disse ele baixinho. — Meu filho engravidou uma garota, uma jovem, anos atrás.

Eu sei. Eu sei disso. Eu...

— Mas essa garota — continuou ele — não era a sua mãe.

Eu me virei para olhar para ele. Ele não podia esperar que eu acreditasse nisso, podia?

— O nome dela era Ana.

Capítulo 73

Se o patriarca não tivesse mencionado Ana pelo nome, eu não teria acreditado nele. Mas o fato de ter feito isso me fez considerar a possibilidade de ele estar falando a verdade.

O senador não engravidou a minha mãe. Ele engravidou a amiga dela. Se Davis Ames tivesse falado a verdade, o homem que eu tinha ajudado a prender naquela noite não tinha relacionamento nenhum comigo. *Mas...*

Minha mãe tinha dito que ele era o meu pai. A esposa do senador acreditava que era. E quando eu o confrontei, ele não negou. Sterling Ames sabia exatamente quem eu era. Sabia que a minha mãe era Eleanor Taft.

Se ele não era meu pai, por que a minha presença e a minha existência seriam vistas como ameaça?

Eu tentei pensar na conversa que tive com o senador. Eu tinha dito que tinha conversado com a minha mãe. Tinha dito que ela tinha me contado o acontecido. Tinha dito que seria uma pena se um repórter descobrisse que ele tinha engravidado uma adolescente.

Eu nunca especifiquei qual adolescente. Esse foi um pensamento ridículo. Por que o senador teria suposto que eu estava falando de Ana e não da minha mãe? Mesmo que *tivesse sido* Ana quem ele engravidou, o que isso tinha a ver com a minha mãe ou comigo?

Sentada entre Lily e Boone no jantar, olhei para a minha mãe do outro lado da mesa. Ela estava à esquerda da minha avó. Tia Olivia e tio J.D. estavam à direita.

A última coisa que eu queria no momento era um jantar formal. Eu não conseguia parar de pensar no álbum que tinha encontrado, do ano de Debutante da minha mãe. Ana tinha desaparecido das fotos do Baile Sinfônico na mesma época que a minha mãe.

— Salmão defumado com *fromage blanc* e agrião. — Um garçom apareceu à minha esquerda e botou um prato com a entrada na minha frente. — Bom apetite.

Do outro lado da mesa, vi uma garçonete fazendo o mesmo. *Ana desapareceu das fotos. Ana estava grávida.* Eu me perguntei se tinha sido um escândalo. Eu me perguntei se a notícia tinha se espalhado, assim como tinha acontecido com a minha mãe... ou se, com a interferência de Davis Ames, Ana tinha simplesmente desaparecido da sociedade, sem ninguém saber de nada.

Quais eram as chances de duas meninas adolescentes, amigas, acabarem grávidas na mesma época?

Eu nem sei o sobrenome da Ana.

— O senhor pediu a opção vegetariana? — Eu nem ouvi direito a garçonete em meio aos meus pensamentos. — Crocante de parmesão com pepino e molho de abobrinha.

Eu pisquei e consegui me concentrar a tempo de ver a garçonete botar o prato na frente do tio J.D.

— Eu não sabia que seu pai era vegetariano — disse Boone para Lily, enchendo o garfo com quase um terço do salmão.

— Ele não é — respondeu Lily. Meus ouvidos ecoavam tão alto que eu quase não a ouvi continuar. — Mas ele odeia salmão.

Odeia salmão. Odeia salmão. Odeia salmão. Do outro lado da mesa, minha mãe disse alguma coisa para o marido da irmã. Tio J.D. sorriu. Foi um sorriso fácil, familiar.

Durante toda a minha vida até aquele ano, minha mãe só tinha me contado três coisas sobre o meu pai.

Ela só tinha dormido com ele uma vez.

Ele odiava peixe.

Ele não queria escândalo.

Quando minha mãe pediu licença para ir ao banheiro, eu fui atrás. Eu esperava que ela segurasse informações, mas não era a cara dela mentir para mim.

Assim como não era a cara da Lillian expulsar a própria filha de casa. Nem temporariamente, nem em um momento de raiva.

Meninas às vezes são... complicadas. A voz de Lillian ecoou na minha mente *Da família, mais ainda. Se sua mãe e Olivia tivessem sido mais próximas...* Ela não tinha concluído esse pensamento. E, meses depois: *Eu devia ter me preocupado menos com ela quando era nova. E mais com a sua mãe.*

Minha mãe tinha me deixado pensar que o senador era meu pai. Ela não tinha corrigido a suposição de Charlotte Ames. Eu só podia supor que a esposa do senador soube que houve *uma* gravidez... uma jovem... e como todo mundo *sabia* sobre o escândalo da minha mãe...

Ela supôs que eu era o resultado.

Cheguei ao banheiro uns três segundos depois que tinha se fechado com a entrada da minha mãe. Eu nem sabia o que ia dizer para ela, o que *poderia* dizer para ela, mas, no fim das contas, eu não cheguei a dizer nada.

Minha mãe não era a única lá dentro.

Greer estava na frente de um espelho, ajeitando a barriga. Ela não devia ter ouvido a minha mãe entrar, mas me ouviu. Ela se virou e adotou uma expressão serena de *Madona com o bebê*, mas era tarde demais.

A barriga estava torta.

— Ora, que preciosidade — disse minha mãe. Eu não sei se ela percebeu que eu estava lá. Eu não sabia se teria importado.

— Ellie, eu preferiria manter a civilidade esta noite. Você não? — Greer tentou conduzir a conversa, mas minha mãe não era de se deixar conduzir.

— É irônico, só isso — disse minha mãe com leveza. — Que você tenha passado essa temporada de Debutante fingindo estar grávida e tenha passado a nossa fingindo que não estava.

O quê?

Greer assumiu uma expressão de preocupação.

— Você está se sentindo bem? — Ela se virou para mim e seguiu em frente. — Acho que a sua mãe talvez não esteja se sentindo muito bem, Sawyer. Talvez você deva chamar...

Minha mãe se virou no momento que percebeu que eu estava ali. Ela devia ter visto algo no meu rosto, porque, quando ela me encarou, a emoção nos olhos dela mudou. Nós tínhamos *acabado* de fazer as pazes, de deixar tudo em paz.

— Sawyer...

— Não se preocupe comigo — falei, com a sensação de que tinha caído de paraquedas num país das maravilhas das Debutantes meio distorcido. — Vocês duas estavam tendo uma conversa sobre a gravidez falsa da Greer.

— Ora, nunca!

Eu dei trela para o ultraje de Greer e ofereci uma resposta.

— Perdão. Não é Greer. É sra. Waters. — Antes que ela pudesse responder, eu canalizei a minha avó e prossegui. — É que não houve nenhum bom momento pra te contar que Sadie-Grace sabe que você não está grávida.

A expressão empertigada e controlada de Greer não hesitou. Só *aumentou*.

— Ah, corta essa, G — disse a minha mãe. — Ninguém liga pra que tipo de golpe você está dando no seu pobre marido.

Eu limpei a garganta.

— Bom, Sadie-Grace talvez se importe.

Greer se empertigou e tentou passar por nós.

— Eu não vou me rebaixar ao seu nível.

— O que a minha mãe quis dizer? — perguntei quando ela estava quase na porta. — Sobre o seu ano de Debutante?

Não houve resposta... de nenhuma das duas.

Eu me virei para a minha mãe.

— Sterling Ames não é o *meu* pai. — Eu ainda esperava, esperava de verdade, que a minha mãe me dissesse que eu estava enganada, que ele era, que havia uma explicação.

Ela não fez isso.

— O que aconteceu com a Ana? — perguntei.

O nome gerou uma onda virtual de choque no aposento.

— O que aconteceu com o bebê dela? — perguntei. E aí, eu me virei para a madrasta da Sadie-Grace, pensando no que tinha acabado de ouvir. — Se você estava grávida, o que aconteceu com o seu?

Três Debutantes, juntas em quase todas as fotos. Fitas brancas amarradas nos pulsos, entrelaçadas no cabelo.

Três Debutantes.

Três gestações...

— Greer perdeu o bebê — disse a minha mãe. — Perto do Natal.

— *Ellie.* — Greer soltou o nome da minha mãe como se tivesse sido arrancado da garganta dela à força.

— Foi ideia dela, sabe — disse minha mãe baixinho. Ela não estava me olhando e não estava olhando para Greer. Era quase como se ela estivesse falando sozinha. — O pacto.

— Pacto? — repeti.

Três Debutantes. Três gestações. As fitas brancas. O senador Ames considerando qualquer verdade que minha mãe tivesse me contado sobre a minha concepção como uma ameaça, apesar de aparentemente eu não ser filha dele.

— Pacto — falei de novo. Meu coração parou. Eu não sabia se voltaria a bater. — Eu fui resultado de um *pacto de gravidez?*

Capítulo 74

Eu fui embora do baile e só voltei para a casa de Lillian na manhã seguinte. Eu passei a maior parte da noite em um bar nos arredores da cidade que me lembrava um pouco o The Holler. Se alguém achou que eu estava deslocada de vestido branco de baile, entendeu que não deveria falar nada... depois do primeiro cara.

Ao amanhecer, eu ainda não tinha assimilado o motivo da madrasta de Sadie-Grace não me querer fazendo perguntas sobre a minha mãe e os eventos que levaram à minha concepção. O motivo para ela ter insistido que elas mal se conheciam.

Ela também estava grávida.

Pelo que eu entendi do caos que veio depois da revelação da minha mãe, o pacto tinha sido ideia de Greer, um pacto que ela inventou depois de já estar grávida. Em vez de evitar o próprio escândalo, ela tinha preferido espalhá-lo. Ela tinha encontrado duas outras garotas, garotas que vinham de famílias proeminentes, mas que estavam meio perdidas, meio vulneráveis.

Solitárias.

Três garotas. Três gestações. Um laço inseparável. Até o Natal, quando Greer perdeu o bebê e jogou as amigas na fogueira.

Eu não fui acidental. Apesar de tudo que eu estava tentando botar na cabeça, essa parte talvez tenha sido a mais difícil. *A minha mãe dormiu com o marido da irmã e engravidou de propósito.*

Eu tinha pedido à minha mãe para me contar a verdade e, desta vez, ela contou. O pai da Lily era o meu pai.

Eu tinha achado que entendia quem a minha mãe era, com os defeitos e tudo. Eu tinha achado que entendia por que ela tinha reagido daquele jeito quando eu fui para lá... mas não.

Agora que eu sabia a verdade, ela nem tinha tentado se defender.

A minha mãe dormiu com o marido da irmã e engravidou de propósito. Por mais que eu repensasse essas palavras, elas não ficavam menos doentias. Eu tentei de novo quando parei o carro em Camellia Court e entrei.

Lillian estava me esperando, usando um roupão, sentada na varanda com duas canecas de café.

Eu me sentei ao lado dela. Além da camisola, ela estava usando as famosas pérolas.

Ela me viu olhando e levou a caneca aos lábios.

— Ao que parece, a polícia as encontrou com a amante de Sterling Ames. Foi presente, ela disse. Eu soube que ele até escreveu um bilhete.

Campbell, além de tudo, era uma excelente falsificadora.

— Davis Ames devolveu as pérolas? — perguntei.

Ela tocou nelas por um momento.

— Como a segurança dele obviamente deixa algo a desejar, ele as deu para mim. Para que eu as guarde, você entende.

Eu assenti. Esperei que as perguntas viessem: sobre onde eu tinha estado, por que tinha sumido, como tinha conseguido sujar meu vestido com aquele tom tão *peculiar* de sujeira.

Mas Lillian só tomou outro gole de café.

— Davis queria que eu te contasse que o filho dele fez um acordo.

Nós queríamos julgamento. Um escândalo. *Talvez* uma condenação. Provavelmente não. Mas apelação?

— Davis — disse Lillian suavemente — é muito bom em conseguir o que quer.

Tradução: ele tinha *obrigado* o filho a aceitar o acordo. Ele devia ter arrastado o promotor de casa no meio da noite para fazer isso acontecer.

— Ele também mencionou algo — continuou Lillian em tom ameno — sobre Sterling Ames não ser seu pai.

Eu virei meu olhar para o dela... não por eu estar surpresa de ela ter tocado no assunto, nem por não esperar que o patriarca da família Ames contasse a ela, mas porque eu tinha que ter certeza.

— Você sabia.

Talvez não sobre o pacto. Mas sobre o meu pai verdadeiro.

— A Ellie... — Lillian procurou as palavras certas. — Ela ficou tão zangada depois que o seu avô morreu... Zangada com o mundo, comigo, com a irmã. O luto é diferente pra cada pessoa. Minha Liv sofreu intensamente, mas decidiu fazer isso sozinha, e quando voltou de seja lá *onde quer que tenha sido* que ela foi naquele ano... ela estava bem. — Minha avó fez uma pausa. — Ela *pareceu* bem, pelo menos. Ellie e Olivia nunca mais se deram bem depois disso. — Ela apertou os lábios. — Eu devia ter prestado atenção. — Outra pausa leve e incriminadora. — Seu tio prestou. Ele sempre tinha tempo pra Ellie, ele a tratava como uma irmãzinha, interferia quando eu ou a Olivia a criticávamos. Era óbvio que ela tinha uma quedinha por ele, mas eu supus que fosse inofensiva.

— Não foi. — Eu declarei o óbvio, e não estava falando só sobre o papel da minha mãe naquilo. J.D. era adulto, ela tinha dezessete anos. Como uma *irmãzinha* para ele.

— Você sabia? — eu perguntei para Lillian. Eu precisava ouvi-la dizer. — Você sabia quem era meu pai? — Eu engoli em seco. — Sabia que a minha mãe tinha engravidado de propósito?

O silêncio se prolongou entre nós.

— Não no começo — disse Lillian por fim. — Assim que Ellie me falou que estava grávida, eu entrei no modo gerencia-

MENTIRAS INOFENSIVAS **391**

mento de crise. Haveria um escândalo, claro, mas nada que não pudéssemos resolver.

Eu pensei na noite da festa de Natal, quando minha mãe tinha me contado como Lillian planejara cuidar das coisas.

— Você sugeriu que Olivia e J.D. me criassem.

— Ellie ficou louca. — Lillian fez uma pausa, mas se obrigou a continuar. — Ela disse que eu agia como se a Olivia fosse muito perfeita e me perguntou quem eu achava que era o pai. Disse que tinha engravidado de propósito e chegou ao ponto de me dizer de quem.

— Você a mandou ir embora.

— Eu não podia deixar que ela falasse — disse Lillian. — Que Deus me perdoe, mas eu não podia permitir que ela contasse.

Então você a expulsou antes que ela pudesse fazer isso.

— Eu devia ter expulsado a ele, claro. — Lillian falou com muita lucidez. — Mas mesmo antes de ela tentar me contar quem era o pai, Ellie falou claramente que *ela* tinha tomado a iniciativa. Ela queria que eu soubesse que era coisa dela. Que você era *dela*.

Eu me perguntei se foi assim que Greer convenceu minha mãe e Ana do pacto. Que, se elas engravidassem, se tivessem bebês, elas teriam alguém. Alguém que as amaria incondicionalmente.

Alguém que seria *delas*.

— Você e Lily têm só dois meses de diferença, sabe. — A voz de Lillian falhou pela primeira vez. — Logo antes de Ellie me procurar, provocadora e triunfante e me desafiando a *tentar* tirar você dela... Olivia tinha me procurado também.

— Ela estava grávida — falei.

Duas filhas, ambas grávidas do mesmo homem.

— J.D. sabia? — Eu não consegui chamá-lo de *tio* agora. — Sobre mim?

— Devia saber — respondeu Lillian com voz fraca. — Mas ele nunca deu a menor indicação disso.

Que tipo de homem isso o torna?

— Por que você me trouxe pra cá? — perguntei. — Você praticamente me desafiou a descobrir a verdade. Se sabia, se desconfiava... por que fazer isso?

Lillian botou a caneca de café de lado. A postura dela estava perfeita: a coluna ereta, o queixo erguido. De perfil, ela parecia estar posando para um retrato.

— Você tem dezoito anos — disse minha avó. — Sua mãe manteve você longe de mim por dezoito anos, e talvez essa tenha sido a minha penitência. Talvez tenha sido o que eu mereci pela ignorância proposital, por esconder a cabeça na areia. Mas *você* merecia coisa melhor... e ela também.

Pensei no fato de que Lillian tinha pagado Trick para segurar o emprego da minha mãe. Que ela o pagava havia anos.

— Eu precisava — disse Lillian — consertar as coisas.

— E Lily? — falei. — E John David e...

— Não sei. — Foi apavorante ouvir a formidável Lillian Taft dizer essas palavras. — Se você quiser ir embora, se você pensar de mim o que a sua mãe pensava... eu não vou culpar você, Sawyer. Eu tive nove meses. Eu pude te ver florescer aqui. Eu entendo que provavelmente isso é mais do que eu mereço.

Quando eu negociei um adiantamento do meu fundo, Lillian negociou em troca de mais tempo. Verões, para ser precisa, começando com aquele e durando o tempo da faculdade. Mas, se eu fosse embora naquele momento, eu desconfiava que minha avó ainda me daria o dinheiro. Com ou sem contrato, com ou sem alteração, eu poderia ir embora meio milhão de dólares mais rica. *Livre.*

Sozinha.

Talvez essa tivesse sido a escolha certa, não só por mim, mas por Lily. Pensar no nome da minha prima (*ela não é só minha prima, nunca foi só minha prima*) me fez lembrar cada momento que tínhamos passado juntas, cada segredo que tínhamos trocado, cada escândalo que tínhamos evitado, cada crime que tínhamos cometido juntas. Eu pensei em Walker e Campbell, sobre Sadie-Grace e Boone e o fato de que, por mais insanos que os nove meses anteriores tivessem sido, eu não tinha passado por nada daquilo sozinha.

— Eu não vou cobrar meus termos de você, Sawyer. — Lillian se obrigou a falar isso. Se eu quisesse ir embora, eu podia ir embora.

Mas, para o bem ou para o mal, eu tinha gente ali. *Família*. Eu também tinha perguntas… sobre Ana. Ela era só uma garota em uma foto, um fantasma do passado. Era a situação que Davis Ames tinha *resolvido*. Eu nem sabia o sobrenome dela. Não sabia se tinha tido o bebê. Não sabia o que tinha acontecido.

Mas, se eu ficasse, eu *poderia saber*.

— Sawyer? — Minha avó devia ter visto uma mudança na minha expressão.

— Uma dama — falei — sempre honra seus contratos.

Lillian baixou a cabeça. Seus ombros tremeram, mas, quando ergueu o olhar, ela já tinha retomado a compostura. Ela estendeu a mão e a botou sobre a minha.

— Deus te abençoe.

Agradecimentos

Este livro tem uma grande dívida com a equipe incrível de profissionais editoriais que deram vida a ele. Kieran Viola, editora extraordinária, é a melhor defensora, ouvinte, primeira leitora e fornecedora de feedback que uma pessoa poderia desejar. Eu também sou extremamente grata a Emily Meehan, cujo entusiasmo por esse projeto desde o primeiro dia foi valioso, e a toda a equipe da Freeform — principalmente Cassie McGinty, Dina Sherman, Holly Nagel, Maddie Hughes, Elke Villa, Frank Bumbalo e Mary Mudd — pelo apoio. Um agradecimento especial vai para Marci Senders, que criou a linda capa, e para Jamie Alloy, que fez a arte da parte interna da edição original.

Eu também gostaria de agradecer à minha agente, Elizabeth Harding, pelo apoio e orientação infalível, e também ao resto da minha equipe na Curtis Brown, principalmente Ginger Clark, Holly Frederick e Sarah Perillo. Agradeço também a Madeline Tavis e Olivia Simkins pela assistência!

Sou grata à minha família, principalmente meu marido, que é tudo que eu poderia desejar em um parceiro e cujo apoio generoso e espontaneamente oferecido me permite fazer mais do que eu poderia sozinha, e também ao meu adorável filho e ao meu bebê, que só tentaram comer meu manuscrito umas duas vezes cada um. Também sou grata aos agregados à família e à minha rede de apoio: pais, irmãos, colegas e amigos.

Por fim, um agradecimento especial vai para as duas pessoas cujo amor por esta história me fez seguir mesmo nos dias mais difíceis de escrita com um bebê pequeno e com privação de sono: Rachel Vincent, que se sentou na minha frente na Panera e disse como estava animada cada vez que nos encontrávamos para escrever, e minha mãe, Marsha Barnes, que, desde que li o primeiro capítulo para ela, não parou de me perguntar sobre este livro até ter um exemplar em mãos.

**Confira nossos lançamentos,
dicas de leitura e
novidades nas nossas redes:**

𝕏 **editoraAlt**
⧉ **editoraalt**
♪ **editoraalt**
f editoraalt

Este livro, composto na fonte Fairfield,
foi impresso em papel Lux Cream 60g/m² na gráfica Coan.
Tubarão, Brasil, julho de 2025.